Annett Gröschner

Parzelle Paradies

Berliner Geschichten

Edition Nautilus

Edition Nautilus
Verlag Lutz Schulenburg
Alte Holstenstraße 22
D-21031 Hamburg
www.edition-nautilus.de

Umschlaggestaltung:
Maja Bechert, Hamburg
www.majabechert.de
unter Verwendung eines
Fotos von Arwed Messmer
Foto der Autorin Seite 2:
© Brigitte Friedrich
Erstausgabe August 2008
Druck und Bindung:
Fuldaer Verlagsanstalt
1. Auflage
ISBN 978-3-89401-575-6

Annett Gröschner, 1964 in Magdeburg geboren, 1983–91 Studium der Germanistik in Ost-Berlin und Paris, 1992–96 Historikerin für das Prenzlauer Berg Museum, seit 1994 Beteiligung an verschiedenen Ausstellungs- und Buchprojekten, seit 1997 freie Autorin und Journalistin in Berlin. Mit dem Roman »Moskauer Eis« (Berlin 2000) erlangte sie größere öffentliche Bekanntheit. Sie wurde u.a. ausgezeichnet mit dem Anna-Seghers-Stipendium der Akademie der Künste Berlin und dem Erwin-Strittmatter-Preis des Landes Brandenburg.
Von Annett Gröschner erschien zuletzt (zusammen mit Peter Jung) bei Nautilus »Ein Koffer aus Eselshaut. Berlin – Budapest – New York« (2004).

Stadtlandschaft. Bruchstücke. Straßenbahnfahrten

»Es ist noch früh am Morgen. Paul krabbelt aus seinem Bettchen, weil er nicht mehr schlafen kann. Es muss wirklich sehr früh sein, denn überall ist es so still.«

Es wird das ganze Buch über still bleiben. Denn Paul bemerkt schnell, dass er ganz allein ist auf der Welt. Keine Mama, kein Papa, keine Milchfrau. Er braucht sich nicht zu waschen und findet es herrlich, allein in der Stadt herumlaufen zu können, er probiert alles aus, fährt Straßenbahn, plündert die Geschäfte. Aber irgendwann wird es langweilig, schließlich unheimlich. Am Ende war alles nur ein Traum.

Das kleine Bändchen *Paul allein auf der Welt* fand ich als Kind im Glasschrank meiner Großeltern. In der hintersten Ecke neben Karl May und Stalin, die meine Großmutter dorthin verbannt hatte, weil sie in den Sechzigerjahren in der DDR nicht mehr opportun waren und sie aus unerfindlichen Gründen immer Angst vor Hausdurchsuchungen hatte. *Paul allein auf der Welt* konnte nur aus Versehen nach hinten gerutscht sein. Ich habe das Exlibris meines Onkels durchgestrichen und meinen Namen darübergeschrieben. Den Namen des Autors kann ich mir bis heute nicht merken. Ich muss auf den Einband schauen, um ihn abzuschreiben: Jens Sigsgaard. Viele Bücher habe ich im Laufe meines Lebens verborgt und nicht wiederbekommen oder bei den diversen Umzügen verloren. Meine Kinderbücher stehen im Zimmer meines Sohnes. *Paul allein auf der Welt* habe ich für mich behalten.

»In diesem Moment hörte ich ihn aus der Richtung des großen Sessels fragen, ob ich auch mein Lieblingskinderbuch in einer solchen Art in Hirn und Herz habe wie er und auch den Wunsch, einmal so einfach und wunderschön schreiben zu können; mein ›Ja‹ kreuzte sein ›Bei mir ist es …‹, so dass wir plötzlich wie aus einem Mund den Titel sagten: *Paul allein auf der Welt*«, erinnert sich Thomas Brasch an einen in der Dunkelheit sitzenden Heiner Müller. Auch Inge Müller, hatte ich in ihrem Nachlass entdeckt, wollte das Buch fürs Theater bearbeiten. Sie muss, so zeigen die Versuche, daran gescheitert sein. Ich hatte vorher immer geglaubt, ich wäre allein mit *Paul allein auf der Welt*, das unter Gleichaltrigen niemand kannte. Dass ausgerechnet dieses kleine unscheinbare Bändchen, 1949 im Altberliner Verlag Lucie Groszer erschienen, die mir wichtigen Autoren und mich verband, hätte ich nie zu ahnen vermocht. Vielleicht war es die Verbindung von Einsamkeit und Stadt, die dieses Buch zu meiner ältesten Lieblingslektüre machte.

Erwachsen bin ich geworden, als ich entdecken musste, dass man nicht immer in einem warmen Bett aufwacht, wenn man gegen den Mond stößt.

Ich kann nicht von Vorbildern reden. Vorbilder sind mir schon als Thälmannpionier lästig gewesen, weil sie immer so einen Heiligenschein mit sich herumtrugen und offensichtlich immer nur die anderen die Fehler machten. Es gibt Autoren, die ich schätze. Es gibt Autoren, an denen ich mich abarbeite. Viele von ihnen sind Autorinnen. Was mir auffällt, ist ihr alles in allem tragisches Ende. Sie drehten den Gashahn auf, soffen sich zu Tode oder starben im Exil. Schon deswegen taugen sie nicht als Vorbilder.

Ich habe auf traditionelle Art Germanistik studiert. Am Anfang des Studiums bekamen wir eine Liste der Bücher, die wir im Laufe unseres auf fünf Jahre begrenzten Studiums lesen sollten. Es war die gesamte deutsche Literatur von den Anfängen bis zur Gegenwart. Alles zu lesen, hätte bedeutet, nur aus zweiter

Hand zu leben. Ich lebte zwei Leben. In meinem zweiten strich ich durch die Stadt. Durch die halbe.

»Manchmal in der Dämmerung, im abnehmenden Licht, das jetzt jeden Tag früher von Hausschatten, Nebelnetzen verstellt wurde, wäre sie bedenkenlos mitgegangen, hätte einer sie über die Grenze bringen wollen, einfach aus Überdruss, ohne viel Hoffnung, sich zu verbessern.«

Ich wollte nie eine Autorin sein, die am Schreibtisch sitzt und über eine Frau schreibt, die am Schreibtisch sitzt und darüber schreibt, wie eine Frau am Schreibtisch sitzt. (Es gibt unterhaltsamere Berufe. Berufe, die mehr Anerkennung versprechen. Wo man an der Luft ist. In Mengen von Leuten badet. Den Zuspruch nicht erst bekommt, wenn man längst an anderem sich abarbeitet. Wenn es überhaupt Reaktionen gibt. Und wieder mal weiß ich nicht, wovon wir morgen leben sollen.) Ich könnte nie einsam in einem Haus auf dem Land sitzen und vor mich hinschreiben. Ich brauche die Stadt. Ich muss von einer Sekunde auf die andere den Schreibtisch verlassen und durch die Menge streichen können.

Als ich Anfang der Achtzigerjahre nach Berlin kam, faszinierten mich die Narben der Häuser. Einschüsse, Luftschutzzeichen, Notdächer. Ich sah eine einzige Katastrophe, die Trümmer auf Trümmer gehäuft hatte und die zum Stillstand gekommen war. Wie eingefroren. Die Gedichte Inge Müllers waren die Brücke zwischen meiner Mutter und mir. »Als ich Wasser holte fiel ein Haus auf mich / Wir haben das Haus getragen / Der vergessene Hund und ich. / Fragt mich nicht wie / Ich erinnere mich nicht. / Fragt den Hund wie.« Ich konnte plötzlich nachvollziehen, wie ein Mensch reagiert, der als Kind unter der Last einer Kirche verschüttet war, und für den der Krieg nie wirklich zu Ende ging. Als Kind bin ich an der Hand meiner Mutter über die enttrümmerten Flächen meiner Heimatstadt gelaufen und wusste nicht, dass sie durch unsichtbare Häuser ging. Ihre Angst vor Flugzeugen, Sirenen, Feuer, Enge und ihr Bedürfnis, immer und überall ein Nest mit Vorräten anzulegen, kannte ich. Erst in Berlin und erst in den Texten Inge Müllers ist mir das alles bewusst geworden und Teil meines Schreibens, das auch darin besteht, andere sprechen zu lassen, die meinen, nichts zu sagen zu haben.

»Das Labyrinth ist der richtige Weg für den, der noch immer früh genug am Ziel ankommt. Dieses Ziel ist für den Flaneur der Markt.«

»Flanieren ist eine Art Lektüre der Straße, wobei Menschengesichter, Auslagen, Schaufenster, Caféterrassen, Bahnen, Autos, Bäume zu lauter gleichberechtigten Buchstaben werden, die zusammen Worte, Sätze und Seiten eines immer neuen Buches ergeben.«

Als ich die Flaneure entdeckte, eignete sich Berlin ganz und gar nicht zum Spazierengehen. Die Stadtlandschaft war unterbrochen von Mondlandschaften, durch die man wie durch eine Wüste ging, im Hintergrund eine Fata Morgana oder das nächste Haus, das Menschen versprach und das Versprechen oft nicht hielt. Erst als ich in Paris lebte, habe ich die Flaneure in ihrem ruhelosen Spaziergang verstanden. Eines Tages stand ich in einer Straße in der Nähe des Jardin du Luxembourg. An einem kleinen unscheinbaren Gebäude hing eine Tafel. Es war das Haus, in dem Joseph Roth gelebt hatte, nachdem er Berlin verlassen musste. Unten immer noch die Kneipe, in der er sich ins Grab gesoffen hatte. Die leer getrunkenen Gläser stapelte er zu Türmen, bis sie umfielen.

In Berlin lässt es sich nur in öffentlichen Verkehrsmitteln flanieren.

»... im Trab gehalten auf den Kursen von Bussen, Bahnen auf der Straße, unter den Straßen und Häusern, verhielt er sich anfangs wie ein Nichtschwimmer, stieg überhastet aus zu hoffnungslosen Irrwegen, ließ lahm sich abdrängen an den dick umstandenen Bushaltestellen.«

Als ich nach Berlin kam, stieg ich oft in die falsche Straßenbahn. Ich habe es mir schließlich zur Gewohnheit gemacht, auf diese Art die Stadt kennenzulernen. Auch andere Städte. In Westberlin musste ich den Bus nehmen, weil sie die Straßenbahn abgeschafft hatten.

»Ich habe ein Abonnement auf einen Traum, und der geht so: Ich renne mit aller Kraft aus dem Haus. Der Omnibus hält vor meiner Tür. Ich stürze in den Omnibus. Es ist der letzte Omnibus, wie man so sagt, er fährt an – in Richtung Bahnhof Friedrichstraße. Und ich sitz drin und fahre. Allerdings war es kein Omnibus. Es war die Straßenbahn 46, die vor meinem Haus hielt, und ich musste zehn Minuten warten, bis sie kam, denn ich hatte mich, schwitzend und ein wenig zähneklappernd vor Angst und Eile, verfrüht. Aber das ist dem Traum egal und mir auch.«

Die Straßenbahn Nr. 46 quietschte immer in den Kurven, vor allem an der Zionskirche. Mit der 46 fuhr ich zur Uni. Ich ging lange einer Biografie nach und musste schließlich, nach Jahren, erkennen, dass nie das wirkliche Leben dabei herauskommen wird. Es bleiben immer Leerstellen, und je dichter das Netz der Stichpunkte wird, der Chronik, desto unsichtbarer wird die Person, die dahintersteht.

Ich war Literaturhistorikerin und glaubte, wissenschaftlich an die von mir bevorzugten Autorinnen und Autoren herangehen zu müssen. Bei dieser Arbeit kam ich auf die Archäologie und ließ schließlich die Autoren und meinen Beruf an der Oberfläche zurück. Bei der Archäologie bin ich geblieben.

»... die Brandmauer neben den Geleisen und die jedes Mal wiederholte Vorstellung, wie neben den fahrenden Zügen zu wohnen wäre. ... Hinter der Wand aber leben Menschen, machen kleine Mädchen ihre Schulaufgaben, strickt eine Großmutter, und ein Hund nagt an einem Knochen. Der Puls des Lebens schlägt durch die Ritzen und Poren der stummen Wand, durchbricht die Blechtafel der Sarotti-Schokolade, schlägt an die Fenster des Zuges …«

Ostkreuz. Ich stehe in der Neuen Bahnhofstraße und schließe die Augen. Ich dämme die Autogeräusche, nehme Pferdegetrappel auf dem Pflaster hinzu. Lokomotiven, deren Dampfgeräusch in den Ohren zischt. Von links der Lärm der Fabrik »Knorr-Bremse«. Von rechts das Rangieren der Güterzüge: »Wagen an Wagen gekettet«. Das Klingeln des Eismanns, des Milchmanns. Kohlen fallen von den zweirädrigen Wagen aufs Pflaster, der von zwei Männern gezogen wird. Es riecht strenger als in den Neunzigerjahren. Die Straßen säumen fünfgeschossige Häuser mit Seitenflügel und euphemistisch Gartenhaus genanntem Hintergebäude. Die meisten Bewohner des Hauses Nr. 32 arbeiten in den Zwanzigerjahren bei der Eisenbahn, die Berufsbezeichnungen im Adressbuch reichen vom Eisenbahnarbeiter über Lokomotivheizer, Schaffner bis zum Reichsbahninspektor. Auf viel Geld lässt keiner der Berufe schließen. Selbst der Hausbesitzer ist nur Kürschnermeister. Im Erdgeschoss gibt es einen Zigarren- und einen Lebensmittelladen. Viele werden dort regelmäßig angeschrieben haben. »Ein Hering – Treibstoff für acht Personen / Ein Weihnachtsopfer (drei Mark) auf den Kopf / Zwei Groschen auf die Augen / Frauenhände zerweicht in Wäschelaugen / Möglichkeiten im Leib, und / Still und wild, im Sinn / Immer wieder Kinder / Wo solln sie hin.« Eigentlich wollte ich mich hineinversetzen in das Jahr 1925, als das Kind Inge Meyer, später unter dem Namen Müller bekannt, zur Taufe gebracht wurde nach Rummelsburg, aber schnell fasziniert mich das Paar, das in der Gegenwart am Haus Bahnhofstraße 25 vorbeiläuft. Die Frau, von unbestimmbarem Alter, ist sturzbetrunken. Eine Gestalt, die in jedem Milieufilm mitspielen könnte. Sie trägt eine dieser kunstledernen Flickenjacken, die, weil aus der Mode gekommen, in den Kleiderausgabestellen für Obdachlose verteilt werden. Ein Mann mit einem riesigen Schnauzbart geht drei Schritte vor ihr, ebenso betrunken, aber noch aufrecht und mit etwas klarerem Blick. Über dem Bund der ausgebeulten Jogginghosen wölbt sich ein dicker Bauch, mühsam bedeckt von einem Grobrippunterhemd. »Haste nich jehört«, schreit die Frau, »ick will die Tüte trajen, ick, du versoffener Kerl. Hörste mir janisch zu, bleib stehn, du Sack!« Aber der Mann dreht sich nicht um, phlegmatisch schlenkern die Tüten rechts und links von seinem Körper.

(Es knallt vor der Tür, und plötzlich steht aller Verkehr still. Es ist unheimlich, wenn es in der Stadt ganz plötzlich ruhig wird. Als wäre eine Neutronenbombe gefallen und hätte alles Leben ausgelöscht. Erst die Sirene der Polizei stellt den alten Zustand wieder her. Und ich kann beruhigt an den Schreibtisch zurückgehen.)

Nach der Wende strich ich durch die Hinterlassenschaften eines verschwundenen Staates. Es war fast eine Sucht, noch einmal alles festzuhalten, was morgen unweigerlich verschwinden würde. Einmal gelangte ich in die Stadt Wünsdorf. Einen Tag vorher war sie von den russischen Soldaten, die dort fast fünfzig Jahre gelebt hatten, Hals über Kopf verlassen worden. Das Essen stand noch auf dem Tisch, in den Kasernen lief das Radio. Die Fische schwammen im Aquarium und in den Wohnungen waren die Betten ungemacht. Es war, als wären alle nur kurz Zigaretten holen gegangen und nicht wiedergekommen. Ich konnte im Vorübergehen alles mitnehmen, was mir gefiel, Medikamente, Stempel, Uniformjacken. Aber irgendwie war mir das alles unheimlich. Ich weiß noch, wie erleichtert ich war, als ich auf der Rückfahrt an der Stadtgrenze von Berlin wieder Menschen sah. Es war, als hätte jemand *Paul allein auf der Welt* gedreht, mit mir als Paul in der Hauptrolle und ohne, dass eine Klappe fiel.

Die Umbrüche haben bewirkt, dass ich die Trauer hinter mir ließ und ironisch wurde. Meine Lieblingsautoren sind alles andere als das. Sie sind Tragiker, bisweilen sarkastisch. Bis auf Christa Reinig. Sie ist die einzige, die überlebt hat, mit dem Gesicht zum Fußboden, aber ohne den Humor zu verlieren. Das wäre vielleicht etwas, an das ich mich halten könnte.

Zitate aus: Walter Benjamin, *Das Passagenwerk*; Thomas Brasch, *Wiederbelebungsversuch*; Franz Hessel, *Ein Flaneur in Berlin*; Uwe Johnson, *Zwei Ansichten*; Inge Müller, *Gedichte*; Christa Reinig, *Einige Fahrstühle*; Joseph Roth, *Fahrt an den Häusern*

Fischerinsel

Ein alter Mann steht an den Fahrstühlen der 11. Etage und drückt auf den Aufwärtsknopf. Dann läuft er wie aufgezogen auf dem kurzen Stück Flur vor den Fahrstuhltüren hin und her und murmelt zusammenhanglose Sätze in seinen schütteren Bart. Von der Seite kommt das Geräusch eines Schlüsselbundes. Eine Tür wird verschlossen. Schritte nähern sich. Eine Frau mittleren Alters geht auf den Fahrstuhl zu, sieht den erleuchteten Aufwärtsknopf, dreht sich um, entdeckt den Mann, der gerade dabei ist, seine Runde zu beenden, um nach einer abrupten Drehung seinen Gang über den Flur wieder aufzunehmen. »Ach, Herr M., Sie wollen nach oben?« – »Jawoll«, sagt der alte Mann, »auf'n Dachboden.« – »Was wollen Sie denn auf dem Dachboden, Herr M.?« Ihre Stimme ist plötzlich ganz fürsorglich. »Mich uffhängen.« Die Frau ist einen kleinen Moment sprachlos, dann sagt sie: »Aber dafür brauchen Sie doch einen Strick.« – »Hab ich, hab ich«, sagt der Mann und lüftet seinen Pullover. Der Strick ist um den faltigen Bauch geschlungen. »Nee, nee«, sagt die Frau, »der ist viel zu dünn, damit können Sie sich nicht aufhängen. Und denken Sie mal daran, selbst wenn es Ihnen gelänge, was für ein schrecklicher Anblick wäre das für den, der Sie finden würde. Nee, das lassen wir mal lieber sein. Ich bringe Sie erst mal wieder zu Ihrer Frau.« Sie greift den Mann burschikos am linken Arm und dreht ihn in die Richtung, aus der sie gekommen ist. »Ich will aber nicht zu meiner Frau, ich will mich uffhängen.« Er versucht, sich aus ihrem Griff zu winden, dabei löst sich der Strick vom Bauch. Die Frau greift ihn mit ihrer linken Hand und wirft ihn vor den Fahrstuhl. »Keine Widerrede. Hier wird sich nicht aufgehängt.« Dann schiebt sie ihn aus dem Bild. Ein paar Sekunden später ist ein Klingelgeräusch zu hören, eine Tür öffnet sich, die hohe Stimme einer anderen Frau sagt: »Rudi, ich hab dich schon in der ganzen Wohnung gesucht, wo warst du denn, das Essen ist fertig.« – »Passen Sie mal auf Ihren Mann auf, der wollte sich auf dem Dachboden aufhängen.« – »Rudi, Mensch, was machst du denn immer. Nur Ärger hab ich mit dir.« – »Ich will nich essen«, sagt der Mann, »immer essen, essen, essen.« – »Langsam werd ich nicht mehr fertig mit ihm«, sagt die hohe Frauenstimme. Die rechte Fahrstuhltür öffnet und schließt sich, ohne dass jemand aus- oder einsteigt. »Na, dann mal guten Appetit«, ist die Stimme der Frau mittleren Alters zu hören. Eine Tür schließt sich, Schritte kommen näher. Die Frau mittleren Alters drückt den Abwärtsknopf. Dann hebt sie den Strick auf und steckt ihn in ihre Umhängetasche. Die linke Fahrstuhltür öffnet sich, die Frau steigt ein. Die Fahrstuhltür schließt sich.

Leere Stadt

Jedes Jahr, bevor ich in die Ferien reise, befällt mich eine eigenartige Sehnsucht, in Berlin zu bleiben. Vorausgesetzt, das Wetter ist dem Kalender gemäß, haben Sommerabende in Berlin etwas seltsam Friedliches, vor allem, wenn das späte Abendlicht in die Nebenstraßen fällt und die Häuser lange Schatten auf die Straßen werfen, die in manchen Gegenden fast menschenleer sind. Das Telefon klingelt selten, der Terminkalender ist leer, und ich könnte mir vorstellen, den Sonnenblumen auf dem Balkon vierzehn Tage beim Blühen zuzusehen und nur abends, wenn es dunkel wird, in den Friedrichshain zu gehen, wo die Daheimgebliebenen ihre Grillfeste veranstalten oder bis in die späte Nacht Fußball spielen, bis der kaum noch sichtbare Ball irgendwo in den Büschen verschwindet.

Aber dann fahre ich doch wieder weg, verbringe zwei Tage auf überfüllten Autobahnen, um es am Ende am Meer nicht auszuhalten, weil die Sonne zu heiß ist und man den Sand vor lauter Leuten nicht sieht. Auch in diesem Jahr war es nicht anders. Als ich nach Hause zurückkehrte, hatten die Sonnenblumen, die ich das ganze Frühjahr über aufgepäppelt hatte, ohne mich geblüht und meine Nachbarin übergab mir die Post, die wie immer nur aus Rechnungen bestand. In Berlin war es so heiß wie in Italien, die Stadt kam mir seltsam matt vor, es schien mir, als fuhren selbst die Autos wegen der Hitze langsamer die Greifswalder Straße hinunter. Die Verkäuferinnen hatten große Ventilatoren neben ihre Kassen gestellt, die nur den Zweck erfüllten, das Geld in der Kasse durcheinanderzuwirbeln. Ab und an schauten sie in den Himmel hinter den Schaufenstern und baten um ein abkühlendes Gewitter, das aber nicht kam. Nur gegen Abend täuschten ein paar zusammengeballte Wolken die Ankunft von Regen vor.

In der späten Abendsonne saßen rotgesichtige Männer vor der Kneipe Danziger Ecke Greifswalder, wo der Wirt mit Hilfe eines schmalen Streifens Kunstrasen und Pflanzgittern, an denen nichts hochranken will, jedes Jahr zwischen Frühjahr und Herbst eine Gartenidylle vortäuscht, dabei sitzt man dort fast auf der Kreuzung. Der Schweiß tropfte ihnen auf T-Shirts, auf denen NOTARZT oder POLIZIST stand, ein paar Ältere trugen auch das, was man früher Campinghemden nannte, die über den Bäuchen spannten und nur mühsam von Knöpfen zusammengehalten wurden. Vor dem Hitzschlag rettete sie nur die Markise über ihren Köpfen.

Ich setzte mich auf den Balkon und fing an, die Zeitungen von vierzehn Tagen durchzublättern. Wie jedes Jahr kam ich nicht weit. Es ist sinnlos, alte Zeitungen zu lesen. Man ärgert sich Tage später über Sachen, die längst Geschichte sind. Aber leider werden in Berlin politische Entscheidungen, ob nun Tragödien wie die Mauer oder Farcen wie die Vorwahlkämpfe, immer gerne Mitte August getroffen, wo die meisten Berliner nicht in der Stadt sind.

Abends ging ich ins Freiluftkino auf der Museumsinsel. Es schien, als seien alle Leute, die in Berlin geblieben sind, an diesem Abend in der Nähe des Hackeschen Marktes versammelt. Auf den Wiesen lagen sie dicht gedrängt wie an den Stränden des Mittelmeers, und auf der Brücke an der Burgstraße starrten Leute auf einen Punkt im Wasser, dabei lag die Spree so still, als sei sie ein Binnensee, und nicht ein Schiff kam vorbei. Nur Herbert, der alte Stadtflaneur, ging gemessenen Schritts durch die Massen und war in Gedanken versunken. An heißen Tagen hat er immer ein Handtuch um den Hals, mit dem er sich ab und an das Gesicht und den Nacken abtupft, bevor er weiter seiner Wege geht.

Auf dem Gelände des Freiluftkinos lagen Hunderte Cineasten in Liegestühlen und beklatschten jedes Lied des jugendlichen Helden auf der Leinwand, der Elvis hieß, währenddessen die Kinder gelangweilt das UNESCO-Weltkulturerbe bekletterten, bis sie vom Wachschutz zurechtgewiesen wurden. Über dem Fries der Nationalgalerie, wo eine Göttin ihre Arme wie Fittiche schützend über die Putten zu ihren Füßen hält, stand der Große Wagen, und die allegorischen Figuren hinter der Leinwand warfen gespenstische Schatten auf die Fassade. Die Idylle wurde alle fünf Minuten von Zügen gestört, die über die Spreebrücke donnerten und dem vor sich hinnuschelnden Elvis den Ton wegnahmen. Ich ging, bevor der Film zu Ende war. Hinter der Absperrung tanzten junge Leute, die sich eine Kinokarte nicht leisten konnten, Rock 'n' Roll auf der Straße, misstrauisch beäugt von zwei Touristenpaaren, die so alt waren wie Elvis heute wäre, wenn er nicht so einen ungesunden Lebenswandel gehabt hätte.

➜ Provinz und Metropole

Eine Abhandlung in sieben Provinzen

[Provinz 1]

Nimmt man die Festlegung des Internationalen Instituts der Statistik von 1887, dass eine Stadt mit mehr als 100000 Einwohnern als Großstadt zu bezeichnen ist, dann bin ich in einer solchen aufgewachsen. Es gab neben der Einwohnerzahl (damals 275000) diverse andere Insignien: Bus- und Straßenbahnlinien, sechsspurige Straßen, einen großstädtisch-euphorisch S-Bahn genannten Schichtzubringer, Hauptbahnhof und Oberbürgermeister, ein Vierspartentheater, eine international bekannte Fußballmannschaft, eine sehr breite Flanke von Industrie, die in der Gründerzeit den Festungsgürtel aufgehoben hatte, einen 1. Sekretär der Bezirksleitung der SED, auch Bezirksfürst genannt, eine umbenannte Stalinallee sowie eine sehr rege Bezirksverwaltung des Ministeriums für Staatssicherheit. Es existierte sogar ein großer Binnenhafen, allerdings ohne zugehöriges Hafenviertel, sieht man mal von der Gaststätte *Anker* ab, wo das Verruchteste die Legenden aus der Vergangenheit waren. Die Gegenwart bestand aus Molle, Korn und HWG, wie die Vorliebe für One-Night-Stands damals staatlicherseits genannt wurde. Was das Nachtleben anging, so sah es überhaupt etwas mau aus. Es gab nur eine Nachtbar, die auf den exotischen Namen *Juanita* hörte, in allen anderen Etablissements wurde man um 22 Uhr genötigt, nach Hause zu gehen. In manchen Schuppen übernahm das am Wochenende die Polizei.

Wäre ich 43,38 Kilometer und 34 Autominuten weiter westlich aufgewachsen, hätte meine Familie dem Stand nach in einem Reihenendhaus im Speckgürtel einer Großstadt gelebt, meine Mutter hätte den ganzen Tag zu Hause gesessen und ihre Langeweile mit einem Übermaß an mütterlicher Zuwendung oder Schlimmerem kompensiert, und mein Vater hätte es vielleicht mit Ach und Krach bis in den örtlichen Lions-Club gebracht, wo er wahrscheinlich genauso ungern hingegangen wäre wie zum Pressefest der *Volksstimme*. Ich hätte vielleicht in Bielefeld oder Göttingen studiert, wäre kurz vor dem Millennium für irgendeine Firma nach Berlin gegangen und hätte eine Wohnung in Friedrichshain oder Prenzlauer Berg gemietet oder gleich gekauft. Dort wäre ich wieder unter meinesgleichen gelandet. Vielleicht würde ich dann auch von Berlin als einer Metropole im Aufbruch reden. Und dass da, wo ich jetzt bin, früher nichts von Belang gewesen sei. Prärie eben.

[Provinz 2]

Es war in meiner Geburtsstadt wie in allen kleinen Großstädten: Man kennt nicht jeden, aber man kann sich auch nicht verstecken. Es gab damals sehr enge Normen, die zu missachten Anstrengung bedeutete. So habe ich viele Stunden meiner jugendlichen Existenz damit aufgewendet, anders zu sein. Noch einmal soviel Energie war nötig, die Anfeindungen, Maßregelungen und Drohungen mental auszuhalten und Schlimmeres abzuwenden, denn Anderssein war damals immer auch politisch. Es war eine Übung im Selbstbewusstsein, mehr nicht. Die Metropole dagegen (oder das, was ich dafür hielt) brachte ein Maß an Toleranz auf, das sich leicht mit Gleichgültigkeit verwechseln ließ, wenn die Anonymität nicht notwendig gewesen wäre, um das Maß an Reizüberflutung, die das Leben in einer Großstadt auch schon damals mit sich brachte, zu ertragen. »Die geistige Haltung der Großstädter zueinander wird man in formaler Hinsicht als Reserviertheit bezeichnen können«, schrieb Georg Simmel in seinem Aufsatz *Die Großstädte und das Geistesleben*, und das galt 1908, wie es hundert Jahre später gilt.

[Provinz 3]

Wenn man als junger Mensch Anfang der Achtzigerjahre nicht in der Provinz versauern wollte, gab es legal drei Optionen: Dresden, Leipzig und Ostberlin. Letzteres lag von mir aus gesehen am nächsten, auch von der Mentalität her. Zwar existierten auch in Dresden und Leipzig Abrissgegenden, in denen Gleichgesinnte lebten und in denen es sich gut aushalten ließ, aber das Sächsische lag mir nicht. Da war noch ein Rest Preußen in mir, der wollte die Hauptstadt von

Preußen. Auch wenn die längst »von der Steppe aufgesogen« war, wie Benn nach dem Krieg gedichtet hatte. In der zweiten Hälfte des 20. Jahrhunderts existierten die Begriffe Berlin und Metropole eher als Gegensatzpaar oder als Erinnerung an die goldenen Zwanziger, an eine Stadt, die nicht schlief, diese Symphonie der schnellen Filmschnitte, rhythmisiert durch die Normaluhr am Potsdamer Platz und unzählige Taschenuhren, die die Männer an langen Ketten in ihren Westen herumtrugen und einmal am Tag aufzogen. Die Nazis machten der Metropole, die sie für einen Moloch hielten, den Garaus. Der Krieg brachte Verlangsamung und Stillstand. Die Metropole ging in den Keller.

Mit den Beschlüssen der Alliierten über die Aufteilung Deutschlands in Besatzungszonen und die Auflösung Preußens im Jahr 1947 ging der Stadt mit dem Verlust von drei Vierteln der ehemaligen preußischen Provinzen das Hinterland verloren und nur noch die pompejischen Trümmermassen gigantischen Ausmaßes ließen ahnen, dass hier mal eine Metropole mit künstlichem Licht gewesen war, in der es sich feuilletonistisch flanieren ließ.

Die »Lektüre der Straße«, wie Walter Benjamin das Franz Hessel'sche Flanieren nannte, hatte in der Stadt der leeren Räume jeglichen Reiz verloren.

Mit der Teilung lebte die Stadt in doppelter Ausführung. Es gab die Stummelhauptstadt Berlin mit bescheidenem Hinterland, das man im Bummelzug an einem Tag durchqueren konnte und eines, das die ganze Welt hinter sich glaubte. Dazwischen war eine Barriere aus Beton, die mit den Jahren auch eine mentale wurde und der Stadt einen Sonderstatus verlieh, der mit Metropole nichts zu tun hatte.

In Berlin war der Krieg stets anwesend. Unter jeder Grasnarbe, unter jeder versiegelten Fläche konnte das Grauen verborgen sein. »Immer, wenn man in Prenzlauer Berg um die Ecke ging, fehlte sie«, schrieb der Filmemacher Jörg Foth in einem Rückblick auf die Siebziger.

Und in Kreuzberg war es nicht anders.

[Provinz 4]

Es gab Urberliner und Zugereiste. Bis heute ist es schwierig, dazuzukommen. Am Arrogantesten sind die, die erst seit ein paar Wochen hier wohnen. Urberliner haben manchmal eine große Klappe und einen Dialekt, für den ich sie beneide, auch wenn es mittlerweile so ist, dass berlinernde Intellektuelle von unintelligenteren Zugezogenen für Angehörige der Unterschicht gehalten werden. Oder für Ewiggestrige.

In meiner Erinnerung lag zwischen Oktober und April immer Nebel über der Stadt. Immer war es feucht und das ganze Jahr über grau. Es hing ein Geruch aus Rauch und Benzingemisch in den Straßen und in den Höfen der Gründerzeithäuser. Im Winter froren die Toiletten ein, und wenn man versuchte, die Wäsche draußen zu trocknen, lag hinterher ein schwarzer Film aus Kohlenstaub auf dem Gewebe. Gab es überhaupt Sommer in der Stadt? Ja, ich erinnere mich an das gleißende Licht über völlig leeren Straßen, acht Spuren für einen allein, als gäbe es keine anderen Menschen.

Aber wenn man heute sonntags gegen sieben mit dem Fahrrad durch die Innenstadt fährt, kann es auch passieren, dass niemand auf der Straße ist außer einem selbst. Die Nachtschwärmer sind gerade nach Hause gekommen und die Frühaufsteher schlafen aus. Das ist allerdings auch in London nicht anders. Oder in Manhattan.

[Provinz 5]

Die meisten fuhren nach Berlin, um einzukaufen. Metropole hieß: bessere Versorgung mit Genussmitteln wie halbtrockenem Rotkäppchensekt, Kirschen, Letscho im Glas oder Zigaretten Marke Club. Manche zog es in die Ausstellungen, ins Theater, ins Kabarett oder sie hofften, seltene Bücher zu bekommen, Menschen aus fremden Ländern zu treffen oder Gleichgesinnte in der Ablehnung des Systems. Und dann war da noch das, was man Sehenswürdigkeiten nannte, das auf Russisch aber viel schöner klang: Достопримелчательности: Fernsehturm, Tierpark, Palast der Republik, Brandenburger Tor. Die meisten taten so, als gäbe es die Mauer dahinter nicht. Die Stadtpläne zeigten einen grauen Fleck ohne Straßennetz, der die Bezeichnung Westberlin hatte.

Welch ein Glück war es für mich, nach dem Mauerfall zu sehen, dass auch auf der anderen Seite ein Berlin war, das mir sofort vertraut war, nur eben geschminkt.

[Provinz 6]

Von der DDR-Provinz aus gesehen hatte der Ausspruch »Stadtluft macht frei« eine ganz besondere Bedeutung. Der Fortsatz »... nach Jahr und Tag« war im Laufe der Jahrhunderte verloren gegangen. Im Mittelalter setzten sich Leibeigene, die es nicht mehr aushielten, in die Städte ab, wo sie für ihre Grundherren meist unauffindbar waren. So wurde es Rechtsbrauch, dass ein in einer Stadt wohnender Unfreier nach Jahr und Tag nicht mehr von seinem Dienstherrn zurückgefordert werden konnte und somit ein freier Bürger war. Später allerdings wurde dieser Rechtsgrundsatz zugunsten der Fürsten wieder aufgehoben.

Bis 1972 war es kaum möglich, ohne Zuzugsgenehmigung von der Provinz nach Ostberlin ziehen zu können. Man brauchte Wohnung und Arbeit, und das eine bekam man nicht ohne das andere.

In der Nähe der Mauer wurde man als junger, in den Augen der Polizei renitent aussehender Mensch ständig kontrolliert. Mit einem Hauptwohnsitz in Doberlug-Kirchhain oder Schönebeck hatte man schlechte Karten. Man wurde dann schnell für einen jugendlichen Grenzverletzer gehalten. Es galt also, mit allen möglichen Tricks und Finessen, zumindest im Personalausweis, einen Hauptwohnsitz in Berlin zu erkämpfen.

Die Faulheit der Meldebehörden war eine Chance, durch die engen Maschen zu schlüpfen. Die heutige digitale Überwachung durch Kameras allüberall, Biometrie und fälschungssichere Ausweise machen eine Existenz jenseits der Legalität fast unmöglich.

[Provinz 7]

In Zeiten der virtuellen Vernetzung bedarf es der Metropolen für hochaufgelöste Arbeitszusammenhänge nicht mehr. Aber diese Diskussion ist eigentlich auch nur virtuell. Zwar kann man sich dank DSL Wissen, Diskurs und Arbeit in jeden heimischen PC holen, und wenn der auf dem abgeschiedensten Dorf steht, aber man kann dort zwischendurch nicht aufstehen und für eine Stunde durch Straßenschluchten spazieren oder nachts Klubs besuchen oder ins Theater gehen.

Die schiere Größe der Stadt überfordert manchen Neubewohner. In der Vergangenheit gab es ein probates Mittel gegen die Reizüberflutung, die Datsche im Grünen. Man tankte Luft und warf sich nach zwei Tagen Ruhe wieder ins Großstadtgetümmel. Inzwischen scheint die Zahl der Menschen zuzunehmen, die die

Betulichkeit des Kleinstadtlebens in der Metropole leben möchten. Ruhe und Ordnung gegen die Zumutungen der Globalisierung. Da werden Bolzplätze, Bier- und Kindergärten mitten in der Stadt geschlossen, weil Anwohner sich durch den Lärm belästigt fühlen oder die Anpflanzung hoch wachsender Bäume zu verhindern versucht, weil sie eines Tages die Eigentumswohnungen verschatten könnten.

Es gibt nur zwei Optionen für Metropolenmenschen, sich dem zu entziehen: in großstädtischere Viertel ziehen oder das Problem durch repressive Renitenz aussitzen, bis die anderen wieder weggehen.

Berlin Alexanderplatz

Das Schönste am Alex ist der viele Himmel. Allerdings nur, wenn er nicht schwer unter der Kuppel des Fernsehturms hängt.

Am Schönsten ist der Alex vom Fernsehturm aus gesehen. Das farblich voneinander abgehobene Betonpflaster bildet einen sehr dekorativen Strudel um den *Brunnen der Völkerfreundschaft.* Die Gestaltung des Platzes in den Jahren zwischen 1966 und 1970 war im doppelten Sinne eine Angelegenheit von oben. So stellte man sich die Welt im Jahr 2000 vor, und mit dem Umbau des Platzes kam man dieser schönen neuen Welt ein wenig näher. Fehlten nur noch die Flugobjekte. Menschen waren aus dieser Höhe eine zu vernachlässigende Größe. Ihre Bewegungen wurden von Kameras überwacht.

Seit es den Alexanderplatz gibt, ist er ein Seismograph der Entwicklung Berlins. Ein Ort, an dem sich nicht nur Straßen bündeln. Ursprünglich war er ein Viehmarkt vor dem Königstor, ab dem späten 18. Jahrhundert ein Exerzierplatz, bis er mit dem Bau der Stadtbahn 1882 zu einem Verkehrsknotenpunkt wurde. Wohl jede Epoche hat sich schon einmal an der Umgestaltung des Platzes versucht, keiner ist es vollständig gelungen. Bis in die Zwanzigerjahre traute sich das gehobenere Bürgertum maximal bis hier, in Richtung Norden war verbotenes Gebiet, Unorte, Proletarierviertel, Armenhäuser.

Ende der Zwanzigerjahre versuchte man sich zum ersten Mal an einer kompletten Umgestaltung. Fertig wurden nur das Alexander- und das Berolinahaus und ein Roman, der das ganze Chaos des Umbaus beschrieb: Alfred Döblins *Berlin Alexanderplatz*.

Vor den Olympischen Spielen 1936 riss man einen Teil des Georgenviertels, das an den Platz grenzte, ab und baute ein Arbeitsamt und einen Wohnblock für verdiente Kämpfer des Nationalsozialismus. Beides überlebte die Bombennächte arg beschädigt. Den Rest besorgte die Hauptstadtplanung unter der Regie Walter Ulbrichts. Das Georgenviertel wurde samt der gleichnamigen Kirche vom Stadtplan getilgt. Zu dieser Zeit stand zwischen Gleisen der Straßenbahn, die kurze Zeit später vom Platz weggeleitet wurde, auf dem Alexanderplatz ein Transparent: »Deine Tat für Deine Hauptstadt«. Man sollte es wieder aufstellen.

In schöner Dialektik hat sich 1989 die Weite des Platzes gegen die Regierung gerichtet, die ihn zwanzig Jahre vorher in dieser Form anlegen ließ. Am 4. November war genug Raum für annähernd eine Million Leute.

Der neue Alexanderplatz wird kein Demonstrationsort für große Massen mehr sein können, es sei denn, ein unangemeldeter Aufstand wälzte sich durch die geplanten Shoppingmalls in neuen Hochhäusern, von denen einige glücklicherweise mangels Nachfrage schon wieder gestrichen wurden.

Der Platz ist nicht schön, hat aber einen Vorzug, den keiner der neuen Orte besitzt, die in den letzten Jahren um-, aus- oder zugebaut wurden – er ist kein bisschen künstlich. Er ist zum Kotzen authentisch. Alles, was man gerne ausblenden würde und was es in jeder Stadt gibt, die eine Metropole sein möchte: Armut, Arbeitslosigkeit, müde Gestalten, die, von der Arbeit kommend, das öffentliche Verkehrsmittel wechseln, Urin- und Bratwurstgeruch, Hunde, Schnorrer und Weltbeglücker findet man hier. Der Alexanderplatz ist Zuhause, Umsteigeort und Treffpunkt. Das Beste, was ihm in den letzten Jahren passiert ist, ist die Straßenbahn, die jetzt wieder über den Platz fährt. Und in welcher Metropole kann man mitten in der Stadt Basketball spielen? Wenn ich mir etwas wünschen könnte, wäre es ein Liegestuhlverleih im Sommer.

Den Plänen des neuen Alexanderplatzes nach, sollen nur noch die Menschen mit Einkaufstüten übrig bleiben.

Die Regierungen kommen und gehen, Berlin bleibt. Zwar ist die Stadt jedesmal etwas lädiert, aber bisher hat sie sich immer wieder hochgerappelt. Das gleiche gilt für den Platz. Im Prinzip könnte man sich nach aller Erfahrung beruhigt nach hinten lehnen und abwarten: Versucht es doch, auch ihr werdet es nicht schaffen.

Nur werden die Shoppingruinen leider den Blick in den Himmel verstellen.

Stadtradierungen

Schon viele Herrscher haben ihre Köpfe über Modelle von Berlin gebeugt. Es muss eine Genugtuung, wenn nicht gar ein Machtrausch sein, die Häuser ganzer Straßenzüge vom Brett zu nehmen und an die Seite zu stellen, wo sie von dienstbaren Kreaturen der Vernichtung zugeführt werden. Dann geht es ans Neuordnen. Im Modell einer Stadt gibt es keine Menschen, die schreien, sich beschweren oder Selbstmord begehen. Die Exmittierung in der Wirklichkeit wird den Lakaien der dienstbaren Kreaturen überlassen.

Radierung 1: Albert Speer
»An der Saale hellem Strande«

Der Saalestraße, die sich vom Bahnhof Neukölln ausgehend entlang des Bahndamms der Ringbahn in Richtung Sonnenallee zieht, fehlen von Nummer 1 bis 24 alle Vorderhäuser. Bei meinem ersten Ausflug in diese Straße hielt ich das für einen von Fliegern mit Hilfe von Kettenminen oder einem großflächigen Brandbombenteppich verursachten Kriegsschaden.

Die Straße war allerdings schon einige Jahre vor den Bombardierungen Berlins den Plänen des von Hitler eingesetzten Generalbauinspektors für die Reichshauptstadt, Albert Speer, im Wege gewesen. Die Hauptstadt Germania brauchte große Bahnhöfe. Für ein paar Zufahrtsgleise wurde eine gerade 37 Jahre alte Straße in Rixdorf fast komplett beseitigt, Haus für Haus, Etage für Etage, fein säuberlich auseinandergenommen; Holz von Stein getrennt, die Pflastersteine des Gehwegs zu ordentlichen Haufen aufgestapelt, die Erker,

Türmchen, Giebel und der Fassadenschmuck von Fotografen sorgfältig dokumentiert. Von hinter den Fenstern lebenden Menschen kündeten nur die vereinzelt noch bepflanzten Balkone, als habe es bis zuletzt die Hoffnung gegeben, die Entmietung könnte an diesem Haus vorübergehen. So auch in der Nummer 8, wo am Giebel über der Balkontür die überlebensgroße steinerne Frau mit dem Kleinkind auf dem Arm gegen den Wind gestemmt am Ufer eines Meers stand, um auf die Rückkehr ihres Matrosen zu warten, der gerade mit seinem Segelschiff unterging. Kaum waren Witwe Agahd, Architekt Braune, Studienrat Kettner, Kellner Lengricht, Kaufmann Meyer, Frau Protze und der Waffenhändler Reuß ausgezogen und der Giebel abgerissen, kam der Krieg und brachte die Abrissarbeiten zum Erliegen.

Radierung 2: »Berlin 1945« von Winston Churchill nach einer Idee von Adolf Hitler

Von einer »Radierung Churchills nach einer Idee von Hitler« schrieb Bertolt Brecht beim Anblick Berlins nach seiner Rückkehr aus dem Exil. Im »Museum der bedingungslosen Kapitulation« in Karlshorst stand ein Modell von Berlin, das den Befehlshabern der Roten Armee beim Sturm auf die Reichskanzlei einen Weg durch die tote Innenstadt weisen sollte. Statt Häusern gab es aus Sperrholz geschnitzte Ruinenstummel und Steinhaufen. Erstaunlich, dass diese Trümmer noch Hausnummern hatten. Manche Straßen verschwanden für immer vom Stadtplan. Roonstraße, Kronprinzenufer und Viktoriastraße existieren nur noch in den Abräumakten des Heimatmuseums Tiergarten.

Radierung 3: »Kurzer Abriss der Geschichte Alt-Berlins« von Walter Ulbricht

Von der Saale hellem Strande Richtung Ostsee. Ring über Ostkreuz, fast eine halbe Drehung entgegen der Uhrzeigerrichtung. Zu Zeiten der Sektorengrenze hieß es, hinter der Station Sonnenallee würde die Stadt dunkler werden. Sie war einfach nur grauer.

In der Hauptstadt der DDR radierte Walter Ulbricht Anfang der Sechzigerjahre an der Gegend um den Alexanderplatz herum. Das Viertel um die Georgenkirche verschwand zugunsten autogerechter achtspuriger Straßen und Häuser, die wie Schuhschachteln in der Gegend herumstehen, vollständig vom Stadtplan. Von der Fischerinsel blieb nur der Name übrig. Am Ende waren die Schwarzpläne von Alt-Kölln, Luisen- und Königsstadt weiß mit vereinzelten schwarzen Riegeln und Punkten – Elfgeschosser und Punkthochhäuser. Das Weiß war die Leere, auch »Licht, Luft und Sonne« genannt. Den nachfolgenden Diktatoren und Diktatörchen gingen bald Puste und Geld aus. Immer noch fährt die Ringbahn zwischen Ostkreuz und Schönhauser Allee an den ausgestellten Hinterhöfen neben dem S-Bahngraben entlang.

Radierung 4: Willy Brandts »Rotes Vineta«

Ringbahnhof Gesundbrunnen. Hinterausgang Swinemünder Straße. Ecke Rügener Straße nach rechts. Als sich Werner Kohn im März 1976 durch die Putbusser Straße fotografierte, waren die meisten der Häuser zwischen Rügener und Lortzingstraße entmietet, die Erdgeschosszonen vermauert. Nicht eine einzige Lücke hatte der Krieg in die Häuserreihe der Südseite gerissen. Nun gähnten hier leere Fensterhöhlen, die Kreuzstöcke herausgebrochen, die Fensterscheiben mit den

Pflastersteinen des Gehwegs eingeschlagen. Nur in der Nummer 44 hatte sich jemand vorerst noch erfolgreich gegen seine Umsetzung gewehrt und schaute aus dem Fenster auf die leere Straße, und auch die Engelhardt-Klause eine Etage unter ihm schien noch Bier und Schnaps gegen den Kummer an die letzten aufrechten Weddinger auszuschenken, bevor die Gäste samt Wirt ins Märkische Viertel oder in die Gropiusstadt verfrachtet wurden. Stadtumbau hieß hier nicht nur mehr Komfort, sondern auch Befriedung. Mit dem Verschwinden der Häuser und der Umsetzung von 39 000 Menschen ging die Geschichte eines Arbeiterviertels zu Ende, in dem das Gespenst des Kommunismus, zumindest in den Albträumen Westberliner Politiker, immer noch Schatten warf, dabei hatte, nach den Nationalsozialisten, Walter Ulbricht mit seiner Politik im Osten der Stadt den Weddingern den Kommunismus endgültig ausgetrieben.

Die Bewohner des Viertels um die Brunnenstraße waren mit dem Bau der Mauer in eine Sackgasse geraten, das Quartier bot sich an für städtebauliche Experimente. Hier, im Wahlkreis Willy Brandts, ging es fortan um »Bauen als symbolische Politik«. Für den Umbau des Wedding, bald Kahlschlag genannt, wurde eine gigantische Geldverschwendungsmaschine angeworfen, Privatgrundstücke von gemeinnützigen Wohnungsbaugesellschaften aufgekauft, alte Häuser abgerissen und neue gebaut, die schon von Weitem dünnhäutig und wie nur zum Schlafen gemacht erscheinen.

Ist es Ironie der Geschichte, dass sich im Mittelpunkt des Viertels ein Platz namens Vineta befindet? Und das einzige aus der Gründerzeit erhaltene Gebäude die Vineta-Grundschule ist? Die sagenumwobene Stadt wurde den Erzählungen zufolge von »Barbaren, Griechen, Slawen und Sachsen« bewohnt. Der Wohlstand war so groß, dass »die Mütter ihren Kindern den Hintern mit Semmeln abwischten«. Selbiges ließ und lässt sich (trotz zwanzigjähriger Sanierung) von Wedding ganz und gar nicht sagen, wenngleich die Putbusser Straße, den Namen der Bewohner im Adressbuch nach, schon vor dem Abriss Anfang der Siebzigerjahre multikulturell war. Multikulturell ist sie noch heute, lebendig nicht.

Der Mangel an Geld und die Renitenz der Bewohner samt einer Ende des 20. Jahrhunderts aufkommenden neuen Spezies, der Instandbesetzer, waren ein Segen für die Stadt. So überlebten in Ostberlin der Prenzlauer Berg und in Westberlin Kreuzberg.

Die Radierer der neuen deutschen Hauptstadt der Jahrtausendwende haben sich über viele Modelle gebeugt, von den großen Plänen – von denen der gigantischste der Traum von Olympia 2000 war – blieben bis auf wenige Ausnahmen nur Schulden, Leerstand, Investruinen und eine landeseigene Bank kurz vor der Pleite.

Radierung 5: Kinder malen die Stadt im Jahr 2100

Als auf den schwach beleuchteten Straßen des Vinetaviertels und im Nebel eines Februarabends die Leute nur noch schemenhaft zu erkennen und die Häuser von denen in Hellersdorf nicht zu unterscheiden sind, laufe ich auf der Swinemünder Straße über die Millionenbrücke zur Ringbahn zurück. Unter mir erstreckt sich das Gelände des Bahnhofs Gesundbrunnen. Aufgeschüttete Erdmassen, halb fertiggestellte Bahnsteige, Schotter und Schienen. Der Bau des neuen Eisenbahnkreuzes zieht sich hin. Zwischen Ramlerstraße und Gleisbett ist ein übereinandergeschachteltes Containerdorf der Firma HOCHTIEF abgestellt. Wie in einer Puppenstube agieren Personen hinter den Fenstern. Im vierten Container von links, dritte Etage, nimmt einer den Helm ab, im zweiten Container von rechts, Erdgeschoss, liegt einer mit Arbeitskleidung im Bett, in der Mitte der zweiten Etage sitzt jemand an einem Tisch, den Kopf auf die verschränkten Arme gelegt. Jede Person ist autark und doch nur Zentimeter von der anderen entfernt.

Vielleicht bekommen zukünftige Generationen bei der Geburt einen Container zugeteilt, jedes Kind einen, farblich weltweit am Geburtsjahr orientiert, den Geburtsort als Schriftzug an der Wand verewigt, als könne man sich zur Not daran festhalten. So ein Container lässt sich, wenn er einer Strategie im Wege ist oder Katastrophen das Land verwüsten, samt Bewohnern per Schiff oder Truck, Transportflugzeug oder Zug an glücklichere Orte bringen.

Ein vergessenes Kapitel

Während des Krieges arbeiteten Zwangsarbeiter auch in der heutigen Kulturbrauerei

»Vergiftungsgefahr! Garage zügig verlassen. Im Stand Motor abstellen«, bittet das gelbe Schild in der zweiten Etage der Tiefgarage der Kulturbrauerei. Es ist still hier unten, fast ein bisschen unheimlich. Ein nagelneuer Sportwagen steht am Aufgang zur Hoftreppe. Auch die anderen Fahrzeuge lassen darauf schließen, dass die Zeiten der schweren körperlichen Arbeit und der Alternativkultur hier vorbei sind.

Dem frischen Beton nach könnte man meinen, es handele sich um einen Neubau. In Wirklichkeit aber sind es die alten Brauereikeller der Schultheiss-Brauerei, die wie das gesamte Gelände in frischem Glanz erstrahlen. Die Treuhandliegenschaftsgesellschaft, die Millionen für den Umbau investierte, hofft, dass die Kulturbrauerei zu einem Flaggschiff der Berlinkultur werden wird.

Vor sechs Jahren war ich schon einmal hier unten, in Begleitung von Herrn F., der mir zeigen wollte, wo er als Hitlerjunge die letzten fünf Tage des Zweiten Weltkrieges verbracht hatte. Als die Rote Armee vor Berlin stand, wurde die Stadt zur Festung erklärt und wie eine Torte aufgeteilt. Der Befehlsabschnitt H, der ungefähr das Areal des heutigen Großbezirks Prenzlauer Berg-Weißensee-Pankow umfasste, hatte seinen Befehlsstand in der Schultheiss-Brauerei an der Schönhauser Allee. Auf dem burgähnlichen Gelände verschanzten sich SS-Leute, Wehrmachtsangehörige, Funktionäre der NSDAP und Hitlerjungen. In den letzten Stunden wurden auf dem Hof noch Deserteure und Widerstandskämpfer erschossen. Die Soldaten und Hitlerjungen schickte man in der Nacht vom 1. zum 2. Mai auf die Schönhauser Allee. Von dort aus sollten sie nach Nauen ausbrechen. Dazu kam es nicht mehr, und Herr F. war einer der wenigen Übriggebliebenen, die fünfzig Jahre später noch reden konnten.

Die Brauerei an der Schönhauser Allee verdankt ihre Existenz vier von der Roten Armee geschickten Parlamentären, die die noch nach der offiziellen Kapitulation am 2. Mai in der Brauerei verschanzten Nazis zur ehrenvollen Kapitulation überredeten. Die Rote Armee hatte die Sprengsätze an den Mauern schon angebracht.

Nach den Kämpfen waren auf dem kleinen Gartengelände vor dem Verwaltungsgebäude, das, als »Bierkirche« bekannt, später den legendären Franz-Klub beherbergte, hundert Tote vorübergehend beigesetzt worden. Wie viele Zwangsarbeiter unter den Opfern waren, ist nicht mehr zu ermitteln. Als die Wehrmacht die Gebäude übernahm, sollen nur noch die Spuren der Zwangsarbeit vorhanden gewesen sein – ein Keller voller Maschinen. Die Produktion war schon eingestellt.

Heute ist von dieser Geschichte nichts mehr übrig. Der Glanz der renovierten Gebäude erzählt zwar noch von der Existenz der Flaschenbierabteilung, der Pichhalle, Böttcherwerkstatt und den Ställen, aber dass in Stall 9 Zwangsarbeiter lebten, gehört nicht dazu.

Die Schultheiss-Brauerei ist über die Jahre in Amnesie gefallen, was das Kapitel Zwangsarbeiter angeht. Schaut man heute auf der Website der Firma nach, findet man zwar eine Seite über die Historie, aber zwischen dem Jahr 1928 und dem Jahr 1945 (»Ein dunkles Kapitel ist beendet«) gibt es ein großes Loch. Als das American Jewish Committee zusammen mit der Berliner Geschichtswerkstatt im Januar 2000 eine Liste der Berliner Firmen veröffentlichte, die Zwangsarbeiter beschäftigt haben, war die Schultheiss-Brauerei nur mit einer Tochter, der Engelhardt-Brauerei, aufgeführt. Dem Entschädigungsfonds trat sie nicht bei. Die Liste des AJC allerdings basiert nur auf zwei Quellen, der Dokumentation von Rainer Kubatzki »Standorte und Topographie der Kriegsgefangenen- und Zwangsarbeiterlager in Berlin und Umland« und dem Projekt »ZwangsarbeiterInnen – vergessene Opfer des Nationalsozialismus« der Berliner Geschichtswerkstatt. Für den Prenzlauer Berg aber lassen sich noch unzählige andere Betriebe finden, die Zwangsarbeiter beschäftigten. Am 7. Dezember 1945 gab der oberste Chef der sowjetischen Militäradministration in Deutschland den Befehl 163 an die Stadt Berlin und mit ihr an alle Reviervorsteher über die Durchführung von Nachforschungen nach Angehörigen der Vereinten Nationen. Bis zum 1. Februar 1946 sollten Listen der Kriegsgefangenen, der zwangsweise Verschleppten und der Flüchtlinge, nach Nationalitäten geordnet, aufgestellt werden. »Jede Nichtbefolgung, Verspätung, Ungenauigkeit oder jeder Unwille mit Bezug auf diesen Befehl wird als Verletzung der Verpflichtungen betrachtet, die Deutschland auf sich genommen hat. Die Schuldigen werden zu strenger Verantwortung gezogen.« In Prenzlauer Berg hat man diesen Befehl sehr ernst genommen. Die Liste der Betriebe, die Kriegsgefangene und Zwangsarbeiter beschäftigten und die bis heute im Landesarchiv liegt, ist lang. Auf der Liste des American Jewish Committee ist nur die Goldpunkt-Schuhfabrik in der Erich-Weinert-Straße aufgeführt. Die meisten Betriebe existieren heute nicht mehr. Oft waren es kleine Handwerksbetriebe oder Familien, die ein Dienstmädchen beschäftigten. Aber es gibt auch größere Firmen, deren Namensliste von Kriegsgefangenen und Zwangsarbeitern sich über mehrere Seiten zieht. Unter ihnen ist die Schultheiss-Brauerei mit ihrer Abteilung I in der Schönhauser Allee. Auf der Liste mit Name, Geburtsdatum und Heimatort finden sich 23 Italiener, 6 Franzosen, 6 Belgier und 11 Tschechen, insgesamt 43 Männer und 3 Frauen.

Bei einer genaueren Recherche stieß ich im Ostberliner Stadtarchiv auf eine Akte der Schultheiss-Brauerei. Aus ihr geht hervor, dass es neben den in der Liste von 1946 Aufgeführten auch noch etliche andere Zwangsarbeiter auf dem Gelände gab. Die meisten waren Kriegsgefangene.

Die Schultheiss-Brauerei mit ihren vielen Niederlassungen war nicht irgendeine Firma. Am 1. Mai 1938 war der Berliner Betrieb zum zweiten Mal von Adolf Hitler als »Nationalsozialistischer Musterbetrieb« ausgezeichnet worden. Als solcher wurde er wahrscheinlich bevorzugt mit ausländischen Arbeitskräften versorgt, die zum Teil auch dann noch blieben, als Brauereien längst nicht mehr zu den kriegswichtigen Betrieben zählten.

Ausländische Arbeiter, die keine Kriegsgefangenen waren, wurden durch das Arbeitsamt Berlin vermittelt. Am 18. Oktober 1941 forderte es von der Schultheiss-Brauerei 8,50 RM Gebühr für die Genehmigungserlaubnis auf Grund der Ausländerverordnung vom 23. Januar 1933 für den »ausländischen Arbeitnehmer« Josef Possemiers. Ein weiteres Dokument des Arbeitsamtes betrifft Alfons René Rens. Hier heißt es noch zusätzlich: »Die Ausländergebühren werden für die Ausstellung der Ausländerpapiere erhoben, die für jede Arbeitsstelle neu ausgefertigt werden müssen. Sie sind auch dann zu zahlen, wenn das Arbeitsverhältnis nur von kurzer Dauer war.« Possemiers ist auf der Kommandanturliste von 1946 verzeichnet, Rens nicht. Auch der Pole Marian Winiarski fehlt auf dieser Liste, von ihm aber existiert noch die Arbeitserlaubnis in den Schultheiss-Akten. Sie wurde am 13. März 1944 ausgestellt und war gültig bis zum 31. Dezember 1945.

Am 10. Februar 1942 schloss die Schultheiss-Brauerei AG in der Schönhauser Allee mit dem Kommandanten des Kriegsgefangenen-Mannschaftsstammlagers (Stalag) III D einen Vertrag über die Überlassung von 30 Kriegsgefangenen ab, die als Hilfsarbeiter in der Brauerei im »Gärkeller, Abfüllkeller, Lagerkeller, auf der Rampe zum Verladen des Bieres« beschäftigt werden sollten.

In §2 des Vertrages hieß es: «Der Unternehmer hat die bei ihm beschäftigten Kriegsgefangenen menschenwürdig zu behandeln und sie insbesondere gegen Gewalttätigkeiten, Beleidigungen und öffentliche Neugierde zu schützen.«

§3 regelte den Umgang mit den Kriegsgefangenen: »Der Unternehmer hat dafür zu sorgen, dass die Kriegsgefangenen nicht mit freien Arbeitern ausländischer Nationalität gemeinsam beschäftigt werden. [...] Eine gemeinsame Beschäftigung mit Frauen ist grundsätzlich verboten. Deutsche Arbeiter, die mit Kriegsgefangenen an dem gleichen Arbeitsplatz tätig sind, müssen laufend über die für den Verkehr mit Kriegsgefangenen geltenden Bestimmungen belehrt werden. Ein Merkblatt über das Verhalten gegenüber Kriegsgefangenen ist an der Arbeitsstelle auszuhändigen.«

Auch das Merkblatt fand sich noch in der Akte. Es heißt dort unter anderem: »Kriegsgefangene gehören nicht zur Haus- oder Hofgemeinschaft, also auch nicht zur Familie. Sie haben als Soldaten ihres Landes gegen Deutschland gekämpft, sind daher unsere Feinde. Wer sie besser behandelt als deutsche Arbeitskräfte, wird zum Verräter an der Volksgemeinschaft. Deutsche Frauen, die in Beziehungen zu Kriegsgefangenen treten, schließen sich von selbst aus der Volksgemeinschaft aus und erhalten ihre gerechte Bestrafung. Selbst der Schein einer Annäherung muss vermieden werden. Jedes Entgegenkommen gegenüber Kriegsgefangenen erleichtert dem Feind die Spionage und Sabotage und richtet sich damit gegen unser Volk.«

Unter dem Stichwort Versorgung findet sich der Passus: »Geld und andere Wertgegenstände dürfen Kriegsgefangene nicht erhalten, ebensowenig Alkohol, soweit dieser nicht zur betriebsüblichen Ernährung gehört.« In Brauereien aber war das der Fall. Auch dafür gab es eine schriftliche Regelung: Das Wachkommando bekam 3 Flaschen je Mann und Tag, die Kriegsgefangenen je Arbeitstag einen ½ Liter, das waren für sechs Arbeitstage 9 Flaschen plus eine für den Sonntag.

Vergütet wurden die Kriegsgefangenen mit sogenanntem Lagergeld, das die Brauerei im Stalag III D gegen Reichsmark eintauschen konnte. Die Kassenstunden waren schriftlich festgelegt. Die Auszahlung von kursfähigem Geld war streng verboten.

In der folgenden Zeit gab es in der Brauerei immer wieder Betriebsappelle, auf denen der Betriebsführer zu Arbeitsdisziplin und dem Umgang mit Kriegsgefangenen Stellung nahm. Im November 1942 appellierte er an die Kollegen: »Jeder Arbeitskamerad muss stolz sein auf seine Arbeitsstätte und Freude an der Arbeit haben und darf nicht vergessen, dass er einst Führer über ausländische Arbeitskräfte sein soll, da wir auf deren Arbeitskraft nicht mehr verzichten können.« Wahrscheinlich gab es Probleme mit der Abgrenzung zwischen Kriegsgefangenen und deutschen Arbeitern, denn so groß war das Gelände nicht, dass man sich hätte aus dem Weg gehen können.

Für die Abteilung I existiert auch noch eine Inventarliste aller Räume in der Akte. Hinter »Gefangenenlager (früher Stall)« hat jemand mit Bleistift »Stall 9« geschrieben. Inventar mit der Nummer 2522 sind »2 gusseiserne emaillierte Waschtröge 600 x 300 x 300 mm«. Dazu kam noch ein fünf Meter langer Waschtrog aus Zinkblech, zwölf Wasserhähne à 13 mm, ein Hahn à 25 mm, Heizungen, Rohrleitungen und Beleuchtung, alles in allem 1160 RM wert. Betten gehörten nicht zum Inventar.

Die Wachstube dagegen war weniger spartanisch eingerichtet. Neben Gewehrständer, Führerbild und eisernen Bettstellen mit Zubehör verfügte sie auch über Eisschrank, Radio, Telefon und Sofa. Am 5. Oktober 1944 gaben die Wächter zu Protokoll: »Weisungsgemäß untersuchten wir heute früh zwischen 5 und 6 Uhr in der Unterkunft der Franzosen Schränke, Koffer, Strohsäcke nach Waffen etc. Es wurde nichts gefunden.«

Anzahl und Namen der französischen und italienischen Kriegsgefangenen lassen sich nach Vergleich der Schultheiss- und Kommandanturlisten verifizieren. 1943 waren 17 französische Kriegsgefangene in der Brauerei, die am 1. Oktober 1943 aus der Kriegsgefangenschaft zum zivilen Arbeitseinsatz in Berlin »beurlaubt« wurden. Fortan wurden sie wie französische Zivilarbeiter behandelt und in Reichsmark bezahlt. Auch Kinos und Gaststätten durften sie besuchen. Elf von ihnen waren in der Abteilung Nordost beschäftigt. Am 8. November 1943 bat die Abteilung I die Abteilung Nordost, die elf Franzosen in eigenen Räumen unterzubringen. Die sechs verbliebenen Franzosen tauchten dann 1946 namentlich auf der Liste der Zwangsarbeiter auf, die das zuständige Revier an die sowjetische Kommandantur gab.

Die Italiener kamen am 31. Oktober 1944. In den

Akten ist zu lesen, dass 47 Personen von der Abteilung I Holzschuhe bekamen, die ausdrücklich als Betriebseigentum deklariert wurden. Handschriftlich gekennzeichnet sind die Namen derjenigen Italiener, die bis zum 30. April 1945 in der Abteilung I verblieben. Es sind die 23, die später auch auf der Liste der Kommandantur auftauchen. Die anderen wurden wahrscheinlich auf andere Brauereiabteilungen verteilt.

Was die anderen ausländischen Arbeiter angeht, ist die Aktenlage nicht so eindeutig. Immer wieder kam es zu Umsetzungen. Manche wurden in Rüstungsbetriebe verpflichtet, andere ausgetauscht, zwei Tschechen flohen, als die Front näherkam.

Am 9. Februar 1944 stellte die Sauerkohlfabrik Friedrich Tinius in Berlin-Heinersdorf der Brauerei Antoni Kasperek, Jg. 1909, einen Polen, und Adolf Schkljarski, Jg. 1926, einen sogenannten Ostarbeiter, als Leiharbeiter zur Verfügung.

Neben den »oberirdischen« Zwangsarbeitern gab es aber auch noch die »unterirdischen«, die in keiner Liste auftauchen – ukrainische Frauen und Mädchen, die als sogenannte Ostarbeiterinnen für die Firma Telefunken in den Brauereikellern der Abteilung I in der Schönhauser Allee unter weitaus schlechteren Arbeitsbedingungen Nachrichtengeräte zusammenbauten. In der Hierarchie der ausländischen Arbeitskräfte standen sie auf der letzten Stufe. Sie durften sich außerhalb des Lagers und des Arbeitsplatzes nicht frei bewegen und mussten das Kennzeichen »Ost« tragen. Im Juli 1943 wurde die Kennzeichnung der Ostarbeiterinnen neu geregelt. Ostarbeiterinnen mit schlechter Führung und schlechter Leistung mussten das Ostarbeiterzeichen an der rechten Brustseite, Ostarbeiterinnen mit einwandfreier Leistung durften es am linken Ärmel tragen.

Im Jahresabschluss der Schultheiss-Brauerei vom 24.11.1945 hieß es noch: »Auch die durch die letzten Kampfhandlungen verursachten Schäden wirkten sich nicht hemmend auf die Produktion aus. Die Bierlagerkapazität jedoch wurde infolge Einmietung der Telefunkengesellschaft in unseren Betrieb von ca. 70.000 hl auf rd. 30.000 hl verringert.« 1967, anlässlich des 125-jährigen Jubiläums der Schultheiss-Brauerei, hatte man diese Geschichte längst vergessen. Stattdessen hieß es in der Festschrift: »In Berlin sollten Braustätten zusammengelegt und Betriebe und Kellerräume der Brauereien für die Rüstungsindustrie freigemacht werden. Bevor endgültige Beschlüsse gefasst wurden, konnten die amtlichen Stellen auf die fehlenden Erfahrungen in der Herstellung von Munition und hochentwickelten technischen Instrumenten in feuchten Brauereikellern hingewiesen werden. Über die Versuche, die Keller zu entwässern und trockenzulegen, die viele Wochen in Anspruch nahmen, ging der Krieg vorüber.«

Als wir vor sechs Jahren in den unbeleuchteten Kellern der Brauerei herumkrochen, von deren Wänden das Wasser lief und sich zwischen Schutt auf dem Fußboden sammelte, erinnerte sich Herr F., dass in der ersten Kelleretage ein Lazarett eingerichtet war, in der zweiten Kelleretage aber der Divisionsstab zwischen den hinterlassenen Maschinen einer Fabrik saß.

Wie viele Frauen in dieser zweiten Kelleretage der Brauerei schuften mussten, ist unbekannt. Aber es gibt Zeitzeugen wie Walentina G. aus der Husemannstraße, die sich an die Frauen und Mädchen erinnern konnte. Jeden Morgen müssen sie die Schönhauser Allee längsgegangen sein. Sie kamen aus dem ehemaligen Jüdischen Altersheim, aus dem Monate vorher die letzten Juden in die Vernichtungslager deportiert worden waren, liefen ein Stück an der Mauer des jüdischen Friedhofs entlang, dort, wo die Straße leicht ansteigt zum Plateau des Barnim, an den Gründerzeithäusern entlang, über die Wörther Straße, vorbei an den Trümmern der Nummern 30 bis 35, bis sie am Turm der Schultheissbrauerei nach rechts abbogen und durch den Eingang der Brauerei an ihren Arbeitsplatz gingen. Walentina G. haben die Frauen und Mädchen damals leid getan: »Wenn die Mädchen Arbeitsschluss hatten, freitags, sind sie zu dem Bäcker gegangen, der neben meinen Eltern war. Und dann haben wir zusammengelegt, Marken für Salzkuchen hatten wir immer übrig. Und da haben wir die an die Mädchen verschenkt. Da ist so ein Strolch gekommen von der Partei, und da sagte dann die Bäckersfrau den einen Tag, ich darf denen das nicht mehr geben. Der hat gesagt, dann passiert was. Wir haben dann die Salzkuchen selbst gekauft und sie ihnen auf der Straße gegeben.« Nach Walentina G.s Erinnerungen sollen die Mädchen von der SS bewacht worden sein.

Über die Existenz der Ukrainerinnen in der Schönhauser Allee gibt auch ein Schulaufsatz von Hannelore N. aus dem Jahr 1946 Auskunft, der die letzten Kriegstage beschreibt: »[Die russischen Soldaten, A.G.] zogen ganz friedlich bis zu dem großen Judenheim, welches von den Nazis als Todt-Heim eingerichtet war und verweilten dort eine Weile. In dem Heim waren noch ukrainische Mädel. Als die die Russen sahen, kamen sie herausgestürmt und flogen den Russen um den Hals, dass sie gar nicht weitergehen konnten.«

Mit dem Befehl 124 vom 30. Oktober 1945 wurde die Abteilung I der Schultheiss-Brauerei neben 56 anderen Betrieben des Bezirkes von der Sowjetischen Militäradministration beschlagnahmt und vorerst als Sowjetische Aktiengesellschaft weitergeführt, bis der Betrieb volkseigen wurde. Bis 1967 braute man noch Bier an diesem Standort, dann zog der Betrieb um nach Weißensee. Nach einer Interimszeit als Möbelhaus ist der Ort seit einem Jahrzehnt unter dem Label Kulturbrauerei über die Grenzen Berlins hinaus bekannt.

Alte Neue Mitte

Ich kenne keine Neue Mitte. Das, was im Feuilleton dafür gehalten wird, war für mich immer Mitte, ein Stadtbezirk, der bei seiner Nennung keiner sichtbaren Attribute bedurfte. Mitte war eben das Zentrum, wie der Name schon sagt, eine Mischung aus Regierung, Übriggebliebenen, Pissegestank und guter Infrastruktur. Man kommt da schnell hin und schnell wieder weg. Daran hat sich wenig geändert, nur das Personal ist, bis auf Ausnahmen, ein anderes.

Ausnahmen sind beispielsweise Gerd & Elisabeth. Sie bewegen sich seit Jahrzehnten im Dreieck Novalis-, Linien-, Tucholskystraße. Als ich sie Anfang der Achtzigerjahre kennenlernte, hingen am Sonntag die Bewohner der Vorderhäuser, die Arme auf Kissen abgelegt, am Fenster und schauten auf die Novalisstraße, auf der nichts passierte, sieht man mal von den immergleichen Trabbis ab, die in Drei-Minuten-Abständen durch die Straße treckerten. Wir haben uns dazugesellt, freilich ohne Kissen. Es war großes Theater in Beckettscher Tradition.

Was uns schon damals interessierte, war die Geschichte vor der Zeit, in der wir uns bewegten. Die historischen Spuren im Zentrum Ostberlins, wie auch in den Gründerzeitvierteln Prenzlauer Berg oder Friedrichshain, waren damals unter einem Hauch Patina und Verfall deutlich sichtbar. In der Wendezeit wurden sie geborgen, kurze Zeit später durch Komplettsanierung nahezu vernichtet und die letzten Reste für den Immobilienmarkt zurechtgebogen, mundgerecht als »Wohnen im historischen Ambiente – Appartements im Scheunenviertel«.

Was es braucht, um als Eingeborene in Mitte zu leben,

ist Langmut: »Die Westler kommen und gehen. Wir bleiben«, heißt es unter ihnen. Den Hausbesetzern folgten die Hausbesitzer, die in der Regel an Dritte veräußerten. Der Einbruch des Neuen Marktes hat viele Dachgeschossbewohner wieder auf die Straße befördert. Die Krise hat die Hochglanzprospekte der Neuen Mitte in Turbogeschwindigkeit zu Altpapier werden lassen.

Im echten Scheunenviertel (das sich im Gegensatz zum falschen nur von Kleiner Alexanderstraße bis Rosenthaler Straße erstreckt) hat inzwischen fast jeder Gewerberaum mindestens einmal den Nutzer gewechselt. Neben austauschbaren Mitte-Touristen-Abzockbars verschwand leider auch Juliettes Literatursalon. Es fällt mir eigentlich nur ein Ort ein, der in den letzten vierzig Jahren immer gleich geblieben ist: Es ist die Franz-Mett-Sporthalle in der Gormannstraße. Sogar den Namen des 1944 hingerichteten Widerstandskämpfers, der zu Lebzeiten um die Ecke in der Mulackstraße wohnte, hat sie behalten, nur die DDR-typische Rauputzfassade wurde abgeklopft.

Als Turnhalle errichtet wurde dieses Gebäude nicht. Es entstand Anfang des 20. Jahrhunderts auf dem Gelände eines aufgelassenen Teils des Garnisonsfriedhofs. Um 1920 zog der Zentrale Arbeitsnachweis ein, die Eingänge nach Geschlechtern getrennt. Im November 1923 gingen von hier die Scheunenviertelkrawalle aus, bei denen Arbeitslose, denen keine Unterstützung ausgezahlt wurde, Geschäfte plünderten. Erstmals setzte die Polizei bei der Niederschlagung des Aufstandes die neuen Gummiknüppel ein. Nach einer Nutzung als Ballhaus und der Zerstörung zweier Etagen während des 2. Weltkrieges baute man das Gebäude 1961 zu der Mehrzwecksporthalle um, die sie noch heute ist.

Der Hallenwart trägt einen Jogginganzug, wie er als Freizeitbekleidung in Vorstädten und der Ostprovinz üblich ist und nicht so recht in die Touristenszene passen will. Genauso wenig wie eine Halle für klassischen Vereinssport, ohne Wellness- und Saunabereich. Der Hallenwart sieht auch nicht aus, als ob er Sport treibt. Er verteidigt hier das Proletariat. Jeder, der an ihm vorbei in die Halle geht, wird auf seine Sporttauglichkeit gemustert. Aber man muss dann nur seine Sporttasche schwenken und wird durchgewinkt.

Vorige Woche allerdings habe ich einen zweiten Ort in Mitte entdeckt, um den jede Veränderung einen noch größeren Bogen gemacht hat. Der Hörsaal 1072 an der Humboldt-Universität sieht noch, einschließlich Interieur, genauso aus, wie ich ihn vor Jahren verlassen habe. Man könnte ihn komplett hundert Meter weiter ins Deutsche Historische Museum expedieren, wo auch die Neue Mitte ein schönes Eckchen verdient hat.

Eberswalder Straße

Eine ältere Frau sitzt auf dem mittleren Platz im Straßenbahnwartehäuschen. Sie trägt eine hellgrüne Jacke, die sie bis oben geschlossen hat. Ihre Handtasche hat sie auf dem Schoß abgestellt, ihre Hände umklammern die Henkel. Von rechts kommt ein älterer Mann in großer Eile. Die Frau steht auf, streicht die Jacke glatt. Die Tasche stellt sie auf dem Platz ab, wo schon eine Plastetüte steht. »Jetzt habe ich mich aber beeilt«, sagt der Mann, nimmt die Frau in die Arme und drückt ihr einen Kuss auf den Mund. Sie nimmt es willenlos und ohne ihn dabei anzuschauen hin.

Der Mann hat sich fein gemacht. Der Schlips wird mit einer goldenen Klemme am Hemd festgehalten, unter dem sich ein mächtiger Bauch abzeichnet. Am rechten Handgelenk trägt er eine Ledertasche. »Wie heißen die Gastgeber noch mal?« – »Elschen und

Heinz.« – »Elschen und Heinz, das muss ich mir merken. Und wer wird noch so da sein?«– »Herta bestimmt und Erika mit ihren Enkeln.« – »Wer ist Erika?« – »Meine jüngste Schwester.« – »Hast du mir von der schon erzählt?« Die Frau schaut ihn kurz vorwurfsvoll an, bevor sie nach unten auf das Pflaster schaut, auf dem vertrocknete Hundekacke liegt, und sagt: »Das ist die, deren Mann in der gleichen Woche wie meiner gestorben ist.« – »Ach ja«, sagt der Mann.

Sie setzen sich auf die Bank. »Warum bist du eigentlich so warm angezogen?« – »War so frisch heute Morgen.« – »Mach mal wenigstens die Jacke oben auf, schwitzt dich ja tot.« Die Frau wehrt eine Hand an ihrem Ausschnitt ab. »Lass mal, ich frier so leicht.« Die Straßenbahn fährt in den Haltestellenbereich ein. Die Frau nimmt Tasche und Plastetüte. »Was hast du in der Tüte drin?«– »Pralinen für Herta.« – »Ich esse auch gern Pralinen«, sagt der Mann und hakt sich bei der Frau ein. So steigen sie in die Straßenbahn.

➜ Spazierfahrt eines Augenmenschen

Klingel. Haxen abkratzen. Fahrräder abstellen verboten. Keine Werbung. Rauchabzug. Immer die Tür geschlossen halten. Pasteurstraße. Direkt im Wahlkreis 8. Weißbier vom Fass. Der Exorzist. Gehwegschäden. Straßenschäden. Straßenschäden. Gehwegschäden. Hundeverbot. Homer-Grundschule. Berliner Pilsner. Beauty & Nails, 1. Etage. Aufbau vollenden, deshalb CDU wählen. Der macht dich tot. Backwaren. Getrocknete Tomaten. Wir Berliner – Zusammenstehen für die Zukunft. Virchowstraße. Doppeleinladung. Katja und Frank Steffel. Bin Teppich Laden. Rot ist die Farbe der Saison. Pappe. Papier. Das ist kein Leben, wenn... Das Mitführen von Hunden ist untersagt. Politische Lösungen statt militärischer Eskalation. Neu im Radio – Gerlinde am Morgen. Die Reichen sollen zahlen, nicht das Volk. Homeservice. Neue Ideen für Berlin. Straßenschäden. Gehwegschäden. SICHER 100%. Güterverkehr. SPD ~~Gesicht~~ Po zeigen. Alexanderplatz. Potsdamer Platz. Vorsicht. Buzz Berlin-London, einfacher Flug. Verkehrsbauunion. Lüfte das Geheimnis. Nehmt mich. Nehmt mich. Nehmt mich. Emil und die… Schlumpf. Gerade jetzt Bündnis 90 die Grünen – Mit Rot-Rot-Blocker. Werbefläche zu vermieten. Wedding. 340 MIERENDORFFPLATZ. Gerecht. Hausmesse – Traumhaus. Kleiderbox. Büroflächen zu vermieten. Straßenschäden. Gehwegschäden. Gehwegschäden. Straßenschäden. Bitte einwerfen. Pantoffelfabrikation. WaKüFa. Trattoria La Cucina. U-BAHNHOF ROSA-LUXEMBURG-PLATZ. Ypsilon. Russisches Eis. Gasmasken eingetroffen. Torstraße. Ficken. Post. Bonsai. Apotheke. Klaus Wowereit – Berlin verändern. Beate Uhse. Bitte keine Hunde kotieren lassen, danke! Schmeckt und billig. Sibyll Klotz kotzt, aber nicht wegen dem Scheiß-Krieg, Oh Gott, Oh Gott. SICHER IST SICHER – nicht mit uns! Lügner! Nehme defekte Elektrogeräte aller Art. Pankow. Prenzlauer Berg. ACUD. Wahllokal. Farbberatung. Getrocknete Tomaten. 50 FRANZÖSISCH BUCHHOLZ. Eigentumswohnungen direkt vom Vermieter. Aquarien – Terrarien – zu vermieten. Locke & Glatze, Cocktails. Straßenschäden. Gehwegschäden. Es entstehen: 28 Wohnungen, 2 Gewerbeeinheiten. Informationen Berliner Innenstadt und Ost. Kurz & Modewaren. Wer das Rauchen aufgibt, verringert das Risiko schwerer Erkrankungen. Schwedter Straße. Heilsarmee. 53 ROSENTHAL. Wahllokal. Suche Wohnung Belohnung. 1. Chemnitzer Baugesellschaft Straße der Nationen. Thai Food. Punk can never die. Genua! Miteinander für Berlin. Mister Wirtschaft gegen Misswirtschaft. Die Baustelle ist DEKRA-überwacht. Im nächsten Krieg werden die Lebenden die Toten beneiden. Jugendstilwohnungen exkl. Eigentumswohnungen zu vermieten. Griechische Spezialitäten. Bücher sind Lebensmittel. 20 WARSCHAUER STRASSE. Gehwegschäden. Straßenschäden. Gehwegschäden. Straßenschäden. Sowohl als auch. Melkerei. Die Kollwitzstraße – multikulturelles Erlebnis & Wohlfühlambiente. VEB Kunststoffverarbeitungsindustrie. Happenspieße III. Sicher Werte schaffen. Gegen den Krieg! Coffeebar. Die Geldbestände sind zeitschlossgesichert! HEINERSDORF. Beerdigungsinstitut. Andere schließen, wir bleiben. Prenzlauer Berg lebt – SPD. 10 Gründe, warum ich in Eure WG passe. Gehwegschäden. Straßenschäden. Attraktiv & preiswert. Klaus Wowereit kommt. Ach wirklich? Die saubere Alternative. Geflügelbräter Klasse Aktion. Benefizskat in der Kiezkantine. Tatort Las Vegas. Gegen die Festung Europa. Russ. Fotoapparat Lubitel 2 verloren, Belohnung. Steine fliegen und ihr schreit, Schüsse fallen und ihr schweigt. Inspiration. Kundenparkplatz. Papst = größter Trottel. Stabile Kartons zu verschenken. Traffic – Die Macht des Kartells. Asia-Küche auch außer Haus. Tand. Trash. Reiz. Pling. Wikingertattoo. Gehwegschäden. Straßenschäden. Zur Zeit Ankauf nur nach Vereinbarung. Zinsen zum Grinsen. Zahnarzt & Oralchirurg. Europreise – Wir runden auf. Hightech-Bräunungsgeräte. NPD – Normal, nicht schwul. Andere Richtungen. Mit Gysi modern weltoffen und gerecht. Denunziant. Spielautomatencenter. Angelhof Berlin. Gelegenheiten. 4 FALKENBERG. Buchen Sie hier. Ein Hauch herber. Das Zweitbuch. Wasserflöhe – auch gefrostet. War is not the answer. Gehwegschäden. Straßenschäden. Friseur en vogue. Voll *daneben* das Leben. 100% CDU – Damit der Kiez eine Zukunft hat. Wohnungsauflösungen – schnell und unbürokratisch. Dienstbereite Apotheke. 125 Jahre – Kurt-Tucholsky-Bibliothek. Widerrechtlich parkende Fahrzeuge. Feuerwehrzufahrt. Zu vermieten. Provisionsfrei. Multicleanservice. Esmarcheck. Gepflegte Biere. Frachtschiffreisen. Rechtsanwälte. Hippies use side door. Geräumige lichtdurchflutete Zimmer. Briefe schreiben im Zeichen der Liebe. Umzug 22.10. 8-16 Uhr. Zeitgalerie. Gehwegschäden. Esmarchstraße. Pasteurstraße. Der Kühlschrank, der einfach alles schafft. KOMM. Wahlraum für den Stimmbezirk 293. Die Alzheimer Krankheit, Fachleute aus Berliner Gedächtnissprechstunden im memory mobil. Ev. Klubheim. Immer die Tür geschlossen halten. Klingel. Rauchabzug. Keine Werbung. Fahrräder abstellen verboten. Haxen abkratzen. Licht. Gröschner.

Die Untote. Spuren der DDR in Berlin

Die Berliner Mauer ist eine kleine, oft unerwartete Erschütterung, wenn man mit dem Fahrrad oder einem schlecht gefederten Auto durch die Berliner Innenstadt fährt. Eine doppelläufige Kopfsteinpflasterreihe markiert den Verlauf dieser Grenze, die sich kaum noch vorstellen kann, wer nicht rechts und links von ihr wohnte oder sie noch auf irgendeine Weise, wie der Berliner so schön sagt, »in den Knochen hat«. Die Pflastersteinreihe zieht sich über Straßen, Fußwege und durch Gebäude hindurch, die erst in den letzten eineinhalb Jahrzehnten entstanden sind. 160 Kilometer misst der Mauerweg rund um und durch Berlin. An den Außengrenzen der Stadt ist an den abrupten Übergängen von Stadt zu Land und dem asphaltierten ehemaligen Postenweg noch gut zu erkennen, wo der Todesstreifen einst verlief. In den Innenstadtgebieten ist kaum noch zu sehen, dass der an manchen Stellen der Stadt nur 30 Meter breite Mauerstreifen vollkommen kahl und nahezu unüberwindlich war. Inzwischen hat die Stadt diesen Teil ihrer Geschichte weitgehend überformt, wie kurz vor der vorletzten Jahrhundertwende die Festungsgürtel der europäischen Städte. Läuft man an einem sonnigen Frühlingsabend beispielsweise vom Lohmühlenplatz, wo sich die Bezirke Treptow, Neukölln und Kreuzberg treffen und der Landwehrkanal einen 90-Grad-Knick macht, in Richtung Spree, findet man Familien beim Picknick, Hundebesitzer, die letzten Wagenburgler in ihrer umzäunten Idylle, die an eine Kleingartenanlage erinnert, Dealer und Huren kurz vor Beginn der Arbeit. Das Flair ist international. Wo Ost und wo West ist, lässt sich nur an der Architektur der Häuser erkennen, die nach dem Krieg gebaut worden sind. Geografisch ist Westen da, wo die Sonne untergeht, nämlich genau über dem Landwehrkanal. Im Hintergrund, Richtung Norden, blinkt der Fernsehturm. Er hat die erstaunlichste Metamorphose, nämlich die von einem sogenannten Wahrzeichen der sozialistischen Hauptstadt zu einem viel zitierten Symbol des jungen, kreativen, internationalen Berlin erlebt, ohne sich einen Zentimeter bewegen zu müssen.

Oberflächlich mag die Nachkriegsgeschichte Berlins nur noch Teil eines Tourismuskonzepts sein, darunter aber gibt es seit Jahren einen Kampf in Schützengräben, die denen des Kalten Krieges nachempfunden sind: *wissend, das Gras noch / Müssen wir ausreißen, damit es grün bleibt*, wie es der Dramatiker Heiner Müller in seinem sich mit dem Stalinismus auseinandersetzenden Stück *Mauser* von 1970 formulierte und als immer wiederkehrende Schleife durch das Stück ziehen lässt. Da sitzen sie also, Kommunistenhasser und Kommunistenverteidiger, und schmeißen mit Grasklumpen, und über ihnen hockt der viel zitierte Taxifahrer mit der Berliner Schnauze, auch kurz vorm Aussterben, in seinem Auto und sagt: »Wat denn, Se sind keen Kommunist, sondern Antikommunist? Is det 'n Unterschied?«

Aber es geht um mehr, es geht um die Deutungshoheit der deutschen Geschichte, es geht um den Kanon der Erinnerungserzählungen, und es geht natürlich auch um Geld. Der Streit entzündete sich sowohl an Diskussionen um die Architektur Berlins, also um die Frage, wie viel DDR-Moderne außer dem Fernsehturm in der nun bundesdeutschen Mitte geduldet werden darf, als auch an den Gedenkstättenkonzepten des Berliner Senats und der Bundesregierung. Wie kann man Nachkrieg, Teilung und DDR angemessen erinnern? Darf man zum Verständnis einer Diktatur auch den Alltag darstellen? Darf man auch gelacht haben, angesichts des Stacheldrahts? Das verneinen jene, die es an der Zeit finden, endlich mal richtig abzurechnen mit der SED-Diktatur (und allen Linken gleich mit). Denn wie sagte Hubertus Knabe, der Leiter der Gedenkstätte Hohenschönhausen, im Mai 2008 im *Spiegel*: »Erst wenn die kommunistische Diktatur den Deutschen auch so präsent ist wie das verbrecherische Regime der Nationalsozialisten, ist die Aufarbeitung des DDR-Unrechts gelungen.« Kulturstaatsminister Bernd Neumann (CDU) sprach in seinem vorletzten Entwurf für ein Gedenkstättenkonzept »von beiden totalitären Systemen in Deutschland«, setzte also beide Diktaturen gleich, was die Leiter der KZ-Gedenkstätten, aber auch die Vertreter der Jüdischen Gemeinden, stark kritisierten.

Man könnte argumentieren, die Leute lassen sich sowieso nicht vorschreiben, was sie zu erinnern haben. Aber natürlich geht es darum, was bleibt, auch für kommende Generationen, die in aller Differenziertheit verstehen müssen, warum dieses Land einst geteilt war. Es wird ja jetzt schon (und gerne mit Absicht) vergessen, dass das Ende der DDR nicht kläglich, sondern eine wunderbar energiegeladene Selbstbefreiung ihrer Bewohner war, auch wenn sie bald in eine neue Abhängigkeit mündete.

Ehemalige DDR-Bürger wurden jahrelang mit dem angewandten Adorno'schen Verdikt »Es gibt kein richtiges Leben im falschen« konfrontiert, bis manche selbst daran glaubten, dass sie nichts wert und nicht berechtigt zum Sprechen über ihre eigene Vergangenheit sind. Viele ärgern sich, wenn die DDR allein auf die Stasi reduziert wird, weil es für die meisten eine Verzerrung der gelebten Realität ist, andere haben ein Nachdenken darüber längst aufgegeben. Es gibt neue, kompliziertere und alltäglichere Probleme.

Am Ende hat nur die Unterhaltungsindustrie laut hörbar widersprochen und mit Nostalgieshows ihren Reibach gemacht. Dort sah die DDR plötzlich aus wie der Märchenwald von Herrn Fuchs und Frau Elster, nur mit noch weniger Konflikten. Aber auch das ist längst Geschichte. Wie aber sieht ein Gedenken an die DDR heute aus in Berlin, sieht man von ein paar Mauerresten entlang der Touristenwege ab?

Eine kleine Tour an fünf ausgesuchte Orte.

1. Die ehemalige Untersuchungshaftanstalt in Berlin-Hohenschönhausen

Es gibt, zumindest zu Beginn des Frühjahrs, keine Farben an diesem Ort. Alles ist von verwaschenem Grau, das zwischen dem etwas helleren von Beton und dem gröberen des Rauputzes an den Fassaden changiert. Vielleicht, denke ich, sieht man keine Farben mehr, wenn man tagtäglich hier arbeitet und immer wieder diese tristen und nach DDR-Gemeinschaftsraum riechenden Zellen und Büros betreten muss, immer wieder der Geometrie des Geländes ausgesetzt, auf dem kein einziger Baum steht und Schatten wirft. Im Hochsommer muss es mittags gnadenlos sein.

Diejenigen, die sich für die dunkle Seite des Landes, in dem sie lebten, interessierten, wussten oder ahnten zumindest, dass die Stasi in Hohenschönhausen eine Untersuchungshaftanstalt betrieb, aber kaum jemand, der nicht Teil der Staatssicherheit war, wusste, wo sie lag. Gefangene, die hierhergebracht wurden, ließ man im Unklaren. Das war Teil einer perfiden Zersetzungsmaßnahme, ähnlich einem Blindekuhspiel, wo der, der dran ist, mit verbundenen Augen dreimal gedreht wird und sich nicht mehr zurechtfindet. Wenn man eine Besuchserlaubnis bekam, wurde man in die Normannenstraße gebracht, damit niemand erfuhr, wo das Gefängnis sich befand.

Auf dem Buchplan Berlin, 1980 erstmalig im VEB Tourist Verlag Berlin/Leipzig erschienen, der bekanntlich nur den Osten der Stadt abbildete, ist das Gelände mit ungewohnt vielen Stichstraßen umgeben, auch das Gleis war nicht eingezeichnet, über das ein Teil der Gefangenen in sogenannten Gefangenensammeltransportwagen ankam. Andere wurden mit Lieferwagen, auf denen »Obst und Gemüse« stand, gebracht. Am Anfang der Stichstraßen war ein Schlagbaum, um Unbefugte fernzuhalten. Hier war ein Staat im Staate. Hinter den stacheldrahtbewehrten Mauern sind die Giebel und Schornsteine von Einfamilienhäusern zu sehen. Wer hat da seinen Alltag verbracht und wie ließ sich der mit dem Leben jenseits des Stacheldrahts in Einklang bringen?

Die Geschichte als Gefängnis beginnt 1945. Auf dem Gelände einer ehemaligen Großküche im Nordosten Berlins hatte die Rote Armee nach dem Ende des 2. Weltkrieges ein Speziallager errichtet. Im Oktober 1946 wurden die Keller des Gebäudes zum zentralen sowjetischen Untersuchungsgefängnis für Deutschland umgewidmet. 1951 übernahm das Ministerium für Staatssicherheit das Gefängnis, erweiterte es und nutzte es bis zum Ende der DDR als zentrale Untersuchungshaftanstalt, in der die Gefangenen oft stundenlang verhört wurden, bis sie nach dem Prozess in andere Gefängnisse kamen.

Seit 1994 befindet sich in den Räumen eine Gedenkstätte. Ein Rundgang ist nur mit Führung gestattet. Die meisten der Führer haben hier selbst gesessen. Anne Hahn, mit der ich hierhergekommen bin, hat auch mal Besuchern das Gefängnis gezeigt. Das war, bevor Hubertus Knabe hier Direktor wurde.

1989 war die damals 22-Jährige ins Stasiuntersuchungsgefängnis nach Hohenschönhausen gebracht worden, weil sie zusammen mit einem Freund versucht hatte, auf dem abenteuerlichsten Wege, den es gab, über Aserbaidschan und den Iran, in den Westen zu fliehen. Für sie ist Hohenschönhausen eine Erfahrung, die sie stärker gemacht hat.

»Den Opfern kommunistischer Gewaltherrschaft 1945 – 1990« steht auf einem Findling inmitten eines Rosenbeetes im Hof vor dem Zellentrakt. Als Anne Hahn hier im Frühjahr 1989 einsaß, gab es die Tafel natürlich noch nicht, die Rosen schon. Sie konnte sie nicht sehen, weil die Zellenfenster aus dicken Glasbausteinen bestanden, die nur Licht durchließen und ein vages Rot. Durch große Konzentration hat sie nach einiger Zeit am Schliff der Glasbausteine erkennen können, dass das Rote wirklich Blumen waren.

Damals teilte sie die Zelle mit einer älteren Frau, die für den BND spioniert hatte. »Die hatte das Privileg, einen Fernseher und ein Radio zu besitzen. Wahrscheinlich wollten sie die bei Laune halten. Sie hatte schon einen Herzinfarkt hinter sich und sie hatten wohl Angst, dass sie ihnen im Knast wegstirbt. Wir haben dann aus der Alufolie des Schokoladenpapiers eine Antenne gebastelt, eine hat sich vor den Spion gestellt, und wir haben Westfernsehen geguckt.«

In der Zelle, die uns ein freundlicher Museumsangestellter aufschließt, ist fast alles noch so wie vor neunzehn Jahren, die Betten, der in die Wand eingelassene Spiegel, Rollen alten Toilettenpapiers.

Unten ist gerade eine Schulklasse angekommen. Im

Schlepptau ihres Führers, eines älteren Herrn, sind sie auf dem Weg in das U-Boot, wie die Keller genannt werden, in denen auch gefoltert wurde. Drei trödeln, die Gesichter lustlos, sie haben eine lange Reise aus Süddeutschland hinter sich, draußen steht der Reisebus. »Was sollen wir hier«, fragen sie die Lehrerin. »Ich habe es euch doch lang und breit erklärt«, antwortet die. Es wird ein ähnliches Gefühl sein wie das, was wir in unserer Schulzeit, klassenweise in die ehemaligen Konzentrationslager geschickt, empfanden. Man schaut es sich an, man gruselt sich, aber es hat mit den eigenen Emotionen, die man als Pubertierender hat, nicht viel zu tun, wenn man nicht gepackt wird durch einen Vortrag, der in die Gegenwart reicht. Derjenige, der uns durch die Räume führt, war noch jung, als er hier wegen staatsfeindlicher Hetze saß. Er versteht es, die jungen Türken so in das Gespräch einzubinden, dass sie ihm zuhören, und er gibt ihnen am Ende mit auf den Weg, dass die bürgerlichen Rechte, die das Innenministerium in diesen Monaten gerne einschränken würde, es wert seien, verteidigt zu werden.

Im Buchshop stehen die gesammelten Werke des Gedenkstättenleiters in Augenhöhe. Es sind einige, und sie variieren das Thema. Es hat die Anmutung, als sei die Gedenkstätte eine Privatangelegenheit. In seiner schwarz-weißen Sicht auf die Dinge ähnelt Hubertus Knabe fatal jenen, die er eigentlich bekämpft.

Und in den Zellengängen der gleiche Fußbodenbelag wie früher zu Hause.

2. DDR-Museum

Eines der hervorstechendsten Merkmale der DDR-Diktatur war ihre Willkür, und die lässt sich nicht nachvollziehen, wenn man den millionenfach gelebten Alltag nicht auch mitbeschreibt. Man konnte, je nach Lage, für dieselbe Sache ins Gefängnis kommen oder den Nationalpreis erhalten. Dazwischen war Alltag mit Anstehen, Arbeiten und manchmal auch Feiern, das im Vorfeld Anstehen verlangte.

Die Räume gegenüber dem Berliner Dom, in dem das DDR-Museum untergebracht ist, sind neu. Früher stand hier das Palasthotel, eine Devisenherberge und schräg gegenüber der Palast der Republik, der nur noch ein Gerippe ist.

Es gibt keinen DDR-Fußbodenbelag, dafür jede Menge andere Devotionalien. Mein Highlight ist eine als Punker verkleidete Puppe, die in einem Diorama die Protestkultur der Jugend darstellt, denn verharmlost werden soll hier nichts.

Selbst einen Trabbi haben die Ausstellungsmacher in eine Ecke gestellt. Man darf sich hineinsetzen und an den Knöpfen spielen. Die meisten Besucher sind im Osten sozialisiert und haben einen Freund mitgenommen, dem alles fremd ist. Ich bin mit Rita Böttcher hier, die ihre Kindheit in Lichtenberg unter DDR-Funktionären verbracht hat und als sie erwachsen wurde, aus dieser Welt ausstieg. Wir schieben die Kisten und Kästen auf, denn das ist hier ein Museum zum Anfassen, schauen uns Schulranzen an und Hausaufgabenhefte, hören Musik, riechen an den Exquisit-Kleidern und an Kittelschürzen, schauen uns die Werbefilme an und in die Küchenschränke der Plattenbau-Musterwohnung, aber irgendwie lässt es uns seltsam kalt, als hätten die Dinge keine Seele. Ausstellungsstücke eben, zusammengesucht auf Flohmärkten und in eine Ordnung gebracht. Die Ordnung heißt: Es war nicht alles schlecht, auch wenn heute alles besser ist. Und Leute mit Heimweh können an der Kasse ein Souvenir kaufen.

Irgendwie hat das Ganze ein wenig den Anschein eines Kolonialmuseums, nur dass die ausgestopfte DDR-Frau in kratziger Dederonschürze fehlt, die gut in die nachgebaute WBS-70-Küche passen würde, während das männliche Exemplar in Stonewashed-Jeans im Wohnzimmer breitbeinig das *Neue Deutschland* lesen könnte. So eine Art El-Negro-Paar aus echten ostdeutschen Knochen. Es ist in diesem Fall doch schade, dass so was aus der Mode ist.

Das Problem des Museums ist das jeder reinen Lehre: Es gibt sie nicht. Kein Wohnzimmer in der DDR hat komplett nur aus Artikeln aus DDR-Produktion bestanden. Die Leute hatten eine Familienvergangenheit und viele hatten Westverwandte, sie fuhren in den Urlaub in fremde Länder und brachten Souvenirs mit, und all das wurde ausgestellt, und wenn es nur zehn leere westdeutsche Bierbüchsen auf der Schrankwand waren oder eine Niveacremedose im Badezimmer, in die regelmäßig Florena-Creme aus DDR-Produktion nachgefüllt wurde.

Denn auch wenn in den Plattenbauwohnungen Sitzgruppe und Schrankwand immer an derselben Stelle stehen mussten, weil der Stecker der Gemeinschaftsantenne für den Fernsehempfang immer an derselben Stelle war, in den Schrankwänden und auf den Tischen herrschte Individualität. Und im Fernsehen? Natürlich läuft da Karl-Eduard von Schnitzler mit seinem *Schwarzen Kanal*. Der japanische Tourist, der es sich in der Sitzgruppe gemütlich gemacht hat, lächelt über den alten bösen Kerl, der da gepresst und mit schiefem Lächeln in die Kamera redet.

3. Im Ostel

Das Wriezener Karree, hundert Schritte vom Ostbahnhof entfernt, war immer von ausgesuchter Traurigkeit. An der Straße der Pariser Kommune und gleich neben dem Gebäude der Parteizeitung *Neues Deutschland* gelegen, hatte man diese fünfgeschossigen Plattenbauten in den letzten Jahren der DDR auf das Gelände des 1949 für den Personenverkehr geschlossenen Wriezener Bahnhofs gestellt. Man hatte sich nicht mehr viel Mühe gegeben, angeblich durfte zu dieser Zeit die schlüsselfertige Herstellung einer Plattenbauwohnung von der Anlieferung der Platten bis zur Abnahme nur 18 Stunden dauern, um das Planziel nicht aus den Augen zu verlieren. Da blieb kein Blick mehr für Qualität.

In den letzten Monaten haben die Platten einen kanariengelben und orangeroten Anstrich erhalten, was die Sache nicht besser, nur etwas farbenfreudiger macht. Hinter den Mauern befindet sich das Ostel, sprachlich ein Zusammenschluss von Ost und Hostel, laut Werbung eine »Zeitreise in die DDR-Vergangenheit, abgerundet durch gehobenen Hostel-Standard«. Im Jahr ihrer Eröffnung, 2007, machte diese Einrichtung werbewirksame Schlagzeilen, vor allem weil die Union der Opferverbände kommunistischer Gewaltherrschaft (UOKG) das Hotel als eine Verhöhnung der Opfer empfand. Damals gab es noch eine Stasi-Suite, die ist inzwischen umbenannt. Allerdings verspricht die Website »Leben wie die Parteifunktionäre«, mit kostenlosem WLAN, versteht sich.

Die Frau an der Rezeption, die hier Empfang heißt, ist viel zu freundlich für eine Zeitreise in die DDR. Die Empfangsdamen in einem Hotel dieser Preisklasse waren pampiger und sie haben »Tach« und »Wiedersehen« gesagt statt »Mit freundschaftlichem Gruß«. Ein Blick hinter die Kulissen zeigt, hier wird DDR nur simuliert, und wer zwanzig Jahre seines Lebens in DDR-Betten verbracht hat, muss das nicht unbedingt noch einmal tun. Mehr ist dagegen allerdings auch nicht zu sagen.

Für etwas härtere Bands ist die Unterkunft nicht zu empfehlen. Die Möbel lassen sich bei eventuellen Aftershowpartys zu schnell zerlegen, es stehen auch nur die scheußlichsten Exemplare da. Dass es in den Sechzigerjahren mal einen kurzen Frühling des Bauhaus-Designs in der DDR gegeben hat, scheint den Einrichtern, wie sie hier wahrscheinlich in DDR-Deutsch heißen, völlig entgangen zu sein. Oder die Lampen und Möbel waren zu teuer.

Besonders angetan hat uns natürlich die Vorstellung, zu DDR-Zeiten hätte über jedem Ehebett ein Honecker gehangen. Und, habe ich W. gefragt, wie war das bei euch: »Meine Eltern, die hatten Breschnew über dem Bett.« – »Und weil dein Vater der Meinung war, deine Mutter gucke Breschnew zärtlicher an, haben sie sich scheiden lassen.« – »Genau. Und dann kam die Dreikaiserzeit und die Bilder wechselten alle paar Monate, weil die Generalsekretäre starben wie die Fliegen. Bis Gorbatschow die Macht übernahm und wieder Ruhe einkehrte im Schlafzimmer.« So machen wir unsere Witze und verzichten auf eine Nacht in der angeblichen Authentizität. Es ist auch zu teuer, ein Doppelzimmer ohne Bad kostet 54 Euro die Nacht. Und wieder der gleiche Fußbodenbelag wie damals zu Hause.

4. Stasi. Die Ausstellung

Eingeklemmt zwischen Arbeitsministerium und Verbraucherschutzministerium, gleich neben einer raumfüllend lauten Baustelle und zweihundert Meter neben dem Holocaust-Mahnmal, residiert die Stasiausstellung, nicht zu verwechseln mit der Stasi-Gedenkstätte Normannenstraße, aus der neulich Diebe das Telefon von Mielke entwendet haben.

Der offizielle Titel ist: »Stasi. Die Ausstellung. Informations- und Dokumentationszentrum der Bundesbeauftragten für die Unterlagen des Staatssicherheitsdienstes der ehemaligen DDR«. Eigentlich ist die Stasiunterlagenbehörde in einem der gesichtslosen Bürohäuser am Alexanderplatz untergebracht, in dessen Erdgeschosszone passenderweise das Geschäft »Suhler Jagdhütte« überlebt hat und fröhlich Wiedervereinigung mit den Trachtenfreunden Bayerns feiert. Das Gebäude ist authentischer als alle zusammengekauften DDR-Erinnerungsausstellungen zusammen und es hat sogar noch einen Paternoster. Dort kommen Besucher aber nur hin, um ihre Stasiakten zu lesen.

Für die Stasiausstellung hat man Räume gemietet, die näher an den Touristenmeilen sind, man kann aus dem DDR-Museum schnell mal vorbei am Palast der Republik und über die Friedrichstraße in die Stasiausstellung, ehe man sich dem Holocaustdenkmal zuwendet. Der Eintritt ist frei und Interessierte können einen Antrag auf Akteneinsicht stellen. Die Ausstellung ist schmucklos, frei von jedem Eventcharakter und auffälliger Technik. Die Informationen erhält man vorwiegend über die gute alte Schautafel. Niemand führt hier, es gibt viel zu lesen und wenig zu sehen, bis auf ein paar Stasi-Devotionalien wie Tücher als »Geruchsspurenträger in Weckgläsern« oder eine Abhöranlage, die jede dritte Sekunde knackt. Als ich an diesem Morgen eine Stunde in Maßnahmeplänen für inoffizielle Mitarbeiter lese, bin ich der einzige Gast. Vielleicht liegt es daran, dass die Ausstellung schwer zu finden ist zwischen den Bauzäunen und den Plattenbauten des gehobenen Standards.

Ein echtes Highlight ist die Fachschularbeit »Maskierungsvarianten für ausgewählte Beobachter des MfS auf dem Gebiet der operativen Personenmaskierung«, die auch gut auf den Nachttisch im Ostel passen würde. Ein Stasischerge, auf hundert Meter als solcher zu erkennen, soll sich mit Hilfe primitivster Mittel glaubhaft in einen Tramper, einen Dienstreisenden, einen Busfahrer, einen Instandhalter und einen Eisenbahner verwandeln. Der Autor gibt aber zu bedenken, dass es im Fundus des MfS an den nötigen

Requisiten wie Brillen, Oberlippenbärten, Perücken und Kleidung fehlt, so dass ständig improvisiert werden muss. »Bei der Variante Tramper wurde als Mittel zur Veränderung ein Dreitagebart angedeutet, günstig für kurzfristig zu realisierende Beobachtungen. Die Andeutung des Dreitagebartes muss sehr genau bearbeitet werden, um diesen glaubhaft erscheinen zu lassen.« Dem Tramper wurde dann aber eine komische Mütze aufgesetzt, die man bei der Stasi wohl für modisch hielt. Mit dem Aufzug war er zum Totwarten am Straßenrand verurteilt, wer wollte so einen windigen Gesellen wohl mitnehmen.

Für Stasifrauen gab es die Variante »Einsatz in Stadtgebieten«, die als sogenannte Legendierungsmittel Hut, Brille, Ohrclips, Absatzschuhe und eine »Haarspange zur Veränderung des Eigenhaars« vorsah, während die MfS-Landfrau einen Einkaufskorb bei sich trug. Blättert man den Katalog durch, weiß man, warum die DDR untergehen musste und warum das gut war so. Da bedarf es eigentlich nicht mehr dieser grässlichen Bronzeplastik vor dem Eingang, die die Verbundenheit der bewaffneten Organe mit dem Rest der Bevölkerung im Stil des sozialistischen Realismus künstlerisch umzusetzen versuchte. Ein bis in die Hosenfalten steifer Uniformierter in Hab-Acht-Stellung steht vor einem Paar in Arbeitskleidung. Die Frau hat einen Bauhelm auf. Es ist nicht ganz klar, ob der Uniformierte die beiden nach ihrem Ausweis fragen will, weil sie sich unerlaubt im Grenzgebiet befinden oder ob er, dem Volke dienend, vor der Arbeiterklasse strammsteht. Nebenan ist ein kleiner trauriger Spielplatz mit einem schiefen Motorrad zum Wippen. Kein Kind weit und breit.

5. Kuttner an der Volksbühne: Von Mainz bis an die Memel

»Von Mainz bis an die Memel« heißt der sogenannte Videoschnipselvortrag, den es seit fast zwölf Jahren und in der 81. Folge an der Volksbühne am Rosa-Luxemburg-Platz gibt. Bevor Jürgen Kuttner, der an diesen Abenden Alleinunterhalter ist, die Bühne betritt, beginnt die Aufführung mit einer Endlosschleife, die quasi wie in einer Nussschale versteckt das Thema zusammenfasst. Was dann über zwei bis drei Stunden passiert, wird von Kuttner selbst mit dem lapidaren Satz: »Ick erzähle endlos und dann kommt der Videoausschnitt« beschrieben.

Eigentlich sollte der Videoschnipselvortrag eine einmalige Veranstaltung sein. 1996 lief in der Volksbühne das dreitägige Spektakel »Sieben Jahre Mauerfall«. Verschiedene Regisseure inszenierten auf mehreren Bühnen Kurzdramen. Die Intendanz fragte an, ob Kuttner nicht auch einen Part bestreiten wolle. »Mir fiel nichts Substanzielles ein. Und da haben die gesagt, dann zeig doch einfach Fernsehschnipsel aus Ost und West und erzähl dazu was.« Der Abend wurde aufgrund des Erfolges noch einmal wiederholt, schließlich einigte man sich, eine regelmäßige Veranstaltung daraus zu machen. Inzwischen ist es ein Selbstläufer mit einem Drittel Stammpublikum.

Genau genommen ist es keine Ein-Mann-Show. Im Hintergrund agiert André Meyer, Fernsehjournalist, Buchautor und langjähriger Freund Kuttners, mit dem er die Fernsehbilder recherchiert, schneidet und den Verlauf des Abends durchspricht.

Die These, auf denen die Videoschnipselvorträge aufgebaut sind und die sie auf subversive Weise konterkarieren, könnten Medientheoretiker in luhmannscher Manier beschreiben. »Was wir über unsere Gesellschaft, ja über die Welt, in der wir leben, wissen,

wissen wir durch die Massenmedien.« Kuttner, in der Gestalt eines kleinen Mannes mit riesiger Ostberliner Schnauze, der, wenn er ein Kind wäre, wegen ständiger Rumhampelei längst Ritalin bekommen hätte, interpretiert aus dem Hintergrund seiner anderen Erfahrung als Ostdeutscher Fernsehbilder und zwingt die Zuschauer im Saal, genauer hinzusehen, auch wenn sie seine Sicht auf die Dinge nicht unbedingt teilen. Es ist eine Medienkommentierung, die auch immer Medienkritik aus ostdeutscher Sicht ist. »Wir haben den Vorteil der doppelten Erfahrung. Die erste Erfahrung gilt nichts mehr, man spielt die neuen Mechanismen mit, das ist nicht schwer. Wir haben einen Erfahrungsüberschuss, der manchmal verzweifeln lässt, aber gleichzeitig ist es ein Reichtum, der dich Sachen, die anderen selbstverständlich scheinen, anders sehen lässt.«

Die aus der Mode gekommene Paarung von ausgeprägtem Berliner Dialekt und Intelligenz ist schon eine der ersten Verwirrungen in einer Gegenwart, in der die nachfolgende Generation von »Medienschaffenden« peinlich darauf achtet, in Kleiderordnung und Sprache nicht mehr als Ostdeutsche identifiziert zu werden. Der Trick ist Understatement. Oder, um mit Kuttner zu sprechen: »Das Prinzip ist: Aus Scheiße Trillerpfeifen machen.«

Zu Beginn der Reihe vor zwölf Jahren stand der Medienvergleich. Da wurden Fernsehbilder des Westens denen des Ostens entgegengesetzt. Und der Osten schnitt mitunter nicht schlecht dabei ab. »Was mir bei den Videoschnipseln aufgefallen ist, dass es ja Anfang der Sechzigerjahre eine Modernität im Ostfernsehen gab, die man im Westen zu der Zeit noch nicht erreicht hatte. Der Westen war, was die Unterhaltung anging, damals noch in einer UFA-Tradition. Der Zwang zur Modernisierung fing im Westen erst mit der Studentenbewegung an. Im Osten begann es schon nach dem Bau der Mauer, stagnierte dann aber in den Siebzigerjahren.« Diesen Ost-West-Vergleich gibt es auch heute noch in den Vorträgen, aber mittlerweile ist er eher themenbezogen.

Mit einer atemberaubenden Redegeschwindigkeit rennt Kuttner beständig gegen die Monokausalität der Welterklärer an, ob sie nun George W. Bush oder Leonid Breschnew heißen. Angesichts von Renegaten und Wendehälsen mit ihrem situativen Opportunismus kann der erklärte Linke Kuttner schon mal von intelligenten Konservativen wie Sebastian Haffner schwärmen.

»Es ist ja ein Luxus, eine Öffentlichkeit herstellen zu können, Themen zur Sprache zu bringen, wo man denkt, darüber gibt es eigentlich keine Öffentlichkeit. Das ist das Tolle am Theater. Ich habe das Bedürfnis, öffentlich Widerspruch einzulegen mit diesen Erfahrungen und Bezugspunkten, die wir als Ostdeutsche haben.«

Die Reihe bietet die Möglichkeit, die es im Theater nur selten gibt, diskursiv eingreifen zu können in aktuelle politische Prozesse. In Zeiten politischer Konflikte, wo 30 Fernsehkanäle wie zwei aussehen, könnte man die Vorträge auch als intelligentere und differenziertere Art von Politinformation bezeichnen. Kuttner erklärt die Lage aus seiner Sicht. Das ist mitunter politisch höchst unkorrekt. Da empfiehlt er dem FBI, statt »Mc Gyver« lieber die DDR-Fernsehreihe »Du und Dein Garten« zu sehen, wo erklärt wird, wie man aus einer zerlöcherten Plasteflasche einen Rasensprenger bastelt, um sich in das Denken von Terroristen hineinzuversetzen, die mit Hilfe von Teppichmessern die Twin Towers zum Einsturz bringen. Oder er deutet anhand eines westdeutschen Videoschnipsels aus den Siebzigerjahren, warum das mit den 68ern nichts werden konnte. Ein Langhaariger geht zum Friseur, um sich nur die Spitzen schneiden zu lassen und nebenbei den Friseur zu agitieren. Am Ende verlässt er mit einem guten Gefühl, aber extrem kurzen Haaren den

Laden. »Im Grunde genommen habe ich nur drei Vorbilder«, hat Kuttner kürzlich in höchst ironischem Unterton gesagt: »Willi Schwabe, der in seiner Rumpelkammer montags alte Filme zeigte, Karl-Eduard von Schnitzler, der in seinem Schwarzen Kanal den Ostlern Videoschnipsel aus dem Westen vorführte und dazu blöd rumquatschte, und Sebastian Haffner mit seinen Fernsehkommentaren. Der steht vor einer Berlinkulisse und redet zehn Minuten über Gott und die Welt und kommt trotzdem immer wieder auf das Wesentliche zurück.«

Der Erfolg der Abende ist zu einem nicht unerheblichen Teil einer der Aufklärung verpflichteten Dramaturgie zu verdanken. Bevor das Publikum den Filmausschnitt sieht, erklärt Kuttner, wortreich und mit vielen Abschweifungen, was seiner Meinung nach auf den Bildern zu sehen ist. Der Blick, der sich unter dem Comedyhaften, manchmal Banalen seiner Wortkaskaden mit vielen Abschweifungen verbirgt, ist ein kulturwissenschaftlich geschulter. Kuttner hat bei Wolfgang Heise Ästhetik studiert und später eher widerwillig eine Doktorarbeit über Massenkultur verfasst. Die Vorträge sind in ihren besten Momenten Vorlesungen ohne Manuskript. Da hält er nebenbei in zwei Minuten einen Vortrag über die Dialektik Hegels und bittet, doch nicht schon bei der These, sondern erst bei der Synthese zu lachen. »Lachen Sie nicht doof, lachen Sie intelligent und qualifiziert.«

Ein intelligentes und qualifiziertes Lachen wünschte ich mir auch im Umgang mit der DDR. Die Erinnerung ist nicht unbedingt tot, manchmal ist sie, um Christa Wolf zu zitieren, nicht einmal vergangen, die DDR aber existiert nicht mehr und kommt nicht wieder. Ihre Repräsentanten, ob nun die der oberen Zehntausend oder im Geheimen, haben ihre Macht verloren, auch wenn sie immer wieder mal an die Öffentlichkeit treten und mit martialischer Geste die alten Verhältnisse zurückwünschen. Das muss und kann eine Demokratie aushalten. Gefahr kommt von einer anderen Seite, nämlich der immer stärker werdenden Überwachung. Mit den Erfahrungen der DDR ist man in der Lage, schon die leichtesten seismografischen Erschütterungen zu spüren. Oder so ein leichtes Rütteln, wie wenn man mit dem Fahrrad über den ehemaligen Mauerstreifen fährt.

Pat Feix' Reise in den Prenzlauer Berg

Auf dem frischen Grab des Dichters Lothar Feix fangen die Blumen an zu welken. »Zum Abschied von Deinem Torpedokäfer«, steht auf einer der wenigen Kranzschleifen. Jemand hat ein Anarchisten-A in den Staub geschrieben und das rot-schwarze Farbband, das Bert Papenfuß auf die Blumen fallen ließ, ist auch noch nicht fortgeflogen. Am Donnerstag war der »langzeitarbeitslose Gelegenheitsautor« (Feix über Feix) und Torpedokäfer-Tresenkraft der letzte von vier Leuten gewesen, die in dieser Woche auf dem Georgenfriedhof bestattet wurden. Er hatte den Friedhofsarbeitern das Mittagessen versaut, denn es waren viele gekommen, die sich Zeit ließen beim Abschied. Schwer zu begreifen, dass in dieser schwarzen Vase, die der Friedhofsangestellte in falscher Trauer vor sich hertrug, Lothar sein sollte. Anne meinte, der sitzt im Geäst und lacht sich tot. Und am Ende hat er sich geärgert, weil niemand nach der Punkversion von »My Way« tanzen wollte, die er noch ausgesucht hatte, bevor er in der Frauentagsnacht starb.

Wenigstens gab es kein Witwengerangel am Grab.

Jetzt ist Sonntagabend, und die Sonne blinzelt nur noch schwach zwischen den Bäumen hervor. Gleich wird sie hinter der Straße am Prenzlauer Berg verschwinden. Eben war ich in einem literarischen Salon, in dem Texte aus dem Nachlass von Peter Brasch gelesen worden waren. Es ist unter den Prenzlauer Berger Künstlern schick geworden zu sterben. Als hätten sie der neuen Zeit nur die Ästhetik des Totseins entgegenzusetzen. Krebs, Herz, Alkohol die Todesarten. Acht Männer zwischen vierzig und fünfzig sind so innerhalb von zwei Jahren in meiner unmittelbaren Nähe zu Tode gekommen. »Das ist zu unseren Zeiten immer so gewesen«, hatte mir die 94-jährige Emigrantin Eva Marcu im Februar in New York gesagt, und es war kein Bedauern in ihrer Stimme gewesen. Es war für sie eine unumstößliche Tatsache. »Alkohol, Zigaretten, wechselnde Liebschaften, das ewige Nachtleben, das halten Männer nur schwer aus. In der Midlifecrisis fallen die Schwächeren um und sind tot.« Auch ihr Mann, ein Schriftsteller, war so gestorben. Allerdings war sie erstaunt, dass das heute immer noch so sei.

»Du bist ja nur gekommen, um meinen Nachruf zu schreiben«, hatte Lothar Feix im letzten Sommer zu mir gesagt, als ich ihn im Krankenhaus Prenzlauer Berg besuchte. Alles an Lothar war Prenzlauer Berg, und nun auch das Krankenhaus.

Aber dann wurde er nach Buch überwiesen, und der Versuch ihn zu retten misslang. Man schickte ihn zum Sterben in die Dunckerstraße zurück, und er trotzte dem Krebs den längsten Text ab, den er jemals geschrieben hat.

Lothar Feix war einer der wenigen in dem lockeren Gefüge, was von außen Prenzlauer-Berg-Szene genannt wurde, die nicht aus irgendeiner Provinz kamen. Im Grunde genommen hat er die Gegend um die Dunckerstraße Zeit seines Lebens nie verlassen. Ich weiß nicht, ob er jemals geflogen ist. Lothar hasste Leute, die Prenzlberg sagten. Er hasste überhaupt eine ganze Menge oder missachtete es. Aber hinter der Fassade des alkoholisierten Kauzes mit Palästinensertuch, Trenchcoat, wilden Haaren und schlechten Zähnen verbarg sich ein kluger Mensch, der ungeheuer belesen war.

Im Januar hatten wir einen Spaziergang gemacht und dabei Feix' Reich abgemessen. Von der Raumer am Helmholtzplatz entlang, die Lychener bis zur Dimitroff und durch die Duncker zurück zur Raumer. Lothar musste alle paar Meter stehen bleiben und husten. Es war kalt und feucht, der Himmel hing kurz über der Berliner Traufhöhe. Lothar machte das, was Neu-Prenzlauer Berger »shoppen gehen« nennen. Er kaufte Punkmusik und im Antiquariat Broschüren der Stadtguerilla. Später schrieb er seinen eigenen Nachruf, in dem er sarkastisch fragte, warum einer noch liest, wenn er sowieso bald tot ist.

An diesem hässlichen Januartag hat Lothar kurz vor der Duncker gesagt: »Im Frühjahr werdet ihr eine schöne Beerdigung haben. Es wird die Sonne scheinen, und es wird nicht mehr kalt sein.« Lothar sollte Recht behalten.

Sein letzter Wille war, im Prenzlauer Berg begraben zu werden. Endlich hatte das »im Prenzlauer Berg wohnen« einen Sinn. Aber das Sozialamt war der Meinung, eine Bestattung auf den dortigen Friedhöfen sei zu teuer. Lothar hätte zu Lebzeiten wahrscheinlich gesagt: »Erst versauen uns die Westler mit ihrem Geld die Mieten und dann wird man noch als Toter nach Pankow ausgewiesen.« Keine Ahnung, wer es geschafft hat, das Sozialamt umzustimmen.

»Ruhe nun in Frieden«, sagte der Friedhofsangestellte und fing an, das Grab zuzuschütten. Ich musste feixen. Kaum auszudenken, dass Lothar auf dem Georgenfriedhof Ruhe geben wird. Vielleicht macht ihm Bäckermeister Menz vom Grab gegenüber zum Einstand eine Schwarzwälder Kirschtorte, die noch einmal zu essen er sich im Krankenhaus gewünscht hatte.

Boxhagener Platz

Das Jahr 1685 gilt als das Geburtsjahr der Hyazinthenzucht in Berlin. Es war die Zeit, als die Hugenotten in großer Zahl in die Mark emigrierten, im Gepäck auch die eine oder andere Blumenzwiebel. Es war schwer, einen geeigneten Boden für den Anbau der vorher in Berlin ganz unbekannten Blume zu finden. Man entschied sich schließlich, es auf der Sandscholle der Flur des Vorwerks Boxhagen zu versuchen. Das war schon ein paar Jährchen später unter Friedrich dem Großen, der die Kosten zum Bau der Kolonistenhäuser und zur Düngung des Bodens übernahm. Den Kolonisten ging es nicht gut, sie galten als Ausländer und wurden dementsprechend behandelt, viele fristeten trotz schwerer Arbeit nur notdürftig ihr Leben. Von diesem Kapitel Friedrichshainer Geschichte ist noch der Name Gärtnerstraße übrig geblieben, die neben Grünberger, Krossener und Gabriel-Max-Straße den Boxhagener Platz umfasst. Er, der 1862 als Platz D, Abt. XIV, in den Hobrechtschen Bebauungsplan für Berlin gezeichnet wurde, ist für diese Gegend herrschaftlich groß geraten, anders als beispielsweise in Prenzlauer Berg, wo die Grundstücksgesellschaften die Plätze klein feilschten, um mehr Platz für den Bau verwertbarer Häuser zu haben. Selbst im Winter reichen am Spätnachmittag die Sonnenstrahlen noch bis auf die Rasenfläche. Die Punks, von denen die meisten schon die Vierzig überschritten haben, balgen mit ihren Hunden, auf dem im Gegensatz zu früher etwas aufgehübschten Spielplatz klönen die Mütter. Der Platz hat dem Quartiersmanagement seinen Namen gegeben, das hier dafür sorgen soll, dass die Gegend sozial nicht umkippt und erneut ins Visier des Innensenators gerät.

Reich war man hier weder zu Friedrichs noch zu den Zeiten, als der Friedrichshain Stadtbezirk Horst Wessel hieß. Und auch nach 1945 kam man gerade so über die Runden. Die Einschüsse des Spartakusaufstandes waren noch Jahrzehnte zu sehen.

Es gibt drei Häuschen hier: Das Kaffeehäuschen, das Klohäuschen und das Trafohäuschen, die sich alle ähnlich sehen, auch wenn das Klohäuschen und das Trafohäuschen keine Fenster haben. Das Trafohäuschen wurde vor Kurzem unsterblich gemacht. Ein Kind namens Holger, Sohn des Abschnittsbevollmächtigten der Volkspolizei, der mit dem Jungen »sein ganzes Pulver verschossen hatte«, wie Oma Otti zu sagen pflegte, hat hier seinen Ball gegen die fensterlose Wand geschossen oder Jochen dem Kohlenträger und der schielenden Rita beim Knutschen zugesehen, sich mit Mirko Buskow geprügelt und mit Annemarie Peters aus der Juri-Gagarin-Oberschule gezofft, währenddessen im Fischladen gegenüber der Grünberger Straße 64 Fisch-Winkler ermordet wurde. Der war allerdings ein alter Nazi. Erfunden hat diese Figuren, die sich im Jahr 1968 über den Platz bewegten, Torsten Schulz, der hier einst als achtjähriger Union-Fan mit dem Trikot von Mäcki Lauck, das der beim legendären FDGB-Pokalfinale gegen Carl Zeiss Jena 1968 getragen hatte, den Ball gegen die Wand des Trafohäuschens kickte. Die literarische Figur Holger muss den Ball fallen lassen, wenn seine Großmutter Ottilie kommt und ihn mit zum St.-Petri-Friedhof nimmt, wo sie ihre fünf toten Männer mit der Gießkanne besucht und über Scheintote oder den Spitzbart Ulbricht referiert. Bis Seite 187 bringt sie noch zwei weitere Ehemänner unter die Erde.

Einen bedeutenden Platz in Torsten Schulz' Roman *Boxhagener Platz* nimmt der FEUERMELDER ein. Der FEUERMELDER war bis vor Kurzem noch in der Hand der Ureinwohner, die die Veränderungen am Platz mit ihren Hausbesetzungen und Latte-Macchiato-Offensiven wie eine Kinderkrankheit betrachteten, die vorbeigehen würde. In der Gegend wurde immer viel Alkohol getrunken und das meiste im FEUERMELDER. Der letzte Wirt war berühmt-berüchtigt dafür, dass er alle Gäste herauskomplimentierte, die nicht seit mindestens zwanzig Jahren hier Stammgast waren. Er zockte die Skatspieler ab und verrechnete sich häufig. Sagen die, die nicht dazugehörten. Verständlicherweise saß er irgendwann nur noch alleine in seiner Kneipe und gab irgendwann auf.

Heute herrscht unter neuer Ägide »self service«, wie eine Tafel neben dem Eingang verkündet. Es gibt »Kaffee zum Gehen« und Tische und Stühle auf dem Bürgersteig nebst der Aufforderung, nach 22 Uhr draußen nicht mehr laut zu sprechen. Innen sieht es genauso aus wie früher, nur die Gardinen mit den riesigen Brandlöchern hat jemand abgenommen. Auch die Daddelautomaten und die Skatspieler fehlen, und Anton der Neigentrinker und Bierdeckelesser ist längst tot. Aber der war sowieso nur eine literarische Figur.

Hyazinthen wachsen nicht mehr am Boxhagener Platz, die zahlreichen Hunde würden mit ihrer Marke ihren Duft zerstören oder verliebte Jungs sie nachts ihren Angebeteten pflücken. Am Rand des Platzes sitzen zwei ältere Männer in Rollstühlen, die stark berlinern: Friedrichshainer Dialekt, wie der ABV wohl in sein Protokoll schreiben würde, aber der macht seit 34 Jahren Schreibstubendienst in Pankow.

Bei Muttern

Bei *Hohnkes* gibt es eine stille Übereinkunft, dass Hackepeterbrötchen, wenn vielleicht auch nicht gesund, doch höchst schmackhaft sind. Frisch geschmiert liegen sie am Morgen auf dem kleinen Regal der Theke, neben den anderen mit Käse, Rührei oder Salami, und so manch einer, dem der Arzt strenge Diät verordnet hat, sagt am Ende, wenn Frau Hohnke längst die Summe im Kopf ausgerechnet hat: »Ach, das Hackepeterbrötchen hatte ich noch vergessen.« Eigentlich dürften Leute mit schlechten Cholesterinwerten die Imbissbude gar nicht betreten. Aber gerade die kommen natürlich am liebsten.

Über der stets offenen Tür zur Küche hängen die Berufsabschlusszertifikate. Sie bescheinigen Herrn Hohnke das Prädikat »gut« im Berufszweig »Speiseverarbeitung und Verpflegung«.

Alle Läden rundherum haben nach 1989 ihr Angebot umgestellt, die Preise erhöht und die Innenausstattung verändert. Sie sind, bis auf wenige Ausnahmen, alle nicht mehr da. Auch Schweppes, seit 1908 im gleichen Haus, musste letztes Jahr schließen. Imbiss Hohnke gibt es seit 1978 an derselben Stelle, auch wenn die Dimitroffstraße inzwischen Danziger heißt. Die Geschichte geht am Imbiss vorbei und lässt Spuren auf der Visiten-, nicht aber auf der Speisekarte. Immer noch gibt es montags Wurstgulasch, und auch die Dederonkittel sind geblieben. Das Einzige, was schon vor zehn Jahren verschwunden ist, sind die Urkunden des ND-Gaststättenwettbewerbes, den die Hohnkes immer gewannen. Stattdessen verkündet ein Schild: »Hier kommt das Essen nicht vom Band – hier kocht man noch von Herz und Hand.« Früher hat sich Frau Hohnke dadurch ausgezeichnet, dass sie mehrmals Danke sagte, auch wenn man kein Trinkgeld gab. Die Danksagungen hat sie den Verhältnissen angepasst, die für Imbissbuden härter geworden sind.

Inzwischen sind etliche Gäste, die irgendwann ausgeblieben waren, wieder zurückgekehrt an die rustikalen Tische. Sie haben sich an Pizza, Döner und probiotischem Frühstücksmüsli satt gegessen und sehnen sich nach einem deftigen Linseneintopf mit Bockwurst.

Das Volk ist so bunt wie der Prenzlauer Berg rundherum. Da sitzen Leute in teuren Anzügen steif über ihrem Schnitzel, aus Angst, sie könnten kleckern, neben Alten, die ihr Gesicht tief über die Suppe beugen, um nichts zu verschütten. Hier können sie ihr Portemonnaie hochhalten, und die Tochter von Frau Hohnke sagt: »Einmal Nachschlag, Frau Müller?« Und die kleine Frau Müller nickt und reicht mit der Schüssel auch gleich das abgezählte Geld herüber.

In der Frühstückspause kommen die Handwerker in großen Gruppen. Sie sind laut und packen ihre Teller voll. Dann gilt das Schild nicht mehr, das die Gäste bittet, nicht zu rauchen. Auch der zweite Hinweis »Bitte die Plätze erst nach Erhalt der Speisen einnehmen« wird nicht mehr so genau genommen wie früher.

Als vor ein paar Jahren das Haus gegenüber gebaut wurde, lernte Frau Hohnke Englisch, damit die irischen Wanderarbeiter den Preis verstanden. Statt »Danke« sagte sie »Thank you«. Wenn sie mit ihren Vokabeln nicht weiterkam, fragte sie in die Runde, ob jemand wüsste, was Hackepeterbrötchen oder Wirsingkohleintopf auf Englisch heißt. Die Iren wurden ins Wohnzimmer aufgenommen, wie alle anderen vor und nach ihnen. Im Unterschied zu den deutschen Handwerkern tranken sie Tee und extra für sie nahm Familie Hohnke »Ham and Eggs« in die Speisekarte auf.

Bei Hohnkes werden keine Hochzeiten gefeiert, aber

Beziehungen gestiftet. Inzwischen könnte Frau Hohnke sicherlich den Berlin-Roman schreiben, nach dem sich alle Kritiker sehnen, aber ihr fehlt die Zeit dazu. Dafür sind etliche Doktorarbeiten ihrem Essen zu verdanken. Beim Umherschweifen über die Wandpaneele und dem Beobachten der anderen Gäste ist schon manchen der Gedanke gekommen, der zur letzten These noch fehlte.

In der Ecke am Fenster sitzt seit zwanzig Jahren Grischa, der Freiberufler, kaut an einer Bulette und denkt laut nach. »Diese Stadt hat sich durch die Wellen von Zuzug und Umzug nicht wirklich in ihrer Substanz verändert. Sie hat stets etwas gehabt, um sich zu wehren, und das war der Dreck, der bleibt immer Sieger. Da bin ich Lokalpatriot, was wir nicht dreckig machen können, da gehen wir nicht hin, und dann geht das von alleine ein.« Während er das sagt, tropft der Dreck der Straße von seinen Schuhen.

Abends um sechs stellen die Frauen aus der Küche die Stühle hoch und wischen den Fußboden.

➜ Pasteurstraße, 10.05 Uhr

Zwei Frauen mit Einkaufstaschen stehen vor der Kaufhalle. Über ihren Köpfen steht in Orange: FÜR JEDEN WESTLER EINE AUTOBOMBE. Auf dem Rand der Blumenrabatte sitzen fünf Trinker mit ihren Hunden. »Ich mein ja, die schreiben sich ihr eigenes Todesurteil«, sagt die kleinere Frau mit den kurzen Haaren und einer stonewashed Jacke zur Älteren. Die nickt. »Neulich, wat war'n da eigentlich? Ach so, ick kam von Arbeet, und der? Im Tee, aber komplett.« Ein anthrazitfarbener BMW mit Freiburger Kennzeichen schiebt sich von hinten in die Parktasche, vor der die Frauen stehen, die wegen des Motorgeräuschs nicht mehr zu verstehen sind. Ein Mann, bekleidet mit einem dunklen Mantel, steigt aus dem Auto und verschließt es mit einer Fernbedienung. Beim Weggehen fällt sein Blick auf den Spruch an der Kaufhalle. Er zögert einen Moment, dreht sich kurz zu seinem Wagen um, entschließt sich dann aber doch weiterzugehen.

Eine sehr kleine alte Frau kreuzt seinen Weg. Sie trägt eine blaue Mülltüte. Vor dem HUMANA-Container bleibt sie stehen. Sie ist zu klein, um an den Griff der Klappe heranzureichen. »Junger Mann«, sagt sie zu einem schlaksigen Jungen, der ein T-Shirt mit einem roten Stern und der Aufschrift STAATSFEIND trägt, »können Sie mir mal bitte helfen, ich krieg die Tüte hier nicht rein.«

In die Klappe des HUMANA-Containers hat jemand hineingekotzt. Das Rot der unverdauten Tomaten hebt sich vom hellen Beige des Lacks ab. »Tut mir leid«, sagt der Junge, »da ist lauter Kotze drin«. – »Das wird immer verkommener hier«, sagt die Frau und steht jetzt etwas ratlos mit ihrer Tüte da. »Gegenüber ist noch ein Klamottencontainer. Falls Sie auch dem Roten Kreuz Ihre Sachen geben.« Die beiden überqueren die Straße und gehen an einem Mann in blauem Overall vorbei, der abwechselnd auf seinen Lieferschein und die Hauseingänge schaut. »Sind Sie der Wassermann?«, fragt eine Alte vom Balkon in der ersten Etage den Mann. »Ich bin Löwe.« – »Mein ick doch nich, Ihr Sternzeichen, ick frag, ob Sie vom Wasserwerk sind? Unser Wasser wird erst nach 'ner halben Stunde warm.« – »Ich bin nicht vom Wasserwerk«, sagt der Mann, »ich such die Nummer 22.« – »Die is 45 wegjebombt worden«, sagt die Alte und geht vom Balkon. Der Mann kramt ein Funktelefon aus einer seiner vielen Taschen.

Ein braunes Blatt vom vorigen Jahr schwebt ganz langsam und mit leicht schaukelnden Bewegungen vom Himmel herab und fällt zwischen zwei Autos in den Rinnstein.

→ Osthafen, Westhafen ...

Berlin ist eine Hafenstadt, auch wenn es hier niemals nach Meer riecht. Aber es gibt jetzt, im auslaufenden Winter, Möwen, die über Becken 2 des Westhafens fliegen. Möwen sind schon fast wie Meer. Sie kommen im Herbst die Flüsse herunter. Von Berlin aus ließen sich einige Meere erobern. Diese Stadt liegt gleich an drei Flüssen, die einzeln und für sich genommen Pfützen sind, jedenfalls für diejenigen, die von Rhein, Elbe oder gar Wolga zugewandert sind, denn die Berliner Flüsse führen nie Hochwasser. Dafür sind sie fast immer schiffbar. Wenn es etwas zu verschiffen gibt.

Nirgendwo in Mitteleuropa gibt es ein dichteres System von Wasserstraßen als in und um Berlin herum.

*

An der Fischerinsel liegt der Historische Hafen. Der Historische Hafen ist nur insofern historisch, dass hier alte Schiffe liegen, ein Hafen war hier nie, nur der Mühlendamm, der Cölln mit Berlin verband und später die Mühlendammschleuse, die es heute noch gibt. Früher war der Historische Hafen am Humboldthafen, der ein wirklicher Hafen war, bis die Mauer kam und das Wasser zum Osten gehörte, das Hafengelände aber zum Westen. Nachdem die Mauer Geschichte war, wurde der Fluss umgeleitet, um die neue Hauptstadt zu bauen, und die alten Schiffe waren im Weg. Sie hatten in der DDR ihr Gnadenbrot gefristet. Eines überlebte als Heizkraftwerk. Sie heißen ADONIS, BÄRBEL-MARLIE, MARTIN, HEINRICH ZILLE, EINTRACHT, GISELA, PHOENIX, ANDREAS, HORST, RUTH, MARTIN, ELISABETH, JESENIKY, SEIMA, BARBAROSSA, PEGASUS und ANNA. Das Schiff, das auf den Namen AURORA hört, ist kein

Panzerkreuzer, sondern ein Motorschlepper. Auf dem Berliner-Maßkahn RENATE-ANGELIKA gibt es eine Ausstellung über die Geschichte der Binnenschifffahrt. Zusammengenommen bringen es die Kähne auf annähernd 1500 Jahre.

Die alten Schiffe werden von alten Männern betreut. Einer sieht aus wie ein echter Seebär, mit Schiffermütze und gegerbter Haut. Er ist aber nicht mal ein Flussbär gewesen. Er erzählt, dass die Kähne früher gestakt wurden. Dann kam man auf die Segel. Sie wurden aufgezogen, wenn keine Brücke in Sicht war. An manchen Stellen wurde auch getreidelt. Wenn ein Schiff einen Schornstein hatte, musste der an der Brücke umgelegt werden. Aus den Schornsteinen kam schwarzer Rauch, der die Leute auf der Brücke husten ließ.

*

Es gibt die stillgelegten und die zugeschütteten Häfen. Stillgelegte und zugeschüttete Häfen haben etwas Trauriges. Sie sagen: Von hier kommst du auf dem Wasserweg nicht mehr weg, du musst dir eine andere Fluchtmöglichkeit suchen. Übrig geblieben sind Straßennamen wie Hafenplatz, Am Nordhafen und Am Hafen, womit der Tegeler gemeint ist, an dessen Ufer postmoderne Bauten stehen, die die Kräne und Hafenanlagen verdrängt haben. Am Hafenplatz sucht man vergeblich nach einem Hafenbecken.

*

Die Entwicklung Berlins wäre ohne das Wasser nicht denkbar. Fürstenwalde war einst eine bedeutende Hafenstadt, aber dann konnte die versandete Spree der Entwicklung nicht standhalten und Fürstenwalde brachte es nur bis zur Kreisstadt. Mit der Inbetriebnahme des Neuen Grabens 1669, des späteren Friedrich-Wilhelm-Kanals, wurde Berlin mit Elbe und Oder verbunden und der Handel mit Schlesien nach dem Dreißigjährigen Krieg wieder in Gang gebracht. Mit dem Kanal entstanden zwei Packhöfe auf dem Friedrichswerder. Sie waren die ersten nachweisbaren Hafenanlagen in Berlin. Unter Friedrich II. wurden die Wasserstraßen ausgebaut, und dank des Handels begann sich Berlin im 18. Jahrhundert von einer Residenzstadt zu einer Industriestadt zu entwickeln. Erst mit der aufkommenden Eisenbahn erwuchs der Schifffahrt ein ernsthafter Konkurrent. Die Straßen waren damals noch nicht ausgebaut – im Regen versanken die Wagen und Wegelagerer machten sie unsicher. Neben der Entwicklung der Dampfschifffahrt führte der Bau neuer Schleusen und der Neu- und Ausbau der Kanäle – vor allem des Landwehr- und des Luisenstädtischen Kanals – dazu, dass die Binnenschifffahrt weiter konkurrenzfähig blieb. So verringerten sich die oftmals tagelangen Wartezeiten an den Schleusen. Mitte des 19. Jahrhunderts entstanden vier Häfen: der Schöneberger Hafen im Landwehrkanal, Wassertor- und Engelbecken am Luisenstädtischen Kanal und der Humboldt- und der Nordhafen im Berlin-Spandauer Schifffahrtskanal.

Mit dem Bau des Gründerzeitgürtels um die Innenstadt begann die große Zeit der Kähne. Es ist ein geflügeltes Wort, dass Berlin aus dem Kahn gebaut ist. Der Umschlag der Baumaterialien erfolgte entlang der Wasserstraßen in unmittelbarer Nähe der Neubaugebiete, was teilweise zu katastrophalen Zuständen führte, denn die Kähne waren sich gegenseitig im Wege, und die unbefestigte Uferböschung hielt den Belastungen nicht stand. Mit dem Bau des Urbanhafens und einiger Ladestraßen an der Spree Ende des 19. Jahrhunderts entspannte sich die Situation etwas, aber erst die Inbetriebnahme des Oder-Spree-Kanals und der Ausbau des Großschifffahrtsweges Berlin-Stettin ermöglichte es Schiffen mit Breslauer- und Großplauer-

Maß, zwischen Oder und Elbe durchgehend zu verkehren. Zunehmend aber fehlte es an Lagerplätzen für die Güter. Das änderte sich erst mit dem Bau der beiden großen Berliner Häfen, dem Osthafen (1907–1913) und dem Westhafen (1914–1923). Planer und Erbauer beider Häfen war der Stadtbaurat Friedrich Krause, dessen Urne sich noch heute im Treppenhaus des Verwaltungsgebäudes im Westhafen befindet. Für den Betrieb der öffentlichen Häfen in Berlin wurden 1923 die »Berliner Hafen- und Lagerhaus Aktiengesellschaft, Generaldirektion der Berliner Häfen« (BEHALA) gegründet, die es heute noch gibt, auch wenn durch die Teilung Berlins der Osthafen von 1949–1992 eigenständig firmierte und – eine große Ausnahme in dieser Branche – jahrelang von einer Frau geleitet wurde.

1928 erreichte das Umschlagergebnis in den Berliner Häfen die Rekordhöhe von 11,5 Millionen Tonnen. Es wurde nie wieder erreicht. Sieht man alte Fotos aus dieser Zeit, so liegt Schiff an Schiff in den Hafenbecken des Westhafens oder an den Kais entlang der Spree am Osthafen. Um diese Zeit gab es in der Lagerhalle II des Westhafens ein Ford-Montagewerk für Autos, deren Weiterentwicklung zusammen mit dem forcierten Straßenbau schon bald der Binnenschifffahrt den Rang ablaufen sollte.

*

Bis 1990 war der Westhafen die Lebensader von Westberlin. Hier lagerte die Senatsreserve. Im Osthafen war es die Staatsreserve. Hart an der Grenze stand dort ein Kühlhaus, gleich daneben ein Grenzwachturm. Ich dachte damals, dass dort Kühlschiffe ankommen. Aber Kühlschiffe gibt es nicht auf Spree, Dahme und Havel.

*

Die Binnenschifffahrt ist ein hartes Geschäft. Schiffe, die nach Berlin kommen, bringen zwar etwas, nehmen aber selten so viel wieder mit zurück, dass sich das Geschäft lohnen würde. Berlin hat keine Industrie mehr, die man verschiffen könnte. In den letzten Jahren brachten die Schiffe Baustoffe zu temporären Umschlagplätzen und fuhren Schutt wieder ab. Mit ihrer Hilfe wurden die Hochhäuser am Potsdamer Platz errichtet und der Koloss von Kanzleramt am Spreebogen. Ein Binnenschiffer soll gesagt haben, wenn er gewusst hätte, wie hässlich das Kanzleramt ist, hätte er seinen Kies dort nicht hingefahren. Er konnte froh sein, dass es Kies zu transportieren gab. Für die Binnenschiffer ist der Bauboom inzwischen vorbei.

*

Im Getreidespeicher auf dem Westhafengelände lagert kein Getreide mehr, sondern die Zeitungen der Staatsbibliothek. Kommt es einem am Hafeneingang noch vor, als betrete man eine andere, lebendige Stadt mit viel Verkehr, ist es hinten an Becken II sehr still. Ein einzelner Container, auf dem China-Shipping steht, wird ausgepackt und in die Lagerhalle eines Möbelhauses gebracht. Am Kai des Hafenbeckens stehen die Namen der Schiffe, die einmal hier gelegen haben: HERBERT, KONDOR, GISELA, EVI 2, AUGUSTE, KATER und MAMMUT. Heute bleiben sie höchstens über Nacht und fahren dann weiter. Nur ein altes Schiff liegt vor Anker. Das Führerhaus ist innen mit Pflanzen zugewachsen. Ein Hund bellt von Bord alle an, die sich auf zehn Meter nähern. Im Inneren liegt der kranke Kapitän.

*

Das Kind, das mit seinem Roller den Schubleichter auf- und abfuhr, habe ich immer beneidet. Es hatte nie das Bedürfnis, an Land zu kommen, und missachtete uns Landratten, die in Häusern wohnten und langweiligen Tätigkeiten nachgingen. Ich wollte auch ein Binnenschifferkind sein. Am Tag, als Binnenschifferkinder in die Schule kamen, veränderte sich ihr Leben. Sie mussten mit ihren Müttern an Land, und der Vater fuhr alleine weiter. Binnenschifferkinder waren eine eingeschworene Gemeinschaft. Sie hatten immer Filzstifte und Füllhalter aus dem Westen, weil ihre Väter nach Hamburg fuhren. Im Winter, wenn die Elbe Eisgang hatte, kamen sie nach Hause in den Winterhafen und machten neue Kinder. Aber wehe, eines wurde im Frühjahr geboren, dann war es so ziemlich klar, dass es kein Binnenschifferkind sein konnte.

*

Was lässt sich nicht alles auf einem Schiff transportieren. Container, Kohle, Öl und Getreide, Schrott, Autos, Rohtabak und Branntwein, Fleisch und Kartoffeln. Das meiste davon wird heute mit LKWs transportiert. Die Zukunft der Binnenschifffahrt gehört den Containern. Das wird das Ende der Maßkähne sein, zugeschnitten auf die Breite einzelner Wasserstraßen, denn der Containerverkehr braucht Kanalschubschiffe und Großschubleichter, die wie Güterwaggons aneinandergekoppelt auf transkontinentalen Verkehrsachsen quer durch Europa fahren. Zu diesem Zweck wird im Westhafenbecken I in den nächsten Jahren ein großer Containerumschlagplatz errichtet. Die Häfen müssen Logistikdienstleister und Schnittstelle zwischen den Verkehrsträgern werden, ansonsten haben sie keine Zukunft.

*

Deutsche Binnenreederei – Wir machen Schub – europaweit!

*

Als Kind, am Winterhafen sitzend, hatte ich eine unendlich romantische Vorstellung vom Leben auf einem Schiff.

Als ich Klaus Peter Hinz von der Deutschen Binnenreederei nach einem Winterhafen frage, sagt er nur: Unsere Schiffe müssen fahren, die dürfen nicht im Hafen liegen. Das Eis der Spree muss immer gebrochen werden. Zu DDR-Zeiten war das lebensnotwendig, denn das Kraftwerk in Rummelsburg ließ sich nur über die Flüsse mit genügend Kohle versorgen.

*

Das Hafencasino auf dem Gelände des Westhafens tut so, als führe der Westhafen geradewegs nach Übersee und hätte Huren, Fischer und Seebären zu Gast. Es gibt die üblichen Requisiten aller Hafenkneipen dieser Welt: Bojen, gebastelte Schiffe, Möwen aus Plaste, Seeräuberköpfe aus Holz, Bullaugen, Fischernetze und Bootslaternen. Die Kellnerin hat eine große Klappe, die für die Mannschaftsmesse eines Hochseeschiffes reichen würde. Sie duzt alle ihre Gäste und trägt Teller mit dem Durchmesser von Wagenrädern durch den Raum. Darauf liegen Kohlrouladen, so groß, dass sich davon drei Sekretärinnen drei Tage ernähren könnten. Es sind keine Matrosen, die sie bedient. Es sind Schlosser, Klempner und Verladearbeiter, deren wiegender Gang weniger mit der Schifffahrt als mit dem Genuss von zu viel Bier um die Mittagszeit zu tun hat.

*

Das Netz der Bundeswasserstraßen umfasst ca. 7000 Kilometer, davon 190 Kilometer in und um Berlin. 7000 Personen arbeiten und leben auf Binnenschiffen. Tendenz abnehmend, denn die Binnenschifffahrt ist das Stiefkind des Verkehrs. Vor allem die Partikuliere kämpfen ums Überleben. Meistens sind es Ehepaare, denn Matrosen können sich die wenigsten leisten. Wenn die

Winter milde sind, fahren sie 365 Tage im Jahr, krank werden dürfen sie nicht, und wenn in Berlin in der Nacht nicht die Schleusen geschlossen wären, würden sie auch da noch fahren. Seit der Liberalisierung des europäischen Marktes 1994 gibt es keine festen Tarife mehr. Die Binnenschiffer verdienen von Jahr zu Jahr weniger und werden immer älter, denn wer lernt schon einen Beruf, der eine vage Zukunft hat. Finanzielle Unterstützung gibt es höchstens für das Abwracken alter Schiffe.

*

Pfarrer Fedor Pfitzner hat ein Dienstboot namens WICHERN-ARCHENOVA. Am Bug hängt die Fahne der Mission, Kreuz und Anker, damit Gott einen Halt hat. Es gilt »Gottes Wort an Bord«. Seit 1897 gibt es den Verein zur kirchlichen Fürsorge für die Fluss- und Kanalschiffer. Fedor Pfitzner ist erst der fünfte Berliner Schifferpfarrer seit Bestehen des Vereins und im Wartestand, weil die Kirche sich einen Schifferpfarrer eigentlich nicht mehr leisten kann. Die Geschichte begann mit einem Missionar, der von Boot zu Boot ging. Von 1904 an hatte der Verein vierzig Jahre einen Maßkahn als schwimmende Kirche. Seit letztem Jahr ist es ein Sportboot. Auf ihm gibt es einen Altar. Ebenso in der Schifferkirche am Eingang des Westhafengeländes, die eine umgebaute Lebensmittelverkaufsstelle ist und seit 1968 besteht. Die Kirche vermietet auch für andere Gelegenheiten. Dann wird der Altar zugeklappt und die Kirche eingesperrt. Zu den Faschingsfeiern kommen die Binnenschiffer als Seeräuber verkleidet und nehmen Drinks zu sich, die »Arschlöscher« oder »Kümmerlinge« heißen. Vor Weihnachten fährt der Schifferpfarrer mit der Wasserschutzpolizei und dem Nikolaus im Boot von Bord zu Bord. Manchmal wollen die Schiffer auch nur reden, denn die sozialen Kontakte fehlen ihnen und vor allem ihre Kinder, die, wenn sie schulpflichtig werden, in Heimen untergebracht werden müssen, wenn beide Eltern fahren. Pfarrer Pfitzner traut und tauft auch an Bord, aber nicht mit dem Wasser von Havel und Spree. Manchmal verteilt er auch Bibeln. Die Schiffer fragen: Was sollen wir damit, und er zeigt auf das obligatorische Kochbuch in der Bootsbibliothek und sagt: Da gucken Sie doch auch nicht jeden Tag hinein.

*

Über die Wasserstraßenverkehrsordnung wacht die Wasserschutzpolizei. Auf den Wasserstraßen in und um Berlin ist die Höchstgeschwindigkeit 12 km pro Stunde, am Spreebogen 6 km pro Stunde. Auch die Wasserschutzpolizei hat Blitzgeräte, mit denen sie Raser zur Verantwortung ziehen kann. Unfälle sind selten. Den letzten gab es, als ein computergestütztes Navigationssystem versagte und ein Binnenschiff in einen Sportboothafen fuhr und die Yachten zersägte.

*

Ich sitze an der Spitze der Halbinsel Alt Stralau. Rechts von mir fährt ein Kahn vorbei, in Richtung Osten. Er ist alt und verrostet und liegt so tief, dass Wasser über die Reling schwappt. Vorn am Bug sitzt ein Mann und liest, seelenruhig.

Der ältere Mann streckt sich, presst das linke Ohr an die Fensterscheibe und sagt sehr feierlich zu dem Mann gegenüber: »Welch ein Sound! Erinnern Sie sich?« – »Natürlich«, sagt der andere Mann, »dieses dongdong dongdong ist bei den neuen verloren gegangen.« Ich weiß nicht, warum ich gerade jetzt an Madame Eva denken muss. Madame Eva ist mindestens dreißig Jahre älter als die Männer, und sie hatte 1933 Berlin verlassen müssen. Vielleicht ist es der Museumszug mit seinen Raucherabteilen oder die alte Frau mit dem Kapotthütchen, die sich zwischen Schönhauser Allee und Gesundbrunnen an meiner Jacke festklammerte, weil ihr Arm nicht bis an die Haltestange reichte. Aber auch diese Frau war mindestens zwanzig Jahre jünger als Madame Eva. Ja, sie erinnere sich noch an einige Sachen, hatte Madame Eva im Februar in New York zu mir gesagt. 1918 hielt man ihre Mutter bei einem Spaziergang im Tiergarten für Rosa Luxemburg und wollte sie verhaften, aber es gab schon eine Rosa Luxemburg im Gefängnis. Damals stand ein hölzerner Hindenburg mitten im Park, mit Nägeln bestückt. Die armen Patrioten, die nicht genug Geld hatten, um Kriegsanleihen zu zeichnen, konnten sich einen Nagel kaufen, der Erlös wurde in den Bau neuer Kanonen oder die Herstellung von Giftgas gesteckt. Eine gute Idee, dachte ich seitdem. Das arme Land Berlin stellt statt der hässlichen Bären, die die Straßen verschandeln, hölzerne Bürgermeister und Senatoren in den Straßen auf, in die Besucher und Einheimische kleine Nägel schlagen dürfen, die sie vorher bei einer »Hilfe-zur-Arbeit«-Kraft erworben haben. Der Erlös wird in Kultur und Bildung gesteckt.

Einmal, erinnerte sich Madama Eva, habe eine Fahrkarte mit der S-Bahn Zehntausende Mark gekostet. Da war der ältere Mann mir gegenüber noch nicht auf der Welt. »Sogar aus dem Fenster sehen kann man, nichts ist zerkratzt.« – »Ja die Museumsbahn, die wird bewacht.«

Draußen wechseln sich graue Sozialwohnungsbauten, an deren winzigen Fenstern Kinder sich die Nase platt drücken, mit Fabrikruinen und Brachen ab. Zwölf Jahre brauchte die S-Bahn für die Erneuerung der Ringbahn, der Strecke ohne Ende, man munkelte schon, es sei ein Bau ohne Ende. Ein Fass ohne Boden war es ohnehin. Zuletzt fehlten noch ein paar hundert Meter, die Wedding von Moabit und Charlottenburg trennten. Man stelle sich das mal für die Straßen vor, die Autofahrer hätten schon 1992 Hupkorsos veranstaltet, die lauter gewesen wären als die der Berliner türkischen Gemeinde, wenn die Türkei Fußballweltmeister werden würde.

An diesem Abend bin ich mitten in der Nostalgie gelandet. Streckeneröffnungen, Sonderfahrten und Dampflokomotivausstellungen locken Leute aus der Ursuppe der Stadt, die man sonst nie als Menge erlebt. Es sind vorwiegend ältere Männer ohne Anhang. Die Einsamkeit hat sich tief in ihre Gesichter geschnitten, über ihren Bierbäuchen tragen sie T-Shirts mit Aufschriften wie »S-Bahn GmbH« oder »Durchgehender Nachtverkehr«. Sie stehen mit Videokameras oder teuren Fotoapparaten am Ende des Bahnsteigs, brüllen sich gegenseitig mit »Aus dem Weg« an, weil jeder die einfahrende S-Bahn mit der Aufschrift »Vollring« in die Mitte des Bildes bekommen will. Besonders schlimm ist es am Westhafen, weil man von hier aus bis zur Station Beusselstraße sehen kann.

Die meisten der Männer mögen Schwierigkeiten mit dem Alltag haben, die Bauserien der ankommenden S-Bahnen können sie am Geräusch unterscheiden. Am

Sonderentwerter stehen sie nach Stempeln an und vergleichen hinterher die Korrektheit des Aufdrucks penibel. Ein leicht verrückter Mann weint, als er in den nächsten Zug steigt. »Ich war fünf, als sie das letzte Mal fuhr. Dann haben die die blöde Mauer gebaut. Freuen Sie sich nicht auch?«, fragt er die Frau mit den bläulich schimmernden Haaren, die sich neben ihn setzt. »Ist schon schön«, sagt sie, »wir sind immer abends mitgefahren, um uns in Ruhe zu küssen, weil mein Mann und ich so viele Geschwister hatten. Schade, dass er das hier nicht mehr erleben kann.« Dann dreht sie sich weg und der Verrückte schaut aus dem Fenster.

Ein alter Mann filmt sich selbst und spricht in die Linse: »Eben noch im Traditionszug, steigen wir Westhafen aus und sind nun auf dem Weg zum Gesundbrunnen.« Die jungen Leute in T-Shirts, auf denen »S geht los«, »Herr des Rings« oder »Ring frei« steht, kichern. »Der hält das für die Nachwelt fest.« – »Aber wer ist die Nachwelt?«

Gerne würde ich mit Madame Eva mal eine Vollringfahrt machen. Als sie Berlin verlassen musste, gab es zwar die elektrifizierte Ringbahn, den Vollring als Linie aber noch nicht. Der Zug fuhr an der Papestraße in die Spitzkehre bis zum Potsdamer Bahnhof. Erst als Bomben die Gleise an diesem Gleiskreuz gründlich zerstörten, nahm die Bahn den ganzen Ring.

Aber selbst wenn Madame Eva noch einmal einen Fuß auf Berliner Boden setzen würde – sie fährt lieber mit dem Bus.

Ponton zwischen CITY und AIRPORT

Mit dem Expressbus X 9 durch Charlottenburg

Der Platz vor dem Bahnhof Zoo muss für empfindliche Menschen eine Zumutung sein. Es ist laut und dreckig, vertrocknete Kotze klebt in den Winkeln der Haltestellenhäuschen, Tauben verschiedenster Form und Farbe balgen sich um ein paar Krümel Fast Food, ein Mülleimer hat dem Druck seines Inhalts nachgegeben. Der Müll liegt auf dem Gehsteig verteilt. Gegenüber weist eine Giraffe auf den Zooeingang hin. »Ist das ein Tierpark nur für Giraffen?«, fragt ein Kind. Jede Minute hält ein Bus und fädelt sich nach dem Abfahrtsignal in den Freitagabendverkehr ein.

Ein offensichtlich verwirrter Mann grüßt alle Anwesenden, eine Frau verteilt Werbematerial, das niemand haben will, ein Mann mit einer Eistee-Tüte im Arm und einer schlecht verarzteten Wunde am Kopf geht von einem Wartenden zum anderen: »Entschuldigen Sie, mein Portemonnaie wurde gestohlen. Ich muss dringend nach Hause telefonieren«, oder was man so sagt, wenn man es mit Touristen zu tun hat und Geld braucht. Wer unter den vielen Leuten Tourist ist, sieht der junge Mann sofort. Besonders Position 1 der Bushaltestelle Zoologischer Garten hat es ihm angetan, denn da stehen die Leute mit den Rollkoffern und warten auf den Bus X 9 zum Flughafen Tegel. Manche der Wartenden sind zum Einkaufen mal kurz nach Berlin geflogen, und jetzt, am Freitagabend, geht es zurück in irgendeine Stadt Europas, die einen Flughafen hat. Geschäftsreisende erkennt man an den gedeckten Farben ihrer Mäntel. Seit dieser Woche sind es die dünneren.

Der Hardenbergplatz vor dem Bahnhof Zoo liegt am östlichsten Ende von Charlottenburg, östlicher steht nur noch die Gedächtniskirche.

Seit Eröffnung des Flughafens Tegel 1975 gab es vom Bahnhof Zoo einen Zubringerverkehr, anfangs eine Sonderlinie mit erhöhtem Tarif. Aber die Entwicklung des Flugverkehrs zum Massenbetrieb erforderte eine reguläre Linie. Einen Rest von Exklusivität konnten sich die Flughafenlinien 8 und 9 bewahren, denn sie hatten einen eigenen Wagenpark mit blauen Omnibussen, die ab 1986 mit der Aufschrift »Vom AIRPORT zur CITY« warben. Die alte City West um den Ku'Damm und mit Bahnanschluss nach Westdeutschland gehörte zum Bezirk Charlottenburg, der bis 1920 eigenes Stadtrecht besaß.

1988 brauchte der Flughafenbus für 13,1 km 39 Minuten. Heute heißt der Bus X9 und schafft die Strecke dank Busspur in 20 Minuten, abends in 15.

Der Gesetzgeber schreibt vor, dass jedes Fahrzeug vorn ein Zielschild und an der rechten Längsseite ein Streckenschild tragen muss. Wie es mit den Fenstern aussieht, ist der BVG herzlich egal. Der Flughafenbus, der nun endlich eintrifft und neben den vielen Rollkoffern auch den Mann mit Kopfwunde und Eistee aufnimmt, schließt die Hälfte der Fahrgäste von der Sicht auf Berlin aus, denn die Scheiben werden großflächig von einer Reklame für eine Fluglinie überdeckt. Wie unsensibel. Auch wenn man nicht behaupten kann, dass die Fahrt nach Tegel ein architektonischer Genuss ist – sie zeigt eher sämtliche Sünden der Nachkriegszeit: Autobahnschneisen, Kraftwerke und Wohnbauten in Schachtelform – aber es könnte doch für den einen oder anderen Reisenden ein Abschied für immer sein.

Der Mann mit dem Eistee und der Kopfwunde sagt zum Busfahrer: »Endlich mal raus aus Berlin, ist ja nicht schade drum.« Der Busfahrer lächelt, er scheint ihn zu kennen.

Es geht zügig die Hardenbergstraße hinunter, vorbei an der Universität der Künste. Erster Halt ist am Ernst-Reuter-Platz. Der Platz für Rollkoffer wird knapp.

Auf dem Stadtplan macht der Straßenverlauf zwischen Hardenbergstraße und Otto-Suhr-Allee einen Knick – bis 1953 hieß die Kreuzung, auf der sich fünf Hauptverkehrsstraßen treffen, Am Knie, kurz Knie genannt. Heute heißt der Platz nach einer der schillerndsten Figuren der Berliner Politik Ernst Reuter und ist, man mag es kaum glauben, offiziell ein Gartendenkmal – dabei gibt es auf dem mit 180 Metern Durchmesser größten Platz Berlins so gut wie kein Grün, sieht man mal von den Stiefmütterchen in der Mitte ab, die wohl zu den feinstaubbelastetsten Lebewesen Berlins gehören dürften.

Bis 1830 hieß der Platz Umschweif. Ohne Umschweife biegt der Bus in die Otto-Suhr-Allee, lässt Richard-Wagner-Platz und Rathaus rechts liegen und hält erst wieder in der völlig unbedeutenden Quedlinburger Straße, was die BVV Charlottenburg-Wilmersdorf veranlasste, 2004 mit Nachdruck von der BVG eine zusätzliche Haltestelle am Richard-Wagner-Platz zu fordern. Die BVG antwortete am 7. Juni 2004: »Die Einrichtung einer zusätzlichen Haltestelle am U-Bahnhof Richard-Wagner-Platz würde den Reisezeitvorteil des X 9 auf der Relation City–Flughafen Tegel vermindern und somit den Zielsetzungen des BVG-Produkts ›ExpressBus‹ entgegenwirken.« Der Bus hält am Richard-Wagner-Platz immer noch nur an der roten Ampel. Die beiden Berlinerinnen, die sich ein Wochenende in Düsseldorf erholen wollen, bewundern die Jugendstilornamente der Fassade des Rathauses. »Det is'n Riesenklotz, wa?« – »Unsert in Köpenick is nich so groß.«

Dass die Stadt Charlottenburg, die am 5. April 1705 auf Befehl des Königs Friedrich I. zu Ehren seiner verstorbenen Gattin Sophie Charlotte benannt wurde, irgendwann mit Berlin verschmelzen musste, war spätestens mit dem Hobrechtschen Bebauungsplan 1862 klar, der auch Charlottenburg einschloss. Wahrscheinlich ist deshalb das Rathaus, das zwischen 1899 und 1905 im Jugendstil errichtet wurde, so groß und klotzig geraten, als hätte der Auftraggeber ein »Jetzt erst recht« in den Charlottenburger Himmel geschrien. Der Turm trat mit 89 Metern in direkte Konkurrenz mit der Kuppel des Charlottenburger Schlosses, die in der Sichtachse liegt.

Auf der einen Seite Bürgertum gegen Adel, auf der anderen Seite Charlottenburg gegen Berlin. Das konnte nicht gut ausgehen. Dem bürgerlichen Protz folgte fünfzehn Jahre später, 1920, die Eingemeindung nach Berlin und nicht umgekehrt.

Die Otto-Suhr-Allee, die bis 1957 Berliner Straße hieß, war Teil der Achse, die das Charlottenburger Schloss mit dem Berliner Schloss verband. Bis Mitte des 19. Jahrhunderts zogen Adel und gehobenes Bürgertum über diese Straße mit Sack und Pack in die Sommerhäuser Charlottenburgs um.

Der Berliner Publizist Emil Dominik schrieb 1883: »Wir fuhren vom Brandenburger Thore mit der Pferdebahn nach dem freundnachbarlichen Charlottenburg und in dieser bald zweihundert Jahre alten Stadt durch die Berliner Straße.« Und was plauderten die Reisenden? »Seit Camille A. Faure's Entdeckung ist die Konstruktion der ›Luftdroschke‹ nur eine Frage der Zeit.«

Der Weg des Busses geht, die Spree überquerend, weiter in Richtung Luftdroschke, vorbei an zwei Einrichtungen, die die Autarkie Westberlins gegen den umliegenden Feind sicherten, das Kraftwerk Charlottenburg und das Gaswerk Charlottenburg. Hier hat Charlottenburg jede Beschaulichkeit verloren, der Schlosspark liegt ein paar Straßen entfernt, hier dominieren Industriereste, ein Biotecpark, der bisher nur auf Bauschildern »Raum für Erfahrung« verspricht, und Kleingärten, die ihre weißen Plastestühle wieder ins Freie gestellt haben. Haltestelle Jungfernheide steigen ein paar Reisende zu, die die Ringbahn benutzt haben. Einmal noch hält der Bus, an einem der traurigsten Orte Berlins. Es ist eine Jakob-Kaiser-Platz genannte städtebauliche Ausbuchtung mit Autobahnanschluss, wo noch ein paar Umsteiger aus der U7 dazukommen. Hier angekommen, ist auch der letzte bereit, Berlin zu verlassen.

»Es soll ja am Wochenende sehr schön werden«, sagt die Ältere der beiden Berlinerinnen. »Ich glaube, dass es bei der deutschen BA sogar etwas zu essen gibt«, sagt die Jüngere. Von Weitem ist der Tower des Flughafens zu sehen.

An der Endstelle verteilen sich die Fahrgäste auf die Flugschalter. Einer fliegt nicht. Es ist der Mann mit Eistee und Wunde. »Entschuldigen Sie«, sagt er zu einem Mann, der gerade in Berlin gelandet ist, »mein Portemonnaie wurde gestohlen. Ich muss dringend nach Hause telefonieren.«

Amüsieren wie Bolle

Ich möchte nicht in Pankow begraben sein. Nicht Pankow I, nicht Pankow II, nicht Pankow III. Aber so ein Ausflug nach Pankow, wie Bolle dazumal, kann ganz amüsant sein, zumal an diesem Sonntagvormittag im Bötzowviertel »Brunch mit Gott« angesagt ist. Da will man doch lieber nicht im Weg stehen.

Jörg Schröder sagt nicht Pankow. Er sagt Niederschönhausen, wenn unsereins, um Großpankow von Altpankow zu unterscheiden, den Ort als Pankowpankow bezeichnen. Zu Jörg Schröders Kindheitszeiten war Niederschönhausen noch fein säuberlich von Pankow getrennt, obwohl beide damals zusammen mit acht anderen ehemaligen Dörfern den 19. Verwaltungsbezirk, Pankow, bildeten. Solcherart verwaltungstechnische Raffinessen interessieren Jörg Schröder nicht besonders, obwohl er ein Beamtenkind war. Die Bismarckstraße, in der er die ersten Jahre seiner Kindheit verbrachte, heißt heute Hermann-Hesse-Straße. Hermann Hesse ist einer der wenigen deutschen Autoren, die Jörg Schröder nicht verlegt hat.

Im Allgemeinen verbindet man mit ihm und seinem Märzverlag eher Frankfurt am Main als Pankow und statt Beamtentum Anarchismus. Die literarische Postmoderne wurde durch den Vertrieb von pornografischer Literatur querfinanziert. Ja, auch solch große Söhne hat Pankow hervorgebracht.

1938 ist der Amtsrat Kurt Schröder mit seiner jungen Familie in den Neubau am Bismarckplatz gezogen. Im Aufgang 36 b wohnten neun andere Mietparteien, die bis auf den Hauswart, der Kommunist war, dem Reich als Doktoringenieure, tuberkulöse Kammermusiker, Reichsräte oder – wie Nachbar Rinklef in vollem Wichs – als Reichsredner nahestanden. Ingenieur von Stetten soll so maulfaul gewesen sein, dass seine Frau einmal aus Ärger den Braten aus dem Fenster warf und von Stetten ihn wortlos wieder heraufholte, abwusch und aufaß. Heute schaut keiner aus dem Fenster, geschweige denn wirft etwas hinaus. Selbst der Zugang zu den Mülltonnen ist mit einem Sicherheitsschloss versperrt.

Der Einmarsch der Russen brachte das bürgerliche Leben so durcheinander, dass Jörg Schröder mit seiner Mutter zu Filou Siegfried in das Gründerzeithaus gegenüber und von da in den Westen umzog. In der Vertiefung zum Keller vermutet er heute noch den Dolch, den er vor den Russen vergrub. Er traut sich nicht, danach zu graben, stattdessen lässt er das Kind in sich noch einmal den Geruch der Leichensammelstelle in der Schule nebenan riechen und über den Bismarckplatz hin zur ehemaligen Kommandantur laufen, an deren Fassade immer noch steht: »Dieses Haus Gott bewahr vor falschen Freunden und Gefahr«. Vor dem Kino »Blauer Stern« spielt Schröder eine Szene aus seinem Lieblingsfilm *Die Frau gehört mir* nach. Um die Ecke geht es zum Schloss, in das die Königin von ihrem Gemahl Friedrich II. »ausgelagert wurde«, wie Schröder es nennt. Weder legen wir uns wie Bolle auf die Schienen der Straßenbahn, keilen uns nicht, das linke Aug bleibt unmarmoriert und Kinder kommen auch nicht weg, trotzdem amüsieren wir uns köstlich und zuletzt noch auf Kosten des Militärs. Das hat sich nämlich auf dem Schlossgelände eine Sicherheitsakademie eingerichtet. Vielleicht um die beiden nahezu identischen Häuser nicht zu verwechseln, das deutsche Militär hat es ja nicht so mit der Orientierung, haben sie Namen bekommen – links ist Haus Bonn und rechts Haus Berlin. Berlin sieht im Gegensatz zu Bonn aus wie poliert, aber bei näherem Hinsehen ist es nur die abendliche Sonne, die sich in der Schrift spiegelt.

➜ Einfahren

Tegel. Es gibt in Berlin keinen Ort, an dem der Verlust von Freiheit und das Ausleben derselben enger nebeneinander herliefen. Über uns ist alle fünf Minuten ein Flugzeug im Landeanflug auf Berlin. Der Hohlweg, den wir schließlich entlangfahren, ist von Mauern und hohen Peitschenleuchten begrenzt. Er endet an einem Rolltor, das sich langsam öffnet und, sobald wir hindurch sind, zügig schließt. »Anstaltsgelände. Betreten und Befahren ist nur befugten Personen gestattet.«

Wir sind auf dem Parkplatz der Justizvollzugsanstalt Tegel, auch Kittchen, Knast oder Loch genannt.

Wie geht es eigentlich Architekten, die den Auftrag bekommen, ein Gefängnis zu bauen? Ist es ihnen egal, ob sie ein Bundeskanzleramt oder einen Knast auf dem Reißbrett entwerfen? Diejenigen, die den Eingangsbereich der JVA Tegel gebaut haben, müssen sehr ambitioniert gewesen sein. Der trichterförmige Wachturm fügt sich geschickt in das Ensemble der Mauern ein. Sie sind höher, als die Berliner Mauer je war, und das Weiß der Wände sticht in die Augen.

Vor dem Tor zwei steht ein bunter Kindersportwagen. Er passt hier nicht her. Er nimmt auch nichts von der Beklemmung, die einen befällt, wenn man von Mauern, Toren und Kameras umgeben ist. Es gibt eigentlich nur eine Frage: Wie komme ich hier wieder heraus? Für diejenigen, die mich mitgenommen haben, ist das schon Routine, sie sehen die Mauern nicht mehr. Es sind die Mitarbeiter des Knasttheaters »Aufbruch«, die zweimal in der Woche hierherkommen, um mit den Gefangenen Theater zu spielen. Die Eingangstür schließt sich hinter uns mit einem schweren Ausatmen der Hydraulik. Wir sind im Niemandsland. Hinter einer Scheibe schaut ein Vollzugsbeamter zu uns hinunter. Er ist wortkarg. »Die Pässe mal bitte«, raunzt er durch die Scheibe und elf Ausweise werden gegen Gästekarten eingetauscht. Hinter uns nimmt ein zweiter Beamter Aufstellung. An seinem Gürtel baumelt ein Schlüsselbund, wie in einem schlechten Film.

»Benutzen Sie die Schließfächer vor dem Eingang, um Ihre Wertsachen zu deponieren. Alles, was Sie einbringen möchten, muss vorher angemeldet werden.«

Der lange Gang, der vor uns liegt, ist von Gittern zerteilt, die der Beamte aufschließt, um sie, wenn der letzte von uns durch ist, genauso sorgfältig wieder zu verschließen. Es riecht nach Süßigkeiten. Der Geruch kommt von den Automaten, die die Wände entlang aufgestellt sind.

Auf dem Hof werfen die Wände große Schatten, es ist inzwischen dunkel geworden. Von Weitem sieht es, aus als näherten wir uns der Wilhelmstraße. Die

Neubauten der Häuser fünf und sechs sehen den Neubauten dort aus dieser Perspektive verblüffend ähnlich. Sie wurden in den Achtzigerjahren für die Langzeitinsassen errichtet, die hier für viele Jahre ihren Lebensmittelpunkt haben, wie es so schön heißt. Ein Lebensmittelpunkt, der keine Ränder hat, an die man ausweichen könnte. Wir werden im Kulturraum eingeschlossen. Er ist kahl, nur an den Fenstern sollen die Scheibengardinen, wie man sie in Küchen draußen oft findet, den Schein von Normalität wahren. Nach und nach kommen die Schauspieler. Die meisten tragen Jogginganzüge, man geht da mit der üblichen Freizeitmode. »It takes a little more to make a champion«, steht auf der Jacke eines Gefangenen, ein anderer wirbt für ein Ingenieurbüro für Baugrunduntersuchungen. Manche sind schon von Beginn an dabei. Das Theater hat Beckett gespielt, es hat *Berlin Alexanderplatz* aufgeführt, und in diesem Jahr beschäftigt es sich mit der Gladowbande, die in der Nachkriegszeit in Berlin Überfälle beging und deren Bandenchef am Ende unter dem Fallbeil starb.

Die Gladowbande ist nur eine Folie für das Stück. Es geht um die eigene Geschichte. Wie wird man Verbrecher und warum? Die Rechnung ist klar, auch wenn man, wie Bomme Redzinski fünfzig Jahre vorher, nicht rechnen gelernt hat, sondern die Beute in gleiche Haufen teilte, egal, welche Zahl auf dem Geldschein stand. Verbrechen lohnt sich, im Gegensatz zu ehrlicher Arbeit, aber man darf das elfte Gebot nicht verletzen, was da heißt: Du darfst dich nicht erwischen lassen. Die zwanzig Männer haben es alle verletzt. Im Raum kommen mehr als hundert Jahre Gefängnis zusammen. Das Stück wird aus dem Spiel entwickelt. Vorerst geht es noch um Versuchsanordnungen. Wie viel verdiene ich mit einem Kilo Kokain, das ich selbst in Südamerika abhole, die Unkosten abgezogen und vorausgesetzt, es geht nichts schief? Der Schauspieler hat alles bedacht, die Summe reicht am Ende für ein Jahr ordentliches Leben. »Wenn du das alles so gut kannst«, fragt ein Mitspieler, »warum trägst du dann eine Brille von Fielmann?«

Nach zwei Stunden Spiel sind die Grenzen verwischt zwischen denen, die immer hier sind, und denen, die nur zu Besuch kommen, bis der Wärter mit den Schlüsseln klappert und die Ordnung wiederherstellt. Die einen nach links, dem Ausgang zu, die anderen geradeaus.

Berliner Blut

Die Weddinger Schminkefabrik Kryolan

Die Papierstraße im Berliner Wedding ist nicht länger als 200 Meter und eine Sackgasse, die am Gittertürchen der Kleingartenanlage »Sommerglück« endet. Gegen Mittag ist jede Minute eine Maschine im Landeanflug auf den Flughafen Tegel. Mehr scheint hier nicht los zu sein, sieht man von der Kfz-Schlosserei ab, die in einer halben Ruine ihr Glück mit der Reparatur verrosteter Autos versucht und einem eher unscheinbaren Gebäude linkerhand, das nur durch die horizontalen Fensterbänder und die senkrecht dazu verlaufenden Betonstreben auffällt. So baute man in den Siebzigerjahren. Es gibt keine Geräusche, die aus den Fenstern dringen und keinen Lieferverkehr. KRYOLAN steht auf einem Schild neben der Eingangstür.

Was hat eine Schminkefabrik mit dem Gefrieren zu tun, dessen griechische Bezeichnung sich im Stamm des Firmennamens befindet? »Nichts«, sagt Wolfgang Langer, Geschäftsführer und President of Kryolan Corporation, »Kryolan ist die Zusammensetzung der jeweils ersten Buchstaben der Namen Krause und Langer.«

Woher das Ypsilon und das O kamen, weiß keiner mehr so recht, es ist zu lange her, seit die beiden Ehepaare Editha und Heinz Krause und Waltraud und Arnold Langer im August 1945 beschlossen, eine Kosmetikfirma zu gründen – mitten im zerstörten Berlin und ohne Maschinen, Rohstoffe und Verpackungsmittel. Man meint, es hätte damals andere Probleme gegeben als fehlende Schminke, aber die bald wiedereröffneten Theater hatten regen Zulauf und wo eine Bühne ist, ist auch eine Garderobe und also auch ein Maskenbildner mit seinem Schminkkoffer. Anfangs konnte das Unternehmen wegen des alliierten Status von Berlin nur innerhalb der Stadt liefern.

Theaterschminke stellt Kryolan seit 58 Jahren her, zuerst in Reinickendorf und seit 1971 in der Papierstraße. Früher war Kryolan in Wedding ein Betrieb unter vielen, inzwischen ist er einer unter wenigen. Jeden Tag stehen Leute vor der Tür und fragen nach Arbeit. Der Betrieb kann sich vor Bewerbungen kaum retten.

»Ein Schauspieler trägt seine Haut zu Markte«, ist der Lieblingssatz von Wolfgang Langer, der seinen Schreibtisch im Bürotrakt mitten zwischen seinen Angestellten hat. Hinter ihm steht ein Foto, das ihn als Clochard zeigt, eine Maskenbildnerarbeit, die mit Hilfe von Produkten aus der eigenen Herstellung entstand. Theaterschminke muss lange halten, hautverträglich, wischfest, wasser- und schweißresistent sein. Das Bühnenlicht erfordert andere Farben auf der Haut als in der normalen Tageskosmetik. Ihre Intensität muss auch nach Jahren noch gewährleistet sein. Auf dem Foto sieht Wolfgang Langer älter aus als sein Vater Arnold, Firmengründer, Chemiker und Tüftler zugleich, der zwischen der vielen Schminke nicht zu altern scheint und nach wie vor mit wehendem weißen Kittel durch den Betrieb eilt.

Kryolan ist bis heute ein Familienunternehmen. Die Ehefrau Wolfgang Langers führt den Szczeciner Betriebsteil. Für viele Mädchen wäre es ein Traum, in einer Schminkefabrik aufzuwachsen, bisher aber hat die Familiendynastie nur Söhne hervorgebracht. Mit Sebastian Langer, der nach Studium und praktischer Ausbildung in der Filiale in San Francisco an den Schminktopf der Familie zurückgekehrt ist, nahm vor eineinhalb Jahren die dritte Generation der Langers ihre Tätigkeit auf. Bevor sein Vater Wolfgang vor Jahrzehnten in den Betrieb eintrat, schickte ihn sein Vater zum Praktikum ins Schiller-Theater, der damals wichtigsten Bühne Westberlins. Er sollte seine Klientel kennenlernen. Bis heute sind die Maskenbildner die heimlichen Könige von Kryolan, denn von ihrer Treue ist ein Großteil der Prosperität des Unternehmens abhängig. »Wenn hier der Chefmaskenbildner eines Theaters mit hochrotem Kopf reinstürmt, dann weiß ich, dass es gleich wieder ganz viel Arbeit gibt, die bis vorgestern zu erledigen ist. Wir haben hier schon Mitarbeiter ins Flugzeug gesetzt, damit die schnellen Sonderwünsche noch rechtzeitig zur Premiere ankamen.«

Theaterschminke ist aber nur noch ein Teil der Produktion des Unternehmens. Kryolan stellt Übungsschminke für die Bundeswehr her, besonders gut deckendes Make-up für Menschen mit großflächigen Narben oder zur kosmetischen Behandlung farbabweichender Hautveränderungen, produziert Farbe für Bodypainter und Silikon, aus dem sich Köpfe und Gliedmaßen herstellen lassen. Inzwischen gehören auch die britischen Streitkräfte zu den Kunden, die für die Herstellung realistischer Unfalldarstellungen auf die Berliner Produkte zurückgreifen. Um den richtigen Umgang mit Farbe, Silikon, Bärten und Kunstblut zu vermitteln, organisiert Kryolan in zweijährigem Turnus Maskenbildnerseminare, die sich regen internationalen Zulaufs erfreuen.

Auf dem Schreibtisch steht ein Musterkoffer mit Pinseln aus Rotmarder- oder Eichhörnchenhaar, die im

Auftrag von Kryolan hergestellt werden. Seit Neuestem haben sie Stiele aus Aluminium, weil die aus Holz nicht so lange hielten wie die Pinsel.

Manche Probleme müssen ad hoc gelöst werden. Eine geklebte Wunde an einem Pferd, die bei –10 Grad Celsius Außentemperatur hält? Kräftig rote Schminke, die im Handumdrehen abgeht? Sperma, das wie Sperma aussieht, aber im Gebrauch keine Schwangerschaften verursacht? 2000 Liter Altöl, das man zur Not auch trinken kann? Blut, das ohne langwieriges Einweichen in kaltem Wasser auswaschbar ist? Kein Problem.

Lässt man die Berliner Theater an sich vorbeiziehen, die alle von Kryolan beliefert werden, dann kommt man zu dem Schluss, dass die Volksbühne wahrscheinlich die mit Abstand größten Posten an Blut oder anderen Flüssigkeiten ordert. Langer erinnert sich an die gemeinsame Entwicklung einer Blutpumpe, die für ein Stück an diesem Theater gebraucht wurde. Ins Theater geht Wolfgang Langer immer noch gerne, Splattermovies mag er allerdings auch dann nicht, wenn das Blut, das herumspritzt, aus seinem Unternehmen kommt.

Die Kryolan-Niederlassung, die Editha und Heinz Krause 1947 im sowjetischen Sektor gründeten, musste auf Zwang der Behörden ab 1950 eigenständig unter dem Namen Coloran firmieren und wurde nach der Enteignung der Privatbetriebe in der DDR Anfang der Siebzigerjahre Teil von Berlin-Kosmetik, wo die Produkte unter dem Namen FLORENA-Theaterkosmetik vertrieben wurden. Ostberliner Theater, die es sich leisten konnten, griffen allerdings lieber auf die Kryolan-Produkte zurück. Das Berliner Ensemble war Stammkunde, dem Deutschen Theater wurde frei Haus geliefert und der neue Friedrichstadtpalast durfte bei der Eröffnung in großen Mengen ordern. »Staatsgrenzen kannten und kennen wir hier nicht«, sagt Wolfgang Langer, »selbst das albanische Fernsehen hat bei uns gekauft.«

Als Berlin-Kosmetik nach der Wende in Konkurs ging, übernahm Kryolan die letzten fünf verbliebenen Mitarbeiter der Theaterschminkeproduktion, einige hatten vor 1961 schon in Reinickendorf gearbeitet.

Der Westberliner Betrieb ist langsam, aber stetig gewachsen. 1970 produzierten zwölf Mitarbeiter Kryolan-Erzeugnisse für Deutschland und neun weitere europäische Länder. Heute ist der Betrieb auf fünf Kontinenten vertreten. Die Produktion befindet sich im Mutterhaus, das Lager im Brandenburgischen Zehlendorf. In Bangladesh werden Glatzen, Nasen und Wimpern hergestellt. Kryolan ist trotzdem der Devise treu geblieben, jeden Kunden persönlich aufzusuchen, ob in Neustrelitz, Tirana oder Neuseeland.

Die Theaterschminke eignet sich wegen ihrer hohen Verträglichkeit auch als Tages-Make-up. Seit fünf Jahren hat Kryolan ein Geschäft in der Nähe des Ku'damms. Wer sich bei Udo Walz die Haare legen lässt, hat auch schon mal bei Kryolan-City reingeschaut. Prominenteste Kundin aber ist die Milka-Kuh, für die Arnold Langer das Lila mixte, so kuhhautverträglich, dass kein Tierschützer Einspruch erheben konnte. Denn auch die Milka-Kuh trägt ihre Haut zu Markte. Wolfgang Langer betont, dass das Unternehmen, ohne vom Gesetzgeber dazu gezwungen zu sein, in der Charité klinische Gutachten seiner Produkte einholt. Denn eines der schlimmsten Szenarien für Schauspieler ist, dass die Haut auf das tägliche Make-up allergisch reagiert.

Wolfgang Langer durchmisst sein Reich von der Produktion bis zum Lager, wo jede erdenkliche Farbe in 1-Liter-Flaschen die Regale füllt, alle mit Chargennummern versehen. Mit der Ausweitung des Exports auf andere Kontinente ist die Farbpalette erheblich erweitert worden.

Es geht eher zu wie in einer Lebensmittelfabrik, auch die Maschinen, die Make-up, Mascara oder Mastix in die Verpackungen füllen, erinnern an Abfüllmaschinen aus der Lebensmittelindustrie. Altöl und Erbrochenes müssen nur dem Aussehen nach an Erbrochenes und Altöl erinnern, um bei den Zuschauern Ekel hervorzurufen und in dessen Folge vielleicht sogar Buhrufe, demonstratives Verlassen des Saales oder wenigstens müdes Nicken à la: »Wir hatten es nicht anders erwartet, ein Glück, dass wir nicht in der ersten Reihe sitzen.« Die Zusammensetzung aber muss biologisch abbaubar und zur Not auch essbar sein.

Wie bei der Herstellung von Buttercreme oder Eis steht in den Produktionsräumen im Erdgeschoss ein Mann an der Maschine und nimmt mit einem Schaber die Masse, die zwischen den Walzen hervorquillt, auf und lässt sie in eine Schüssel klatschen. Dreimal durch die Walze gepresst, dann sind die Farben gleichmäßig in der Masse verteilt. Sie ähnelt der Hautfarbe des durchschnittlichen Mitteleuropäers im Februar. Man könnte aber auch eine Buttercremetorte damit simulieren. In den Regalen stapeln sich Farbpigmente, Wachse, Öle und Pulver, das aussieht wie Mehl. Hier arbeiten fast ausschließlich Männer, obwohl siebzig Prozent der Mitarbeiter Frauen sind. Trotz der Automatisation ist der Abfüllvorgang arbeitsintensiv. Da müssen Schminkdosen verpackt, Schminkpaletten gefüllt und winzige Gebrauchsanweisungen auf die Döschen geklebt werden. Das erfordert einiges Fingerspitzengefühl. »Vor Jahrzehnten spielte die Verpackung überhaupt keine Rolle, da zählte nur der Inhalt. Inzwischen ist das anders geworden«, sagt Wolfgang Langer beim Blick auf die Bänder, auf denen Musterpaletten ihre Runde drehen.

Die Frauen im Betrieb sind alle ungeschminkt, auch wenn sie für wenig Geld die Produkte kaufen können. Sie ziehen die natürliche Bräune der künstlichen vor und verbringen ihre Mittagspause auf dem Dach, Gesicht zur Sonne, während irgendwo auf der Welt ein Requisiteur Beutel mit Blut füllt, eine Diva mit Aquacolor geschminkt wird oder ein Soldat im Wald auf einen Verletzten mit einer aufgeklebten Wunde trifft.

Raus hier!

Zuletzt war ich nur noch hektisch mit dem Finger über den Stadtplan Manhattans gefahren. Kam man mit dem M5 bis zur George-Washington-Brücke? Auch im Jahr 1950? Und wo waren am Times Square damals die Kinos? Wann lief *The Barclays of Broadway* mit Fred Astaire und Ginger Rodgers? Ich wurde und wurde nicht fertig mit dem Buch. Ich fing an, das Manuskript zu hassen. Ich ging nicht mehr aus dem Haus. Ich starrte auf den Bildschirm. Ich schrieb Sätze auf, die ich sogleich wieder löschte, weil sie sich furchtbar anhörten. Wenn mir gar nichts mehr einfiel, aß ich eine Tafel Schokolade oder die Nussnougatcreme meines Sohnes. Es kam das neue Jahr. Ich verfluchte, jemals diesen Auftrag angenommen zu haben. Über die Korrekturen verging die Hälfte des Januars, aber dann kam der Tag, an dem ich auf SENDEN drückte und das Manuskript von meinem Schreibtisch schob. Ich war wieder frei.

Ich schnürte die Schuhe und fuhr nach Neukölln. Neukölln ist die beste Art, wieder in die Realität zurückzukehren, in der Bücher im Allgemeinen eine untergeordnete Rolle spielen. Schon am S-Bahnhof Weißensee fiel mir eine Frau auf, die sich sehr nah an einer Wirklichkeit bewegte. Sie lief immer zehn Schritte, drehte sich dann abrupt auf dem Absatz um und lief exakt die gleich großen zehn Schritte zum Ausgangspunkt zurück. Den Blick hatte sie dabei auf Ferne gestellt. Sie trug eine Mütze, wie sie Bobfahrerinnen tragen, aber selbst zum Skifahren war sie zu zart. Was mich ein wenig befremdete, war, dass sie bei ihrer Arbeit sprach. Und zwar immer nur zwei Sätze: »Hat zu sterben. Stirbt.« Sie schaute niemanden an dabei.

Ich verlor sie aus den Augen, als die Bahn einfuhr. Nach drei Stationen bemerkte ich, dass es nicht die Ringbahn, sondern die S-Bahn nach Grünau war. Ostkreuz stiegen zwei Kontrolleure zu, angezogen wie Sozialhilfeempfänger. Eine Frau hielt, ohne ein Wort zu sagen, ihren Personalausweis statt des Fahrausweises hin. Das Ausfüllen des Strafzettels dauerte bis zur Spreebrücke, dann war klar, dass der Computer der BVG sie nie mehr vergessen würde.

Ich hatte einmal versäumt, am Anfang des Monats die Abonnementmarke aufzukleben. Wenn man sich die Mühe macht, die BVG am Kleistpark aufzusuchen und die richtige Monatsmarke vorzuzeigen, muss man weniger Strafe bezahlen. Wie viel, weiß ich nicht, denn als ich den zuständigen Raum betrat, der aussah wie ein Besuchersaal in amerikanischen Gefängnissen oder in Terroristenfilmen, die in Stammheim enden, schaute die Frau im Computer nach und schrie entzückt auf: »Sie kommen ja zum ersten Mal!« Zum Dank erließ sie mir die Strafe. Was mich wunderte, war, dass sie meine Vorwendebeförderungserschleichungen nicht in ihrem Computer hatte.

Ich stieg mit den Kontrolleuren am Treptower Park aus. Worüber unterhalten sich Kontrolleure den ganzen Tag? Die beiden nuschelten sehr stark, vielleicht verstanden sie einander nicht und taten nur so, damit man sie für zwei Arbeitslose beim Müßiggang hielt. Als die Ringbahn in Richtung Uhrzeigersinn einfuhr, machten sie, nachdem die Türen geöffnet wurden, ihre eingeübten Schritte wie die Kriminalkommissare im *Tatort*: Schnell eintreten, Rücken zur Wand, Waffe vor, langsam mit der vorgehaltenen Waffe durch die nächste Tür drehen und schreien: »Fahrkartenkontrolle.« Dem Dunkelhaarigen stand der Hosenstall offen. Ich überlegte, ob ich es ihm sagen sollte, aber ich finde Kontrolleure nicht besonders sympathisch. Sollte er sich doch blamieren.

Als ich im Bahnhof Neukölln mit dem Fahrstuhl in den Untergrund fuhr, erwartete mich eine Überraschung: Die Verrückte mit der Bobfahrermütze lief auf dem U-Bahnsteig ihre Runden. Diesmal zwischen Fahrstuhl und Stationsanzeige. Die Leute taten so, als würden sie sie nicht bemerken, traten aber auch nicht zur Seite, wenn sie ihr Ziel ins Auge nahm und losschritt. Als es immer mehr Leute wurden, die auf die Bahn warteten und mit ihren Körpern den Weg versperrten, wurden ihre Runden immer kleiner, bis sie nur noch trippeln konnte. Die U-Bahn fuhr ein, und ich verlor sie wiederum aus den Augen. Als Letzte stiegen zwei Typen ein, die aussahen, als hätten sie Messer unter den Armen und zwischen den Beinen, so heftig hatten sie ihre Muskeln im Fitness-Studio bearbeitet. Sie stellten sich in den Gang und schrien, mit Stimmen wie aus einem tiefen Brunnen: »Die Fahrausweise bitte mal.« Diese Kontrolleure taten so, als sei es an sich schon eine Straftat, öffentliche Verkehrsmittel zu benutzen. Ich stieg an der nächsten Haltestelle aus. Erst als die Bahn klingelte, fiel mir auf, dass es eine Station zu früh war. In der nächsten Bahn standen wieder Muskelprotze und befahlen die Fahrscheinherausgabe. Ich überlegte, ob ich mir den Fahrausweis heute nicht lieber an die Stirn kleben sollte.

Es wunderte mich dann gar nicht mehr, als ich auf dem Platz vor dem Rathaus Neukölln der stur ausschreitenden Bobfahrerin wiederbegegnete, der gerade das »stirbt« über die Lippen kam.

Die Rollende Road-Schau bei Rotaprint

Ein Streifzug über verwunschenes Gelände

Die Kösliner Straße döst in der Nachmittagssonne. Die Mieter in den Erdgeschosswohnungen auf der Ostseite der Straße haben die üblichen weißen Plastestühle in ihre Vorgärten gestellt. Sie stehen bunt durcheinandergewürfelt, als wären gerade alle aufgestanden und in die Häuser gegangen. Die Panke, die sich sehr langsam parallel zur Straße zwischen den Grundstücken entlangschlängelt, stinkt seit ein paar Jahren nicht mehr. Stattdessen riecht es nach Lindenblüten. Kein Mensch ist auf der Straße. Es gab Zeiten, da hat es hier von Kindern gewimmelt. Es gab Zeiten, da gab es keinen Baum in der Straße, aber Barrikaden. Bis auf einen Gedenkstein an der Wiesenstraßenbrücke, der erst im April im Beisein der Baustadträtin von Mitte und einer Vertreterin des Polizeiabschnittes von einer dunklen unzugänglichen Stelle am Pankeweg an den gut sichtbaren Ort umgestellt wurde, erinnert nichts an den »Blutmai 1929«.

»Und die Straße wurde lebendig und schrie / Bedeckte sich mit Menschenleibern / Setzte Arme und Köpfe an / Münder, Gewehre, Augen, Brechstangen«, hieß es in Johannes R. Bechers Gedicht *Die rote Gasse*.

Berühmt aber wurde die Straße durch den Roman *Barrikaden am Wedding.* »Von der Pankstraße bog er in die kleine, halbdunkle Gasse ein, in der er wohnte. Die ärmlichen Läden waren schon geschlossen. Nur aus den Kneipen fielen schmale, trübe Lichtstreifen auf die menschenleere Straße, die von einzelnen Gaslaternen notdürftig beleuchtet war. Hinter den meist gardinenlosen Fenstern der hohen, dunklen Häuserreihen brannte hier und da das ärmliche Licht von Petroleumlampen«, so beschreibt der Schriftsteller Klaus Neukrantz die Rückkehr des Betonträgers Kurt Zimmermann von der Arbeit in ein dunkles Quergebäude der Kösliner Straße 6. Im Laufe der nächsten Maitage wird sich alles in seinem Leben verändern, nur seine kommunistische Überzeugung nicht. »Kurt lief durch die Elsässer Straße«, heißt es an anderer Stelle. »Je näher er an den Bülowplatz kam, desto häufiger wehten rote Fahnen an den Fenstern. Über den Bülowplatz fuhr schwankend ein hoch mit Gemüsekörben beladener Lastwagen aus der Markthalle. Vor den kleinen Geschäften standen Leute und sprachen miteinander. Einzelne Arbeiter gingen über den großen, leeren Platz. Hinter der ›Volksbühne‹, dem Sandsteinkasten, lag das ›Karl-Liebknecht-Haus‹, das Zentralgebäude der Kommunistischen Partei. Auf dem Eckturm wehte die große Rote Fahne – auf halbmast.« Der im Stil der Neuen Sachlichkeit verfasste und in der Reihe der Roten 1-Mark-Romane 1931 erschienene Reportageroman ist eines der ersten deutschsprachigen kommunistischen Werke überhaupt. Neukrantz hatte mit Piscator an der Roten Revue gearbeitet, die 1925 den KPD-Parteitag eröffnete, Piscator wiederum war bis 1927 an der Volksbühne als Regisseur tätig gewesen.

Heute hat der Roman nur noch historische Bedeutung, auch wenn Peter Weiss ihn in seine *Ästhetik des Widerstands* einbaute: »Und wenn ich dem Buch vom Schloss [Franz Kafka, A.G.] die Barrikaden am Wedding entgegenhielt, so stießen wieder die beiden Gegensätze aufeinander, die für mich ausschlaggebende waren, hier die vielschichtige, schwierige, ständig ausweichende Wirklichkeit, dort die Realität, greifbar, klobig, ein kantiger Block.«

Und noch ein anderer Schriftsteller fügt sich in das Netz der Zufälle dieses Ortes ein. Der Romancier und zeitweilige Abenteurer Theodor Plievier wurde 1892 schräg gegenüber in der Wiesenstraße 29 geboren. 1929 erscheint sein erstes Buch *Des Kaisers Kulis* über die roten Matrosen. Berühmt wird er mit dem Roman *Stalingrad,* in stalinistische Ungnade fällt er mit dem Roman *Berlin.* Nach dem Krieg wird er dem Kommunismus abschwören und in die Schweiz ziehen. Die Spuren von Neukrantz verlieren sich 1941, nachdem er einige Zeit in einer psychiatrischen Anstalt verbracht hat. Wahrscheinlich wurde er von den Nazis umgebracht. Eigenartig, dass kein Literaturwissenschaftler seine Spuren bis zum Ende verfolgt hat.

Warum aber Barrikaden am Wedding? Mit der Begründung, einen friedlichen Verlauf des 1. Mai 1929 sichern zu wollen, hatte der sozialdemokratische Polizeipräsident Zörgiebel das seit einer Straßenschlacht zwischen Rotfrontkämpferbund und SA am 13. Dezember 1928 geltende Demonstrationsverbot in Berlin auch für diesen Tag aufrechterhalten. »Straße frei dem Proletariat! Volle Arbeitsruhe am 1. Mai! Straße frei für die Maidemonstration!«, hieß es auf Flugblättern der KPD, die über ihr Zentralorgan, die Rote Fahne, verkünden ließ, dass auch Tote sie nicht schrecken könnten – im Gegenteil, sollte scharf geschossen werden, wollte man den Generalstreik ausrufen. Von Wedding aus sollte ein Demonstrationszug in Richtung Alexanderplatz gehen. Die entscheidende Eskalation trat ein, als angeblich vonseiten der Demonstranten Schüsse fielen. Ein Geschosshagel hätte, so das nationalistische »Wolffsche Telegraphenbüro«, die Polizeikräfte in Neukölln und Wedding empfangen. Auf den Dächern hätten sich kommunistische Schützennester befunden, vor allem auf denen der Kösliner Straße, eine Meldung, die eine Lüge war: Die Polizei hatte das Feuer eröffnet. Mehr als dreißig Menschen starben, unzählige wurden verletzt. Es ist eines der traurigsten Kapitel der Arbeiterbewegung, aus dem nur die Nationalsozialisten gestärkt hervorgingen.

In der Volksbühne tanzte zu dieser Zeit Mary Wigman. Am 14. April hatte die Premiere von *Josef* von Eleonore Kalkowska des Studios der Schauspielerschaft des Theaters am Bülowplatz unter dem Protektorat der Liga für Menschenrechte stattgefunden und Wolfgang Staudte probte am selben Haus für seine Rolle in dem Stück *Douaumont oder Die Heimkehr des Soldaten Odysseus,* das am 6. Mai 1929 Premiere haben würde.

Heute gibt es keinen einzigen Gründerzeitbau mehr in der Kösliner Straße, und dass sie »Hochburg der Kommunisten und des übelsten Weddinggesindels« sei, wie die *Berliner Illustrierte Nachtausgabe* nach den Maiunruhen 1929 schrieb, kann man bei einem Spaziergang durch die Straße nicht bestätigen. Es war schon damals Propaganda. Nur in einem Fenster des postmodernen Gebäudekomplexes, der an Stelle der damaligen Barrikade die Weddingstraße von der Wiesenstraße trennt, hat einer ein rotes Stofftransparent mit der Botschaft »Gegen ein Europa der Monopole« zur Gardine umfunktioniert.

Mit der Sprengung der vom Krieg unzerstörten Quergebäude Kösliner Str. 2/3 am 5. Juni 1961 begann der Stadtumbau im Wedding, später als Kahlschlagsanierung berühmt geworden. Das Signal wurde mit Absicht in der Kösliner Straße gegeben, denn man wollte Erinnerungen an die Hochburg der Kommunisten zerstören. Schon 1939 waren Umbaupläne von der Stadtverwaltung in Auftrag gegeben worden. Um die Bevölkerung zu zerstreuen, sollte der gesamte Kösliner Kiez mit Wiesen-, Pank-, Wedding-, Ufer- und Reinickendorfer Straße entkernt werden, das taten dann vier Jahre später die Fliegerbomben, die bis auf die Hinterhäuser von Nummer 2 und 3 die gesamte östliche Seite zerstörten.

1961 wurden 100 Wohnungen gesprengt, 45 neue entstanden. Eine neue Form von Widerstand der Bevölkerung wurde erprobt und ist bis heute beliebt. Das Spiel heißt: Umsetzwohnungen ablehnen. Die 100 Ersatzwohnungen in der Schillerhöhe wurden nicht angenommen, niemand wollte im Neubau wohnen, manche schlugen zehn Angebote aus. Trotzdem war am Ende die Kösliner befriedet und nur die Gaslaternen befanden sich für einige Jahre noch an derselben Stelle.

Die KPD-Flugblätter, die zur Demonstration aufgerufen hatten, waren 1929 in der Druckerei im Karl-Liebknecht-Haus, gleich neben der Volksbühne, auf Rotaprint-Offsetdruck- und Vervielfältigungsmaschinen gedruckt worden, die seit ihrer Erfindung 1922 schräg gegenüber der Kösliner Straße hergestellt wurden. »Geboren in der Berliner Luft – gewiegt von dem Tempo der Zeit – genährt von dem Streben nach dem: Besser – Schneller – Billiger«, hieß es in der Festschrift zum 50. Gründungsjubiläum des Rotaprint-Werkes.

1920 war die 1904 in der Sophienstraße gegründete und mehrmals umbenannte Rotaprint AG auf das Gelände zwischen Reinickendorfer, Gottsched-, Bornemann-, Ufer- und Wiesenstraße umgezogen, wo sie allmählich bis an die Mauern der Hinterhöfe expandierte.

Im 2. Weltkrieg verdiente man kräftig, weil der größte Teil der Frontdruckereien mit Rotaprint-Maschinen ausgerüstet wurde, die nicht nur die Frontzeitungen herstellen, sondern, wie es in der Festschrift 1954 mit einigem Stolz hieß, »für den Gefechtskartendruck überhaupt nicht wegzudenken sind. In wenigen Minuten kann der telefonisch übertragene und ausgewertete Linienstand gedruckt weitergereicht werden. Auf sämtlichen Kriegsschiffen laufen Rotaprint-Maschinen«.

Dass der Aufschwung mit Hilfe zahlreicher Zwangsarbeiter geschah, die zum Teil auch auf dem Gelände wohnten, davon wollte man in der Festschrift von 1954 nichts mehr wissen. Erwähnt wurde nur, dass 1945 der Betrieb zu 75% zerstört, die Gebäude ausgebrannt, die verbliebenen Maschinen ausgeräumt waren.

Mit dem Wirtschaftswunder und dank Berlinsubventionen erholte sich der Betrieb schnell. 1953 wurde der Frauenlohn kurzerhand von 1,20 M auf 1,00 M gekürzt. Auch das trug zum Aufschwung bei.

Rotaprint-Maschinen wurden für den Druck von Reklamezetteln gebraucht, in den Sechzigerjahren stieg wieder die Nachfrage nach Flugblättern. »Eine Druckmaschine R20 kann wirksamer sein als ein leichtes Maschinengewehr«, hieß es in den Sechzigerjahren im Umkreis der Westberliner Haschrebellen und der späteren Bewegung 2. Juni.

Schon die Werbeschrift von 1954 wusste: »Die Rotaprint Offsetdruck und Vervielfältigungsmaschinen sind auch in ihren Formaten den verschiedenen Bedürfnissen angepasst, so dass mit Recht behauptet werden kann: Es gibt für jeden Zweck eine ROTAPRINT-MASCHINE.«

1953 hat der Betrieb schon wieder 495 Mitarbeiter, er pflege »Export-Beziehungen zu allen Kulturländern der Erde«, heißt es in der Sprache des Dritten Reiches noch 1954. »Selbstverständlich kam diese Entwicklung nicht von ungefähr: das Denken steht bei Rotaprint an der Spitze…, der Chef schreibt das ›zu Ende denken‹ groß! (…) Stillstand ist verpönt: alles ist in Bewegung … Besser, schneller, billiger ist und bleibt die Parole, die den rastlosen Kreislauf bestimmt! An der Kurbel steht Direktor Paul A. Glatz, dem das Beste noch nicht gut genug ist.«

Mit dem Aufkommen der Kopierer in den Siebzigerjahren ließen sich Flugblätter unaufwendiger herstellen. ROTAPRINT verschlief die Entwicklung. Man hatte sich eingerichtet im hoch subventionierten Westberlin. Innovationen blieben aus, die Maschinen verloren an Qualität.

Der Stern von Rotaprint stand Anfang der Achtzigerjahre schon recht tief. Eine amerikanische Vertriebsfirma kaufte die Jahresproduktion auf, aber die Maschinen landeten in den USA in einer Lagerhalle und vergammelten, die Produktion stockte. Mit Landesbürgschaften, dem Kauf des Grundstückes, bis zu Überlegungen des Verkehrssenators, Rotaprint in einen landeseigenen Betrieb wie die BVG oder Stadtreinigung zu verwandeln, wollte der Westberliner Senat den Konkurs abwenden. Wozu eine Stadt einen Druckmaschinenhersteller sein eigen nennen wollte, bleibt unklar. Es gab sogar Pläne für einen Neubau an der Hussiten- Ecke Ackerstraße gegenüber der AEG. Der Baumeister des Centre George Pompidou, Richard Rogers, entwickelte eine gläserne Rotaprint-Fabrik. Das Areal ist Brache geblieben.

Liest man das heute und rechnet es hoch, bekommt man eine Ahnung davon, warum Berlin so gigantisch verschuldet ist.

1986 gelang es den Betriebsangehörigen durch siebenwöchigen Widerstand gegen die Schließung, einen Weiterbetrieb zu erzwingen. 1989 aber war endgültig Schluss, fast 500 Mitarbeiter arbeitslos, das Inventar versteigert: nur ein Beispiel für den Niedergang des Wedding als Industriestandort.

Heute kann der Volksbühnenregisseur René Pollesch, als Teil der Rollenden Road-Schau der Volksbühne auf dem Rotaprint-Gelände, seinen »Pablo aus Plusfiliale« aus der neoliberalen Versuchsanordnung in eine wahrhaftige Filiale ebenjenes Discounters schicken, nur ist die Realität härter als die Kunst im Theaterlabor – denn der ans Gelände grenzende Plusmarkt auf der Reinickendorfer Straße muss bald einem anderen Discounter weichen, der billiger verkauft. Wer weiß, ob nicht auch die Alkoholiker, die zahlreich die Straßenmöbel neben der Plusfiliale frequentieren, dann vielleicht von durch Hartz IV verursachte Neuverlierer vertrieben werden. Der City-Sex-Shop gegenüber hat die Gummipuppen auf 19 Euro gesenkt.

Die weitläufigen Maschinenhallen von Rotaprint wurden Anfang der Neunzigerjahre abgetragen, drei Jahre brauchte man, um die Verseuchungen zu beseitigen. Im Immobilienangebot des Liegenschaftsfonds Berlin wird unter Altlasten vermerkt: »Das Grundstück ist im Altlastenflächenkataster unter der Nummer 9771 verzeichnet. Eine Teilsanierung (Chromsanierung) wurde in Teilbereichen vorgenommen. Etwaige Kosten für relevante Kontaminationen finden gegebenenfalls vertragliche Berücksichtigung.« Im *Hinterhofexpress*, herausgegeben von der Kiezgemeinschaft Rotaprintblock und dem Kommunalen Forum Wedding, erfand man den Bornemän: »Walter Niemöller ist Privatsanierungsbetroffener und als ehemaliger Rotaprint-Facharbeiter Frühinvalide im Ruhestand. Er ist vor sieben Jahren in einen hoch belasteten Tiegel gefallen und befand sich für zwei Jahre in der Strahlendiagnose des UKRVs. Seitdem hat Walter alias Bornemän bei Sommer- und Wintersmog im Wedding unkontrollierte Kräfte. Er kann z. B. fliegen.«

Auf dem rückwärtigen Teil des Grundstücks stößt man, wie auch schon an der Ecke Gottsched-/Bornemannstraße, auf ein renovierungsbedürftiges Gebäude mit schräg übereinander gestapelten und ineinander verschachtelten Betonkuben, das aussieht, als hätte es Corbusier vom Mittelmeer aus Versehen in den Wedding gebeamt. Zum Entsetzen des damaligen CDU-Baustadtrates, der die Gebäude für »alte Schabracken« hielt, stellte das Landesdenkmalamt das Gebäudeensemble 1991 unter Denkmalschutz und kam damit einem Komplettabriss zuvor. Heute sind dort Kleinbetriebe, Künstler, Vereine und Projekte wie das Kommunale Forum Wedding untergekommen. Die Bebauung des geräumten Geländes mit 230 Wohnungen scheiterte an der Nachfrage. So wachsen hier heute Birken, Pappeln, Essigbäume, Robinien, Kiefern, Schafgarbe und Brombeeren. Das Erdreich ist mit Ziegelsteinresten und Scherben, Keramikkacheln und Maschinenteilen vermischt. Ein Teil der Brache wird von einem Holzbildhauer genutzt, dessen wilde Gebilde aus Holzleisten eine Art Thingplatz bilden. Daneben hat die Rollende Road-Schau der Volksbühne für kurze Zeit ihre Wagen aufgestellt. Bei den Recherchen stieß die Dramaturgie auf eine seltsame Parallele zu ihrem Projekt des mobilen Theaters. In den Fünfzigerjahren besaß Rotaprint einen sechzehn Meter langen Vorführwagen in futuristischem Design, der durch die Bundesrepublik fuhr und Druckmaschinen vorführte. Genannt wurde das Projekt Rotaprint Road-Schau, und die Werbeabteilung dichtete: »Er fährt beim Interessenten vor, der jetzt nur noch den Weg zur Haustür machen muss: knapp ist er im Rotaprint-Express, beginnen schon die Maschinen – gespeist von einer eigenen Starkstromanlage – zu laufen.« So schließt sich der Kreis.

→ Parzelle Paradies. Ein Kleingartentheater

Das Spiel beginnt mit einer Reise um die Welt. Die Welt ist die Wendeschleife der Straßenbahnlinie 50 zwischen den Kleingartenanlagen Bornholm I und II in Berlin-Prenzlauer Berg. Fünfzig Leute schlagen sich durch Brombeergestrüpp, Holunderbüsche und Brennnesseln, angeführt von einem Wegewart namens Paule, der als Erstes klargestellt hat, was alles verboten ist: Spucken, Lautsein, Klauen. Von vorne schreit einer: »Vorsicht Goldrute: Weitersagen!«

Am Rand des Gleises, Bornholm II im Rücken, sitzen vier jugendliche Biertrinker um einen Campingtisch. Einer fragt: »Was seid ihr denn für eine Prozession?« – »Wir machen einen Theaterbesuch«, antwortet eine der Wanderinnen. »Verarschen kann ick mir alleene«, erwidert der Junge. »Und wir dachten, ihr gehört zur Performance«, ruft eine andere, ehe sie wieder im Gebüsch verschwindet. Erste Station ist vor dem Gartentor: ein kleiner Einführungskurs in die Geschichte des Kleingartenwesens und insbesondere die von Bornholm I, einst »Hungriger Wolf« genannt.

»Parzelle Paradies« heißt das Theaterprojekt, das der Regisseur Roland Brus zusammen mit Berliner Kleingärtnern entwickelt hat. Fünfzig Zuschauer werden pro Abend durch die Kleingartenanlage Bornholm I geführt. Die Idee nahm Gestalt an, als Brus im letzten Jahr als Dozent mit TU-Studenten ein Videoprojekt über Berliner Kleingärten machte. Seine Spezialität ist es, profanen oder nichtartifiziellen Orten eine Theatralik abzugewinnen. Er hat mit Obdachlosen, Anatomen und Strafgefangenen Theater gemacht. Die Arbeit mit den Kleingärtnern war eine völlig neue Erfahrung, die Skepsis der Gartenfreunde anfangs groß. Brus musste erst nachweisen, dass er mit seinem Theater nicht dazu beiträgt, dass die Anlage gegen § 1, Absatz 1, Nr. 1 des Bundeskleingartengesetzes verstößt, nämlich der »ausschließlichen Gewinnung von Gartenbauerzeugnissen für den Eigenbedarf«.

Mehrere Monate hat das Team in der Kleingartenanlage recherchiert und die gehörten Geschichten zu fünfzehn Szenen verdichtet. Die Laienschauspieler wurden zwischen Tulpenweg und Schmollwinkel und über eine Anzeige in der Zeitschrift *Der Gartenfreund* gefunden. Monika Lemberg, Eddi Riedl, Martin Miersch, Otto Mittelstädt, Sibylle und Sven Tommy Thomsen sind Bornholmer. Paule, den man als Wegewart leicht für den »Chef vons Janze« halten könnte, kommt aus der Weddinger Kolonie Togo, Karl Gehring, der kompetente Führer durch das Gewirr der Wege, ist Vorsitzender der Kolonie Fürstenbrunner Weg in Westend, Kathrin Loewel aus der Kolonie Wuhlheide und Gitti Pistorius pflegt ihren Garten in Spandau. Vor den Proben hat man sich zusammengerauft. »Wenn die Wiedervereinigung auch so gut geklappt hätte, wären wir weiter«, sagt Monika Lemberg, genannt Mona, die früher eine bekannte Schlagersängerin war. »Die Wiedervereinigung hat ja noch gut geklappt, nur was danach kam, nicht«, erwidert Gitti. Früher hat sie ganz in der Nähe gewohnt, 1985 stellte sie einen Ausreiseantrag, kam ins Gefängnis und wurde für 40000 DM freigekauft, kurz vor dem Mauerfall. Zum Theaterprojekt ist sie aus Neugierde gekommen. »Erst war ich ein bisschen misstrauisch wegen der Leute, schließlich war die Anlage früher erweitertes Grenzgebiet, aber das hat sich gegeben.«

Vom Ende der Welt zum Mittelpunkt – die Kolonie liegt an der Bornholmer Brücke, wo am 9. November 1989 der erste Schlagbaum hochging. Die Kleingartenanlagen Bornholm I und II aber sind auch als Ort der Poesie in die Literaturgeschichte eingegangen. Uwe Kolbe hat 1986 einen ganzen Gedichtband *Bornholm II* genannt, in ihm sind zwei Gedichte Bornholm I gewidmet: »Wer sah ihm zu, / im laubgesägten Neubarock / seine feste Burg verrammeln«, heißt es im Gedicht »Bornholm I, sentimental«, und »Blattabflug Bornholm I« spricht vom »Sprachwald / in den Karos grauer Zäune«. Es gibt sie noch, die soliden Maschendrahtzäune aus DDR-Produktion, meist von Knöterich oder Brombeeren überwachsen.

236 Parzellen hat die seit 1896 existierende Kleingartenanlage Bornholm I. Der Bestand ist bis 2014 gesichert, die Kleingärtner hoffen auf eine Umwandlung in eine Dauerkolonie. Im Flächennutzungsplan ist bisher eine gemischte Baufläche mit hoher Nutzungs-

dichte vorgesehen. Eine Stadtautobahn, wie auf dem Kleingartengelände im östlichen Prenzlauer Berg, ist nicht geplant, aber es könnte ja jemand auf die Idee kommen, hier Stadtvillen mit 1a-Sonnenuntergang bauen zu wollen.

Im »Ferientag eines Unpolitischen« hat der kommunistische Dichter Erich Weinert 1930 das Bild des kleinbürgerlichen Schrebergärtners für Generationen geprägt – es war im Osten Schulstoff. So manchem heute Mittvierziger fällt es ausgerechnet auf den mit Exaktheit gepflegten Wegen durch die Anlage wieder ein: »Der Postbeamte Emil Pelle / Hat eine Laubenlandparzelle, / Wo er nach Feierabend gräbt / Und auch die Urlaubszeit verlebt. Ein Sommerläubchen mit Tapete, / Ein Stallgebäude, Blumenbeete, / Hübsch eingefasst mit frischem Kies, / Sind Pelles Sommerparadies.« Der oberflächliche Blick über den Gartenzaun bestätigt die Lyrik.

Sucht man in Prenzlauer Berg allerdings nach Anarchisten, so wird man nicht Künstler, sondern Kleingärtner finden. Sie sind die eigentlich Aufmüpfigen. Nach der Wende ist der Bezirksverband Prenzlauer Berg dem bundesdeutschen Dachverband nicht beigetreten. So etwas gab es ansonsten nur unter Anglern.

»Das Gelände ist eine frühere Müllkippe. Manchmal finden wir noch Scherben und kleine Apothekerfläschchen«, sagt Vorstandsmitglied Helmut Döring, der seine Parzelle schon in vierter Generation bewirtschaftet und in der Theaterszene »La Dolce Vita« in einem Sessel im Swimmingpool badet, während die einzige professionelle Schauspielerin im Ensemble, Katja Marie Luxembourg, die Geschichte eines Bornholmer Kleingärtners erzählt, der die neue Reichstagskuppel baute und nun, mit Mitte Fünfzig, keine Arbeit mehr findet.

»Parzelle Paradies« ist weniger Theater als Performance. Tiefe bekommt das Spiel, wenn die Widersprüche durch die Zäune brechen, die das Paradies von der Welt draußen trennen und den Begriff zu seiner ursprünglichen Bedeutung führen: umhegter Raum, bisweilen mit Stacheldraht über den vorschriftsgemäß 1,30 m hohen Zäunen. Den Stacheldraht gibt es erst seit der Wende – wegen der vielen Einbrüche. Vorher war die Kolonie eine der bestbehütetsten – sie lag an der Staatsgrenze. Die Kleingärtner Otto und Thommy sitzen auf Tennisleitern und erzählen ihre Geschichte. Wie Otto auf dem Kirschbaum stand, als zwanzig Meter weiter einer aus der S-Bahn über die Berliner Mauer zu fliehen versuchte und heruntergeschossen wurde, oder dass Thommys Erdbeeren besser gediehen, weil die Betonmauer wie ein Nachtspeicherofen funktionierte, dass man die Leitern auf Befehl der Grenztruppen nachts anschließen musste und jede Grabung aus einem naheliegenden Bunker abgehört wurde. Die Geschichte von Gitti spielt außerhalb des Gartenzauns im einstigen Niemandsland. Dieser Monolog über eine Ausreise ist die stärkste der fünfzehn Szenen, wohl auch deshalb, weil es ihre eigene Erinnerung ist. »Es gab da einen Baum auf dem Nachbargrundstück vom Knast. Ich hab dann immer davon geträumt, den Baum zu berühren, die Rinde. Da wusste ich, wenn ich rauskomme, will ich einen Garten haben.«

Der Autor und Mitspieler Martin Miersch wirkt wie einer, der sich über Kleingärtner lustig macht. Die Parzelle wollte eigentlich seine Freundin, aber am Ende war die Freundin weg und ein Kleingarten gewonnen. Inzwischen ist er im Vorstand, die Kleingärtner reichen seine Bücher über den Gartenzaun weiter und geben manchmal ein Bier in der vereinseigenen »Bauernstube« aus. Er hat sich sehr für das Projekt eingesetzt, unter einer Bedingung: Dass die Kleingärtner nicht denunziert werden. Er hatte die Idee zu Szene 7, dem Gartenzwergtheater. Die Zwerge sprechen Texte von William Shakespeare, Heiner Müller, Samuel Beckett und Peter Hacks. Natürlich gibt es in der Anlage auch solche, die stumm und dumm in Gärten herumstehen, flankiert von Schneewittchen, Wildschweinen und Schnecken aus Gips. Es überwiegen aber die Pflanzen. Japanische Anemonen, Scheinmond, Daturien, Campanula, Cynien, Balsaminen, Feenhaar, Moschusmalven, Judaspfennig, Rizinuswunderbaum, Leopardenblume, Perubienlilie, Erbsen, Bohnen, Sellerie, Tomaten, Äpfel, Zucchini, Kräuter.

Ein Drittel der Gartenfläche muss kleingärtnerisch genutzt werden, sonst droht die Umwandlung in ein Erholungsgebiet mit wesentlich höherem Pachtzins. Daran erinnert ein Aushang am Schaukasten des Vereins, gleich neben einer Information über plötzlich auftretende Krankheiten an Pflanzen: »Viele Kulturen aber brechen zusammen und sind nicht mehr zu retten.«

Ruhig ist es hier nicht. Alle drei Minuten bewegt sich eine Maschine im Sinkflug über Prenzlauer Berg, fliegt einen leichten Bogen über Pankow und ist im Wedding dem Boden schon wesentlich näher. Zwar ist das Übernachten in Lauben nur »gelegentlich«, wie es in einem Gerichtsurteil heißt, erlaubt, die Flugzeuge aber schaffen es bis in die Träume: »Ich habe einen Albtraum, der immer wiederkehrt: Flugzeugabstürze über meiner Parzelle. Verursacht durch Versagen der Motoren«, erzählt Paule, die Angel überm Blumenbeet. »Beim letzten Mal kam die Maschine aus Tempelhof. Ich stehe in meiner Parzelle und denke: Wieso kreist der denn? Ist der verrückt? Einmal crasht ein Flugzeug ins Rosenbeet bei Otti, meinem Nachbarn. Das war ein italienischer Kampfpilot in einem Einmotorer. Der Rumpf der Maschine steckt im Boden.« Inzwischen ist es dunkel geworden. In der letzten Szene vor dem Finale wandeln die Zuschauer, über Walkman Aztekentexte hörend, über die hell erleuchteten Wege.

Am Ende der letzten Vorstellung wird Roland Brus vom Vorstand zum Ehrenkleingärtner erklärt. Ein größeres Lob kann er hier nicht bekommen. Die sieben ausverkauften Vorstellungen waren ein Erfolg. Nach und nach schmückten immer mehr Kleingärtner ihre Gärten am Rand des Wegs oder gaben kleine Gesangseinlagen. Jetzt hätte es eigentlich erst richtig anfangen können.

»Es wird darum gebeten, bei Verlassen der Veranstaltung die Nachtruhezeiten, auch innerhalb des Veranstaltungsgeländes, zu berücksichtigen.« Die Zuschauer werden mit einer Videoschleife in die Nacht verabschiedet. Sie zeigt die Zerstörung der Kleingartenkolonie Fürstenbrunner Weg. Ein Bagger greift in das Dach einer Laube und zerbricht sie mit einem Griff – für nichts weiter als die Errichtung eines Supermarktes, in dem es Tomaten geben wird, die nach nichts riechen und auch so schmecken werden.

Klara Li zieht um

Klara Li wohnt in einem der letzten Häuser in Prenzlauer Berg, das noch nicht saniert ist. Anders als das Haus gegenüber, dem alle Poren mit gelber Wandfarbe zugekleistert sind, atmet das alte Haus noch, und der Ausatemluft ist der Geruch von Brackwasser, Rattengift, Kohlen, Einkellerungskartoffeln nebst einem Hauch Pisse beigemischt. Da geistern noch das Kind, das sich mit dem Schlüssel bis in den vierten Stock an den Wänden entlangkratzte, die Rotarmisten, die die Maschinengewehrgarbe unter den Erdgeschossfenstern hinterließen, und Hunderte von Mietern, die im Winter des nachts noch aufs Außenklo mussten, durch die Lüfte. Das Haus ist älter als die Erfindung der Podesttoiletten. Der Lokus auf dem Hof ist freilich schon seit neunzig Jahren nicht mehr da, stattdessen hat man als Wandeckschränke getarnte auf die

Etagen gebaut, wo dicke Personen sich rückwärts hineinschieben müssen, um vorwärts wieder herauszukommen. Klara Li ist so dünn, dass sie zweimal in ihren Toilettenwandschrank passt. Die Türen zu ihrer Behausung, die mehr ist als eine Wohnung, stehen offen, die Kunst hat sich selbstständig gemacht und ist langsam übers Treppenhaus unters Dach und vier Etagen nach unten gewandert wie ein süßer Brei. Manchmal macht Klara Li aus ihrem Wohnzimmer »Amaranthas Salon«, wo sie singt oder andere reden, musizieren oder ausstellen lässt. Klara Li ist sich selbst Ausstellung genug. Sie sitzt in einer Tasse, mit einem Krönchen auf dem Kopf. Die Untertasse ist am Papier festgenäht mit Kreuzstichen. Klara Li ist die Kreuzstichfrau als Gesamtkunstwerk. Kann sein, dass sie mit dieser Technik auch Menschen hält. *ich sticke ein sieb in dein herz.* Früher soll sie mal Schaftstepperin gewesen sein. Das klingt nach einem Bauerntanz, war aber ein seriöser Beruf und noch heute erkennt man Klara Li, wenn man nur ihre Schuhe sieht. Manchmal kommen Schülerinnen, um in ihrem riesigen Fundus zu fischen und beim Taschennähen zu singen. *schneidernd singen +++ ratternd klingen* schreibt Klara Li in ihre E-Mails und lebt nur recht und schlecht von ihren *juwelen aus rotz und müll.* Wenn gar nichts mehr hilft, verkauft sie Brot vom Vortag oder Lose. Die Miete war bisher eins der kleineren Probleme.

Dahin. Dahin.

Heute muss Klara Li ausziehen, denn das Haus lässt sich mit Podestklo und alten Fensterkreuzen, zehnmal überstrichenen Dielen, gelbbauchigen Kachelöfen und tröpfelndem Wasserhahn nicht marktgerecht verwerten. Was wie das letzte besetzte Haus aussah, ist eben doch nur eine x-beliebige Immobilie.

Bei der Wohnungsfinissage hat Klara Li zur Musik eines Cellos mit Steinen geklappert und noch einmal gesungen, lauter wunderliche Gedichte, die aus den Ritzen der Mauern zu kommen scheinen und sich nur im Gesang entfalten. Amaranthas Malöhr hat Klara Li das genannt.

An diesem Sonntag tragen wir Amaranthas Salon Stück für Stück auf den Hof. Die gemieteten Muskelmänner ärgern sich. Alles Schrott und Krempel, was sie da die 64 Stufen runtertragen. Sie erzählen von dem Mann, der beim Umzug seine vor zehn Jahren abgelaufenen Büchsen vier Etagen runter und vier Etagen rauftragen ließ. Sie sagen das mit einem Seitenblick auf Klara Li, die nur leere Büchsen aufhebt, keine mit überfälligem Inhalt. Klara Li hebt viel auf, was andere nicht mehr brauchen. Aus fünfzehn unbrauchbaren Sachen lässt sich immer noch ein Kunstwerk machen, und manchmal liegt die Geschichte des verwendeten Gegenstands Jahrzehnte zurück. Bänder, Spitzen, Pailletten, Perlen, Folien, Garne, Papier, Holz, Pappe, Gold und Platin quellen aus den Zimmern und vom Dachboden und poltern schließlich am Arm der Muskelmänner die Treppe hinunter. Die Muskelmänner können nicht mehr zwischen dem Sperrmüll vor den Mülltonnen und den Schätzen Klara Lis unterscheiden. Vielleicht wollen sie es auch nicht. Sie sind Einbauküchen gewohnt und sauber zerlegte Schlafzimmer. Das Einzige, was sie versöhnt, ist die Tatsache, dass die Tüten leichter sind als Bücherkisten. Ich packe vorsichtig den Wandvorhang aus Notizzetteln ein, eine Notiz an der nächsten mit Kreuzstichen festgehalten, Informationen, die nur noch sich selbst als Adressaten haben und zusammen ein Jahr ergeben oder zwei. Vergangene Alltage zwischen Einkaufslisten und Kindergekrakel. Keine Ahnung, sagt Klara Li, wo das alles hin soll. In den Keller vielleicht. Oder in den Computer als BEFEHLE UND MENÜS. Unten stapeln die Muskelmänner die Kisten und Kästen in einem Umzugswagen und laden sie zwei Straßen weiter wieder aus. Klara Li ist mit ihrem Sohn bei den Obdachlosen untergekommen, die sich selbst ein Haus renoviert haben. Es hätte auch schlimmer kommen können.

In der Schönhauser Allee bleibt von Klara Li nur noch ein Schild am Eingangstor, zusammengehalten mit Kreuzstichen.

Haltestelle Marienburger Straße

Zwei Mädchen kommen auf das Wartehäuschen der Haltestelleninsel zu, wo eine ältere Frau mit einem kleinen weißen Hund sitzt. Der Hund zittert vor Kälte. Die Frau liest die Rückseite einer Boulevardzeitung. Die Mädchen beachten sie nicht.

»Jasmin hat drei gebrochene Finger. Die hat sich mit drei Jungen geboxt«, sagt die Größere von beiden, eine blonde, stark geschminkte Person, gegen die die Kleinere unscheinbar wirkt. »Cool«, sagt die Unscheinbare. »Und Beck hat Biene gefickt. Das gab Geräusche, voll gespielt. Quiek, quiek, wie im Zoo.« – »Woher weißt 'n das?« – »Na denkste, die hatten noch Zeit, sich irgendeinen Ort zu suchen, wo se keenen stör'n?« Die Blonde dreht sich vor der Glasscheibe des Werbekastens, die ihr Spiegelbild nur unvollkommen zurückwirft, tritt näher heran und zupft sich die Haare. »Mann, ick hab verjessen, mich zu kämmen.« Dann hampelt sie vor dem Hund herum, als wolle sie mit ihm tanzen. Der Hund kriecht unter den Sitz hinter die Beine der Frau, die nur kurz hochguckt und die Mädchen mit einem missbilligenden Blick straft. »Is doch egal, is sowieso Winter. Sag mal, hast du dir vielleicht ein paar eingepfiffen?« – »Nee, ich bin immer so, meine Mutter sagt, wenn ich mal tot bin, mäandert mein Mundwerk weiter durch die Welt. Ey, kiek ma, Alte, diese Pickelheinis da vorne. Die sind zu hässlich, um sie anzugucken.« Die Unscheinbare wirft nur einen kurzen Blick auf die Jungs, die mit betont lässigem Schritt auf die Haltestelleninsel schlurfen, aber in angemessener Entfernung stehen bleiben, um sich gegenseitig in die Unterleiber zu boxen.

»Ich bin erst mal fertig mit Jungs. Der Ozman, der war's schon. Aber nach zwei Monaten habe ich Schluss gemacht, weil er mich unterdrückt hat und so.« Die Blonde feuchtet ihren rechten Zeigefinger mit Spucke an und streicht sich damit über die Augenbrauen. Dabei tritt sie wieder nahe an den Werbekasten heran und sagt zu sich selbst: »Die müssten auch mal wieder gezupft werden.« Nach einem weiteren Kontrollblick dreht sie sich zu ihrer Begleiterin um, die völlig versunken auf die Verbundsteine der Haltestelleninsel stiert. »Zwei Wochen nach der Trennung trafen wir uns wieder und hatten Sex und so. War eben jut.« – »Is ja klar«, sagt die Unscheinbare, ohne den Blick von den Verbundsteinen zu lassen. »Wir konnten nicht anders. Das hatte nichts mit Kopf und so was zu tun. Er hat sich von seiner neuen Freundin getrennt, ich mich von meinem Typen. Und dann fing alles von vorne an.« – »Ist doch immer echt voll dasselbe.« Die Unscheinbare jätet beim Reden mit dem Stiefel ein Grashälmchen aus den Ritzen der Verbundsteine. Die Straßenbahn der Linie 1 hält vor den Mädchen. Die Blonde versucht, beim Einsteigen dem kleinen weißen Hund auf den Schwanz zu treten.

Am Eckfenster

Die letzte Umsetzung wegen Sanierung hat mir eine Wohnung mit einem Eck-Erker beschert. Ich kann schon von der Straßenbahn aus sehen, ob Licht in meiner Wohnung ist oder die Feuerwehr mit drei Wagen vor dem Haus steht (eine meiner Zwangsvorstellungen), aber die Wohnung ist weit genug entfernt von der viel befahrenen Straße, und die Fenster sind gut isoliert. Als wir einzogen, hat mein Sohn gesagt: »Das ist ja wie im Urlaub«, weil es abends so still war – wir hatten sein ganzes bisheriges Leben auf den verschiedenen Magistralen des Prenzlauer Berg gelebt, wo man die Balkone nur zum Blumenabstellen nutzen kann. Vorher, als ich noch in diversen Hinterhofbuden zu Hause war, hatte ich immer den Traum, einmal in einer Wohnung mit Eck-Erker wohnen zu dürfen, den ganzen Tag würde ich aus dem Fenster sehen. Das war ein bisschen wie der Traum, ein Haus am Meer zu haben. Am Ende kommt man vor lauter Alltag gar nicht mehr dazu, an den Strand zu gehen.

Eine der beiden Straßen, die von meiner Ecke abgehen, heißt Esmarch. Als ich im letzten Sommer am Esmarch-Eck, einer der letzten Stampen im Viertel, vorbeiging, hatten sie stolz ihre neuen Teller ins Fenster gestellt, mit denen sie auf den Mittagstisch hinweisen wollten. »Hm, Esmarch-Eck«, sprach ein lachender Mund mit hechelnder Zunge von der Tellermitte. Ich dachte mir, eigentlich müsste man im Berliner Straßenlexikon nachsehen, um wen es sich bei Esmarch überhaupt handelte. Vielleicht war es einer dieser verdienten Oberkammerdiener des Kaisers, nach denen etliche Straßen Berlins aus Mangel an behördlicher Fantasie benannt sind. Ich war dann aber doch erstaunt, dass Esmarch der Erfinder des Verfahrens der künstlichen Blutleere ist. Wer wohl auf die Idee gekommen ist, 1904 nach ihm eine Straße zu benennen? Bis 1934 gab es sogar noch eine zweite Esmarchstraße in Berlin-Lichterfelde. Immer, wenn ich danach mit meinem neuen Wissen an dem Fenster der Kneipe vorbeiging, dachte ich an Blutwurst. Der Mittagstisch des Esmarch-Eck ist längst wieder eingegangen. Ich glaube, mangels Nachfrage.

Von meinem Erker aus kann ich die Kneipe nicht sehen, dafür aber an der Giebelwand der Schule Spuren eines Hauses, das seit sechzig Jahren nur noch ein Schatten ist. Es hatte einen Schornstein und ein flaches Dach, vier Etagen und wahrscheinlich im Eckbereich Erker wie meinen. Anstelle des Hauses stehen entlang der Baufluchtlinie halb verfallene Schuppen um den ehemaligen Hinterhof gruppiert, auf dem im Sommer die letzten Mohikaner des Viertels beim Bier sitzen.

Ob das Haus gegenüber von einer Bombe oder einer Granate zerstört wurde, habe ich noch nicht herausbekommen. Ganz sicher aber ist, dass von meinem Erker aus in den letzten Tagen des Krieges heftig geschossen wurde. Die Maschinengewehrgarbe zog sich am Haus schräg gegenüber in meiner Höhe die ganze Fassade entlang, faustgroße Löcher hinterlassend, die über fünfzig Jahre nicht angerührt wurden, bis vor einem Jahr der neue Besitzer den Stuck abklopfen ließ und eine nagelneue Thermofassade in orange davorhängte, die aussieht wie einem »Viva-Italia«-Katalog entnommen.

Dabei ging auch der alte Mann verloren, der sechs Monate im Jahr auf seinem Balkon saß und mit seiner Katze wie mit einer Frau sprach, nur dass die Katze nicht antwortete. Manchmal machte sie einen Buckel, manchmal schaute sie über die Brüstung, als wollte sie den Sprung wagen. Die Erscheinung des Mannes korrespondierte auf angenehme Weise mit der Farbe der Fassade und der des Berliner Himmels an grauen Tagen. Die Katze und er teilten sich das Essen und schauten fern. Der Mann ist als Letzter ausgezogen. Die meisten seiner Möbel landeten im Container. Ich habe ihn mit dem Katzenkorb das Haus verlassen sehen. Die Plastetüte, die immer an seinem Balkon hing und aus der er die Fernbedienung für den Fernseher holte, schaukelte noch eine Weile, wenn Wind durch die Straße ging. Irgendwann war sie fort und die Fassade wurde eingerüstet. Der Mann ist nicht wiedergekommen. Er brauchte wohl nur einen Balkon für den Rest seines Lebens und Katzenfutter.

Die Möbelwagen, die nach der Sanierung vor der Tür hielten, hatten Aufschriften wie »Umzüge in alle Welt – Hamburg-Köln-Düsseldorf«. Heute laufen die neuen Bewohner in den geräumigen Wohnungen von Zimmer zu Zimmer, die völlig leer zu sein scheinen. Nie halten sie sich auf ihrem Balkon auf. Bei Einbruch der Dunkelheit ziehen sie die Gardinen vor. Ich starre weiter in die Dunkelheit, bis auch die Lichter des Abendgymnasiums ausgehen und in der ganzen Straße neben der spärlichen Straßenbeleuchtung nur noch die Lampe in meinem Erker leuchtet. Nach mir kommt der Mensch, den ich noch nie gesehen habe, auch wenn ich es mir jede Nacht vornehme. Vom Bett aus höre ich, schon im Halbschlaf, die Rollen seines Zeitungswägelchens, die über das Pflaster poltern.

Petriplatz

Hinter einem mannshohen Zaun steht eine Archäologin mitten im Grabungsfeld und hält eine Tafel mit filigranen Zeichnungen hoch. »Wenn wir von der Petrikirche sprechen, sprechen wir von drei verschiedenen Kirchen, deren hier verzeichnete Umrisse wir durch Grabung zu verifizieren hoffen. Hier vor uns sehen wir den Teil einer Apsis des Strackschen Baues von 1850, den wir freilegen konnten.«

Die Archäologin, die ihr Haar mit einem roten Kinderkopftuch vor dem aufwirbelnden Staub schützt, lächelt. »Hier drüben haben wir die Waage des Cöllnschen Rathauses freigelegt, da können Sie einen Blick hineinwerfen. Aber passen Sie auf, dass Sie nicht auf die Knochen treten.« Es fällt schwer, ihnen auszuweichen. Überall liegen sie, an manchen Stellen gibt es einen halben Meter nichts als Knochen, die sich mit Erdreich vermengt zu einem stabilen Gerüst verdichtet haben. An anderen Stellen spießen sie sich wie Igelstacheln aus dem Erdreich: Ellen, Speichen, Rippen. Bis vor ein paar Wochen war hier ein Parkplatz. »Wir können noch nicht mit Sicherheit sagen, ob es Reste eines mittelalterlichen Beinhauses sind. Es kann auch ein Massengrab gewesen sein.«

Die beiden sorgfältig freigelegten Kinderskelette, die am Rand der Grabungsfläche und keinen Meter neben den fahrenden Autos liegen, haben ihre kleinen Köpfe einander zugewandt. Es scheint, als lägen sie in inniger Umarmung, wie Geschwister, die nachts zueinander unter die Bettdecke schlüpfen, um sich Gespenstergeschichten zu erzählen. Ihre kleinen Wirbelsäulen sind verkrümmt und ihre Schädel von Gewalteinwirkung halb zerschmettert. Sie blecken die fast vollständig erhaltenen Zähne, als lachten sie über einen besonders guten Witz.

Nebenan fließt der Nachmittagsverkehr. Hupen, Sirenen, Bremsen.

→ Auf dem Balkon von Berlin

Nach Mitternacht in Ahrenshoop, dem Balkon von Berlin, 200 Kilometer von der Stadt entfernt. Eine Konstellation wie in einem C-Movie oder, wie mein Begleiter meint, in einem schlechten Theaterstück mit miesen Schauspielern. Der gefrorene Augenblick, als wir die Szene betreten (auch mehr schlecht als recht als zufällige Passanten getarnt): Vor der Dorfstraßenboutique steht ein Kombi schräg auf dem Gehweg, eingekeilt zwischen Pollern, einem Riesenfindling und den Schaufenstern. Tage zuvor hatten wir uns gewundert, warum vor der Boutique sieben Poller den Eingang versperren, als sei diese Kopie eines Sylter Bekleidungsgeschäftes eine bedrohte jüdische Einrichtung. Nun hatte sich diese Investition aufs Trefflichste als völlig überflüssig erwiesen, denn der Fahrer hatte das Auto seitlich um die Poller herumgelenkt, was zwar dem Lack der Karosse nicht dienlich gewesen war – weshalb wir sofort annahmen, dass es sich bei dem Fahrer ganz sicherlich nicht um den Eigentümer handelte –, aber zum Bruch der Scheibe geführt hatte. Es war auch nicht klar, ob der Fahrer derjenige war, der wie ein Denkmal, den Kopf gesenkt, als übe er tätige Reue, am rechten Kotflügel lehnte und von einem hinter ihm stehenden, mit seiner Hasskappe einem dieser Ninjas in japanischen Comics, tschetschenischen Freiheitskämpfern oder in die Jahre gekommenen Berliner Autonomen ähnelnden, jedenfalls recht paramilitärisch anzusehenden Mann mit einem Gegenstand in Schach gehalten wurde, den wir uns nur als Colt denken konnten, und den er dem Mann in die rechte Flanke drückte, während er ihn mit der Linken wie einen jungen Hund am Nacken festhielt.

Sie sahen aus, als hätte man sie in der unbequemen Haltung festgeklebt.

Schräg neben dem gewalttätigen Standbild, an der von einem Reetdach vor eventuellem Regen geschützten Wandzeitung der Gemeinde, hinter deren Glas der Vortrag »Wenn das Herz stolpert« immer noch angekündigt, wenn auch längst schon gelaufen war, stand ein Zwillingsbruder des Paramilitärs und sicherte die Seite. Hinter dem Auto hatte die Schaufensterscheibe filigrane Formen angenommen, deren wie kostbare Kristalle aussehende Splitterungen – noch durch das Sicherheitsversprechen gehalten, aber als Ganzes schon aus der Verankerung des Rahmens gerutscht – aufs Trefflichste mit den aus brauner Seide gesteppten Jacken in der Auslage korrespondierten.

Die linke der beiden Schaufensterpuppen stand, offensichtlich seit dem Aufprall, zur Seite gewandt, als wolle sie dem nicht länger zusehen, sondern die Szene über die Seitenbühne verlassen, was aber einem sinnlosen Akt gleichkam, denn sie hatte gar keinen Kopf, und Füße hatte sie auch nicht. Durch die unversehrten Scheibe der Eingangstür war die Boutiquenbesitzerin zu sehen, die trotz solariumgebräunter Haut blass wirkte und mit einem dritten Ninja sprach, der aber, wohl aus Höflichkeit gegenüber der Besitzerin, die Hasskappe über die Stirn geschoben trug. Was sie redeten, war nicht zu verstehen. Schräg hinter uns Passanten, die wie wir nicht gewillt waren zu passieren, stand ein Auto schief auf dem Haltestreifen, eher flüchtig abgestellt als geparkt, das die Aufschrift ALARMVERFOLGUNG an den Seitenwänden des Kastenaufsatzes trug. Klickklack machte die Warnblinkanlage – das einzige Geräusch, neben dem Wind, der von der See herüberwehte.

Der Augenblick schien sich ewig hinzuziehen, als habe der Regisseur des C-Movies Kunst zu machen versucht, indem er Szenen in Zeitlupe ablaufen ließ, anstatt die üblichen schnellen Schnitte zu machen: Überfall, Verfolgung, quietschende Bremsen, Halt Stehenbleiben, Täter in die Mangel nehmen und, wenn er sich nicht wehrt, abdrücken, und das Ganze hinter einem Busch stehend gefilmt. Nein, das hier war Vorpommern.

Etwas Bewegung kam in die Szene, als von der gegenüberliegenden Straßenseite kommend ein Mann das Stillleben zu zerstören versuchte, indem er mit einem sehr wichtig scheinenden Unterton in der Stimme in ein Handy rief: »Es ist nur einer und wir haben ihn.« Er trug eine Wollmütze, wie sie Matrosen im Winter zu benutzen pflegen, aber es stand nicht Volksmarine auf ihrem Rand, sondern Security, was wohl bedeutete, dass das der Pressesprecher der Ninjas war, der als Öffentlichkeitsarbeiter Gesicht zeigen durfte. Nun kam endlich sehr langsam, noch unter der vorgeschriebenen Ortsgeschwindigkeit sich bewegend, ein Polizeiauto aus Richtung Barth, hielt vor der Szene und, so kann man mit Fug und Recht behaupten, stellte die Ordnung wieder her, indem ein Polizist langsamst sich aus dem Auto schälend und gemessenen Schritts zu den Ninjas schreitend und unter Betonung jeder einzelnen Silbe, als müsse er die Sprache auf ihre Tauglichkeit testen, rief: »Handschellen lösen, wir übernehmen.« Der Delinquent wurde von dem Grünen übernommen und in den Wagen expediert, wobei der Polizist beim Einsteigen seine Hand fast väterlich auf den Kopf drückte, damit der Bösewicht sich nicht stieß.

Im Umland. Ein Bahnhofscafé

Sie sehen aus wie ein uralt gewordenes HipHop-Paar. Zahnersatz ist im Budget nicht drin, und die Brillen sind aus der Caritassammlung. Sie trägt grobe Strümpfe zu einem plissierten Rock im Schottenkaro und hat lange Glieder. Wenn sie sich bewegt, wirkt sie von hinten fast jugendlich. Ihr Gesicht ist über und über mit Falten überzogen, ihre Wangen sind wegen des fehlenden Gebisses eingefallen, was ihre Nase spitz macht. Die Frau schlägt die Beine mit eleganten Bewegungen übereinander und kippt drei Tütchen Zucker in ihren Kaffee. Dann rührt sie ohne Unterlass. Er trägt seine weiße, grob gestrickte Wollmütze wie einen Hut über den Ohren und schaut sie über die Gläser seiner Brille hinweg mit glasigen Augen an. Eben hat sich eine kleine zitternde und ohne Pause aufgeregt flüsternde Frau verabschiedet. »Die Schmidten hat doch so schwer Asthma, das merkste richtig. Jedes Wort ist zu lang, da reicht die Luft nicht mal für 'n ›und‹. Schrecklich, ich krieg gleich ooch keene Luft mehr«, sagt die Frau und holt tief Luft. »Von wo hatses denn jekriegt?« – »Weeß nich.« – »Wieso, du weeßt doch sonst immer alles.« – »Hab ich neben der jestanden? Vielleicht hatses von Arbeit. Die war im HO-Warenhaus inne große Küche.« – »Wo war 'n da 'ne Küche?« – »Janz oben, dort konntste essen. Hat aber nich jeschmeckt.« – »Naja, ich kenn die Mutter nich. Die hat doch ooch jesoffen, ham se immer erzählt, kein Wunder, dass die nich länger jemacht hat. Den Schulz seh ich auch nicht mehr.« – »Is auch tot.« – »War der nich auch mal wegen Suff in Uchte, den hab ich doch da mal besucht. Und wenn der bei seine Mutter kam und wollte Geld haben und die wollte ihm nischt geben, dann hat der die geschlagen.« – »Tja, und nun wächst ihm die Hand aus 'm Grab.« – »Mann, Asche, wächst nich aus 'm Grab. Gibt's hier Bier?« – »Nee, nur alles ohne.« Die Alte kippt den Kaffee wie einen Kurzen hinunter.

Über die Ostbahn

Eine Eisenbahnfahrt mit Theodor Fontane und polnischen Putzfrauen

Wenn von Wanderungen bei Fontane die Rede ist, sollte das bekanntlich nicht unbedingt wörtlich genommen werden, denn Fontane fuhr auch. Mit Schiffen über die Oder zum Beispiel, mit Droschken, Booten und mit dem Zug.

Ins Oderland kam er bei seinen Reisen in den frühen 1860er Jahren noch nicht mit der Eisenbahn. Denn das letzte Teilstück der direkten Bahnverbindung Berlin–Königsberg – als Ostbahn gebaut, nicht nur aus militärischen Gründen, sondern auch, um die strukturschwachen Gebiete Preußens zu erschließen, 64 Kilometer vom alten Ostbahnhof über Strausberg nach Seelow-Gusow – wurde erst Ende 1867 vollendet. Bis dahin musste man andere Fuhrwerke nehmen, die, wie Fontane öfter erwähnt, viel zu teuer waren.

Der Weg von Berlin ins Herz des Oderlandes führt heutzutage mit der Bahn über den 1881 eröffneten Bahnhof Lichtenberg, der von 1882–1920 Bahnhof Lichtenberg-Friedrichsfelde hieß. Über letztere Gemeinde mit ihrem Schloss hatte Fontane in seinen Wanderungen berichtet: »Die nahe Hauptstadt samt ihrem Lärm, wir empfinden sie wie hundert Meilen weit. Hier ist Friede!«

Auf dem Bahnhof Lichtenberg ist die hippe, schicke, von Internationalität geprägte deutsche Hauptstadt mindestens 200 Meilen entfernt. Hier ist sie nur arm, völlig unsexy und bisweilen auch intolerant.

Der Bahnhof hat die besten Zeiten hinter sich, auch wenn er laut bahninterner Kategorie noch ein sogenannter Fernverkehrssystemhalt ist und Anfang des neuen Jahrtausends noch einmal aufwendig renoviert wurde.

Bis 1989 war der Bahnhof Lichtenberg der heimliche Hauptbahnhof Ostberlins. Denn von hier fuhren die Züge nach Moskau über Warschau mit Kurswagen nach Kasan, Omsk und Nowosibirsk, und morgens um halb neun kamen werktags die orange gestrichenen Expresszüge aus allen Teilen der DDR an, ihrer Passagiere wegen Bonzenschleuder genannt. Gegen 17 Uhr fuhren sie wieder zurück in die Provinz. In den gastronomischen Einrichtungen der Mitropa waren die Plätze immer knapp und es gab den sagenhaften Luxus öffentlicher Duschen, den gerne in Anspruch nahm, wer nur Einraum-Außentoilette wohnte. Das letzte Mal, dass ich den Bahnhof Lichtenberg überfüllt gesehen habe, war im Juli 1997. Unzählige Reisende waren gestrandet, weil der Fernverkehr Richtung Oder komplett gesperrt war. Die Oderflut hielt die Nation in Bann und auf der Leinwand in der Haupthalle fuhr Jan Ullrich im gelben Trikot in Richtung Paris.

Heutzutage ist Ruhe, Friede nicht. Sechs bis sieben Regionalzüge in der Stunde, mehr fährt hier nicht mehr ab. Die russischen Züge wurden mit der Fertigstellung des Hauptbahnhofes als Trostpreis an den Bahnhof Zoo abgegeben, der sich erst an das seltsame Reisegebaren der russischen Passagiere gewöhnen musste. Nur ein paar Nachtzüge enden noch hier. Der Bahnhof Lichtenberg ist abgehängt.

Die Eingangshalle des Bahnhofs wird, zumindest was die Lautstärke angeht, von Leuten beherrscht, die nie wegfahren, nicht einmal mit der S-Bahn. Da ist laut und viel vom Ficken die Rede, von Stütze und Alkohol. Ihr Reich zieht sich zwischen den Bänken am Eingang quer durch die Halle zum Supermarkt Norma, und wenn Geld und Kraft reichen, eine Etage höher in die Filiale von McDonald's.

Dafür sagen auf dem Bahnhof Lichtenberg die Angestellten noch selbst die Züge an. Auf Gleis 21 steht der Zug nach Kostrzyn bereit. Jede Stunde, fünf nach halb, fährt ein Dieseltriebwagen des Typs Bombardier Talent nach Osten. Jeder zweite hält, wie der Berliner sagt, an jeder Milchkanne. Nur dass keine Milchkannen mehr auf der Schienenstrecke transportiert werden. Die Zeiten, als die Gemüsebahnen über die Ostbahnstrecke in die Berliner Markthallen fuhren, sind vorüber. Auch die Zeit, als auf allen Kisten »Gemüse aus dem Oderbruch« stand. Es wird woanders angebaut.

Die Regionalbahn nach Kostrzyn, die auf der Trasse der Ostbahn verkehrt, ist auch in Zeiten des europäischen Zusammenwachsens eine größtenteils eingleisige, nicht-elektrifizierte Hauptbahn, die wegen der schlechten Trassenverhältnisse teilweise mit 30 km/h durchs Oderland zuckelt, nur auf dem Streckenabschnitt zwischen den Kilometern 75,0 und 80,7, was heißt, zwischen Golzow im Oderbruch mit seinen berühmten Kindern und dem Odervorfluter hinter Küstrin-Kietz, darf seit Weihnachten 2006 120 km/h gefahren werden. Der deutsche Teil der Ostbahn ist seit Kriegsende eingleisig. Auf dem zweiten Gleisbett sind Birken und Robinien gewachsen.

Für die Deutsche Bahn beginnt hinter dem Ostbahnhof die Steppe, und dass die Strecke nicht ganz stillgelegt, sondern der Niederbarnimer Eisenbahn AG verpachtet wurde, ist den polnischen Putzfrauen zu verdanken, die einen Großteil der Passagiere ausmachen, neben Händlern mit großen, leeren Taschen, Pendlern aus dem Kreis Märkisch-Oderland und älteren Paaren, die mit einer VBB-Tageskarte zum Basar nach Kostrzyn fahren.

»Ob du Reisen sollst, fragst du«, fragt Fontane: »Reisen in die Mark Brandenburg? Die Antwort ist nicht eben leicht. Es wird einem selten das Schlimmste zugemutet, aber es kommt doch vor.«

Das Oderland umfasst heute den 1993 gegründeten Landkreis Märkisch-Oderland, der landschaftlich aus den zwei Grundmoränenplatten Barnim und Lebus sowie dem trockengelegten Oderbruch besteht und durch den die Ostbahn mitten hindurchfährt.

»Wer in die Mark reisen will, der muss zunächst Liebe zu ›Land und Leuten‹ mitbringen, mindestens keine Voreingenommenheit«, sagt Fontane. »Er muss den guten Willen haben, das Gute gut zu finden. (…) Es gibt gröbliche Augen. Diese mögen zu Hause bleiben.« Und dann die Stelle, die sich heutzutage eigentlich verbietet: »Es ist mit der märkischen Natur wie mit manchen Frauen: ›Auch die hässlichste‹, sagt das Sprichwort, ›hat immer noch sieben Schönheiten.‹«

1992 lernte ich den Fotografen Arwed Messmer kennen, der aus der Sattheit des Badischen nach Ostberlin gekommen war, wie viele damals, die auf Abenteuer aus waren. Uns einte das gemeinsame Interesse an deutscher Geschichte und an Eisenbahnstrecken, und so wollten wir über einen längeren Zeitraum die Ostbahn abfahren und in Wort und Bild die Veränderungen rechts und links der Oder festhalten. Ich kaufte mir Fontanes *Oderland* in einer edlen Ausgabe und mehr Anmerkungen, Vor- und Nachworten als Text. Eine etwas unbequeme Reiselektüre.

Aus dem Projekt wurde nichts – uns fehlte das Geld. Der zuständige Beamte im Kultusministerium von Brandenburg wollte 1994 von der Ostbahn nichts wissen. Er hielt uns für Revanchisten. Die Osterweiterung der EU war noch weit.

Trotzdem sind wir zwischen 1993 und 1994 in unzähligen kleinen Oderbruchorten gewesen, in Bad Freienwalde, in Seelow, Gottesgnade und Zollbrücke, Güstebieseloose und Küstrin. Viele Reisen habe ich später alleine gemacht, für geringes Zeilenhonorar ging es nach Buckow, Reitwein, Worin oder Küstrin. Am beeindruckendsten war eine Reise nach Podelzig im Winter 1995, als ich an einer Grabung teilnahm, die ein Kapitel der Geschichte des Oderlandes wiederaufnahm, von dem Fontane noch nichts ahnen konnte – die Schlacht um die Seelower Höhen im Frühjahr 1945. Eine Million Soldaten, Tote in unbekannter Zahl. In Bezug auf die Zeit von Februar bis April 1945 spricht die Bodendenkmalpflege im Oderbruch von »gestörtem Boden«.

1995 sollte hier ein vorläufiger Schlussstrich unter die Geschichte gezogen werden. Es war eine große Show. Russische und deutsche Soldaten sollten gemeinsam einen alten Schützengraben ausheben, die Munition beseitigen und die Toten fein säuberlich trennen und auf deutschen und russischen Friedhöfen bestatten. Die Soldaten redeten nicht miteinander, die ehemals deutschen und sowjetischen Toten lagen eng beieinander in den Schützengräben, manche sahen aus wie miteinander verschlungen.

Immer waren hier in den letzten Jahrzehnten die Toten und die Waffen an die Oberfläche gekommen. Und kommen noch. Man muss nicht tief graben. Viele Bewohner der Oderbruchdörfer haben bei Erweiterungen ihrer Häuser Skelette gefunden. Im Allgemeinen wurden solche Funde tunlichst nicht gemeldet, denn sonst wäre zuerst die Polizei gekommen, dann die Mordkommission und schließlich die Staatssicherheit. Also haben sie stillschweigend Beton drübergegossen.

Podelzig liegt neun Kilometer von der Ostbahnstation Gorgast entfernt.

Damals dachte ich noch, ich könne es wie Fontane machen und hätte mein Auskommen. Romane schreiben und wenn es mir zu Hause zu langweilig wird, mit öffentlichen Verkehrsmitteln in der ganzen Welt herumkutschieren, um nach Ende der Reise darüber zu schreiben. Dass bei Fontanes das Geld genauso knapp war wie bei mir, habe ich erst später zur Kenntnis genommen. Die Erfahrungen bleiben die gleichen. »Die nicht unbedeutenden Kosten müssen direkt bezahlt werden und Monate vergehen, ehe man sich das Geld zurückerschreibt«, schrieb er an Emilie über die Wanderungen und seufzte an anderer Stelle: »Ich sollte vielleicht doch ins Militär eintreten. Man will ja untergebracht sein.«

Als Fontane ins Oderbruch fuhr, um seine Recherchen zu machen, war er so alt wie ich heute.

Nächste Haltestelle Müncheberg. Ausstieg links

Neben den Bahnhöfen der Ostbahn zwischen Strausberg und Gorgast stehen die Autos der Pendler, die täglich nach Berlin fahren müssen und in die Stadt hinein lieber die Bahn nehmen. Im Oderbruch gibt es nicht genug Arbeit, von der sich leben ließe. Im Kreis Märkisch-Oderland waren im April 2007 15889 Menschen arbeitslos, die Arbeitslosenquote betrug im August 2007 14,1%, 5,3% über dem Bundesdurchschnitt. Das durchschnittliche monatliche Industrieeinkommen im Kreis liegt bei 2135 Euro. Das entspricht 68% des Bundesdurchschnitts und 89% des Landesmittels von Brandenburg. Die Kinder, die die Suche nach Arbeit in andere Landschaften zog, werden nie wieder zurückkommen. 500 Jugendliche sind es jährlich, die abwandern. In dunklen Momenten scheint es, als sollte das Werk von Friedrich II., die Oderlandschaft urbar zu machen, in den nächsten zwei Generationen wieder rückgängig gemacht werden.

»Du darfst«, schreibt Fontane, »wenn du in die Mark reist, nicht allzu sehr durch Komfort verwöhnt und verweichlicht sein.«

Nächste Haltestelle Trebnitz (Mark). Ausstieg rechts

Sechs Kilometer von der Bahnstation Trebnitz entfernt liegt Neuhardenberg. Als ich 1990 das erste Mal das Dorf besuchte, hieß es noch Marxwalde und das Leben dort wurde bestimmt von Männern, die einen Stock verschluckt zu haben schienen. Preußische Offiziere des späten 20. Jahrhunderts, denen gerade die Truppen abhanden gekommen waren. Im Schloss war die Turnhalle der Schule, ein Plattenbau Typ Erfurt, den man an den Rand des Schlossparks gequetscht hatte, untergebracht.

Im Dorf wurde zu der Zeit viel gejammert und auf den neuen oder alten Schlosseigentümer gewartet. Am Ende übernahm der Deutsche Sparkassen- und Giroverband das Schloss und renovierte es aufs Vorzüglichste. Seit einigen Jahren gibt es im Sommer ein Kulturprogramm, das seinesgleichen sucht.

Der Ort, einst Quilitz genannt, war 1814 von König Friedrich Wilhelm III. seinem Staatskanzler Carl

August von Hardenberg als Dank für die Stein-Hardenberg'schen Reformen geschenkt worden. Gemäß dem letzten Willen Hardenbergs wird das Herz des Staatskanzlers seit 1823 im Altar der Kirche aufbewahrt und die Aufsichtskräfte der Kirche weiden sich noch heute genüsslich an dem Schrecken, den das kleine vertrocknete Herz in einem Kästchen hinter dem Altar bei einigen Besuchern anrichtet.

»Am 13. Oktober 1817 hatte die festliche Einweihung der durch Schinkel restaurierten Neu-Hardenbergschen Kirche statt«, schrieb Fontane im *Oderland*, »und das Interesse, das der Staatskanzler dieser Kirche widmete (er vermachte ihr eine Donation und fehlte nie beim Gottesdienst), lässt darauf schließen, dass er bei dieser Einweihung zugegen war.«

Geschichte wiederholt sich dann doch manchmal auf eigentümlichste Weise. Um die Renovierung der Kirche zu finanzieren, hat man in Neuhardenberg in den letzten Jahren Sterne aus der Deckenbemalung verkauft. Die Größe des mit dem Namen des Spenders versehenen Sterns richtete sich nach der Höhe der Spende. Auch der Ministerpräsident Platzeck vermachte der Kirche auf diesem Wege eine Donation. Im Sommer vor drei Jahren, ich weidete mich gerade mal wieder am Anblick des Hardenbergschen Herzens, fingen die Glocken plötzlich an zu läuten, die Kirchentür wurde aufgestoßen und der Ministerpräsident trat mit Gefolge ein. Ich möchte behaupten, unter dem zufällig anwesenden Volk den einen oder anderen kleinen Kratzfuß gesehen zu haben.

Der Zug erreicht Alt Rosenthal. Ausstieg rechts

Das Oderbruch war in den letzten Jahrzehnten auch immer ein Rückzugsort für Künstler. Klaus Schlesinger hatte hier in Alt Rosenthal ein Haus und auch Ulrich

Plenzdorf. Beide sind inzwischen tot. Ganz in der Nähe der Bahnstation Werbig bewohnt Werner Stötzer in Alt-Langsow sein Refugium. Ein paar Häuser weiter lebte eine Zeit lang die Bildhauerin und Bühnenbildnerin Gabriele Koerbl, bevor sie mangels Aufträgen nach Martinique auswanderte und dort vor ein paar Wochen, zermürbt von Armut, in einem termitenzerfressenen Haus starb.

»Das Beste aber, dem du in der Mark begegnen wirst«, schreibt Fontane, »das werden die Menschen sein. Verschmähe nicht den Strohsack neben dem Kutscher. Lass dir erzählen von ihm, von seinem Haus und Hof, von seiner Stadt oder von seinem Dorf (...) und sein Geplauder wird dich mit dem Zauber des Natürlichen und Lebendigen umspinnen.«

Zum Beispiel Rosi Z. aus einem Dorf der Gegend, 55 Jahre, ehemalige Sachbearbeiterin, Kinder quer durch Deutschland verteilt. Sie sieht sie höchstens zu Weihnachten. »Dafür hätte die Mauer nicht fallen müssen«, sagt sie scherzhaft, wenn jemand sie danach fragt. Rosi Z. liebt ihren Garten, ihr Haus und ihr Dorf, in dieser Reihenfolge. Deshalb zieht sie einen Umzug nicht in Erwägung. Sie ist hier geboren und möchte hier auch begraben werden. Sie sagt, dass sie auf dem Recht beharrt, ihre Heimat selbst zu bestimmen.

Rosi Z. ist eine kühle Rechnerin, sie hat schließlich 25 Jahre lang die Finanzen der örtlichen LPG verwaltet, die berühmt war für ihre Besamungserfolge in der Schweinezucht, und die Abrechnungen stimmten immer. Der Nachfolgebetrieb brauchte ihre Rechenkünste nicht mehr. Rosi kam als Finanz- und Putzfrau in der örtlichen Arztpraxis unter. Nebenbei betrieb sie mit ihrem Mann Heinz, der in der LPG als Traktorist gearbeitet hatte und nach etlichen Arbeitsbeschaffungsmaßnahmen arbeitslos war, einen Getränkestützpunkt in der zum Laden ausgebauten Garage. Irgendwann aber waren Rosi die beiden Jobs zu viel, zumal Heinz immer mehr sein eigener Kunde wurde. Sie wehrte sich mit einer langwierigen Krankheit, und der Getränkestützpunkt war Geschichte.

Ihr Dorf war zu DDR-Zeiten ein sozialistisches Musterdorf mit Schule, Kindergarten, Kulturraum, HO-Gaststätte und einem sozialistischen Friedhof, der im Gegensatz zum christlichen, auf dem zu DDR-Zeiten nur Selbstmörder und Außenseiter begraben wurden, ordentlich abgezirkelte Gräber mit Betonsteineinfassungen hat, zwischen denen sich Stiefmütterchen drängen. Auf dem Friedhof liegen auffällig viele Männer, die mit Mitte fünfzig gestorben sind und ein paar Jüngere, die sich in den Neunzigerjahren mit ihren neuen Autos um die heimischen Bäume gewickelt haben. Die Älteren sind vorzugsweise am Suff oder alkoholbedingten Nachfolgekrankheiten gestorben. Alkohol ist in dieser Gegend das für die Menschen, was Sprit für die Autos ist. Dass ein Krankheitsbild Alkoholismus existiert, ist hier erst seit fünfzehn Jahren bekannt. Vorher war der Alkohol Belohnung zum Feierabend.

»Tu mir einen Gefallen«, hatte Rosi immer wieder zu ihrem Mann gesagt, »fall nicht im Suff die Treppe runter und brich dir das Genick. Dann denken alle, ich hätte nachgeholfen.« Es gab da eine Menge Gerede im Dorf.

Als für Heinz rund um die Uhr Feierabend war, hatte er seine Tage vor dem Fernseher verbracht, wo er pausenlos Trickfilme schaute. Als Rosi an einem Morgen ins Wohnzimmer kam und zwischen Flaschenbatterien ihren Mann liegen sah, wusste sie gleich, dass etwas nicht stimmte. »Da war die Seele weggeflogen und das spürte man an so einer eigenartigen Stille«, erzählte sie später ihren Gartenfreundinnen.

Nachdem der Discount-Bestatter die Leiche abgeholt hatte, nahm Rosi noch die letzten Beileidsbekundungen entgegen und dann schloss sie sich im Haus ein und legte den Hörer neben das Telefon.

Als sie nach zwei Tagen wieder aufmachte, hatte sie alles durchgerechnet: Die Kosten für Strom, Gas, Telefon und Grundstückssteuer, Versicherung, Sprit, Müllabfuhr und Einkaufsreisen ins nahegelegene polnische Küstrin, Geschenke für die Kinder und Unvorhergesehenes, das sie mit hundert Euro pro Monat ansetzte, nach reiflichem Überlegen aber auf fünfzig Euro verringerte, Saatgut und Kaninchenfutter wurden dem schmalen Verdienst entgegengestellt. Sie kam zu dem Schluss, dass sie auch ohne Unterstützung ihr Haus würde halten können. Luxus jeglicher Art fiel allerdings weg, die Heizung würde nur bei Minusgraden angemacht und stattdessen mit Holz geheizt werden. Zu den Geburtstagen ihrer Gartenfreundinnen würde sie Steuerabrechnungen oder Fensterputzleistungen verschenken, für das gute Aussehen müsste sie eine arbeitslose Friseurin zum als Gartenfest getarnten Haareschneiden einladen und sie mit Gemüse aus dem Garten bezahlen. Darauf genehmigte sie sich erst mal einen Johannisbeerlikör. Dann ging sie durchs Dorf, um ihren Entschluss zu verkünden.

Noch einige Tage hörte sie nachts Schritte und Knarzen im Haus, bis es ihr reichte. Sie stellte sich auf Zehenspitzen und schrie: »Heinz, nu is jut.« Seitdem ist Ruhe.

Wir erreichen jetzt Kostrzyn. Der Zug endet hier und fährt um 17.55 Uhr nach Berlin-Lichtenberg zurück

Die polnische Grenzstadt Kostrzyn lebt vom Verkauf. Benzin, Pilze, Frauen, Zigaretten, geflochtene Körbe. In den Supermärkten von Lidl und Intermarché sind drei Viertel der Kunden Familien aus dem Oderbruch, die mit Euro bezahlen. Auch an den Tankstellen überwiegen deutsche Kennzeichen. Der Weg vom Bahnhof bis zur Festung führt vorbei an leeren Flächen und über mehrere Brücken, die Warta und Oder überspannen. An den Ufern stehen Angler. Auf dem Basar ist nicht viel los.

»Innerhalb der Festungswerke lag die Stadt mit Marktplatz, Kirche, Schloss, letzteres hart an den Wall gelehnt, und zwar zwischen Bastion König und Bastion Brandenburg«, schreibt Fontane im Küstrin-Kapitel der Wanderungen im Oderland. »Auf den Wällen selbst befand sich alles, was eine Festung an Magazinen, an Gieß- und Zeughäusern, an Pulver- und Getreidemühlen erforderte. Unter seiner Armatur waren auch einzelne aus der Küstriner Gießerei hervorgegangene berühmte Geschütze, die nach damaliger Sitte besondere Namen hatten. Das eine derselben hieß ›Der wilde Mann‹, ein anderes ›Das Rebhuhn‹. So war Festung Küstrin. Sie galt für ›unüberwindlich‹. Dass sie sich nicht jederzeit als solche bewährte, lag an anderem als an dem Mangel oder der Unzureichendheit ihrer Befestigungen.«

Die Altstadt Kostrzyns – bekannt als Festung Küstrin – ist ein Schild der Bahn inmitten einer Steppe, ein polnisches Karthago. Man könnte es auch Pompeji vor den Toren Berlins nennen. Die Umrisse der Apothekergasse, Schornsteinfegergasse, Rosengasse oder Bäckergasse sind noch da, doch das Leben hat sich verflüchtigt.

Im Sommer 2005 war ich der einzige Gast. Die ersten hundert Schritte schien es mir, als sei es vollkommen still in der toten Stadt. Als wäre ein Weltvakuum darübergestülpt und nur ich konnte noch atmen, alle anderen waren tot. Der Weg, den ich entlangging, war befestigt mit Bernburger Pflaster, Granitplatten, Bordsteinen und buckligen Katzenköpfen wie die Straßen in den Gründerzeitvierteln Berlins. Früher hieß der Pfad Berliner Straße, aber wann früher war und wie lange es her war, schien für einen Moment vollkommen im Dunkeln zu liegen. Nur allmählich waren sehr weit entfernt, hinter dem blau erleuchteten Berliner Tor, die Geräusche des Grenzübergangs zu hören. Das Abbremsen der Autos vor dem Schlagbaum. Der Moment der Ruhe. Das Anfahren. Seit dem Beitritt Polens zur EU werfen die Grenzbeamten nur noch einen flüchtigen Blick in den Pass.

Die Altstadt ist bis einen halben Meter über dem Fundament abgetragen, aus allen Ritzen wuchert Grün. Für den Wiederaufbau Warschaus brauchte man Steine, die neuen Westgebiete Polens waren die ersten Jahre nach dem Krieg noch kaum besiedelt, die Festung war ein aufgegebenes Fort am Rand der Weltgeschichte, das man allmählich vergaß. Einst war hier Katte geköpft und Friedrich II. preußisch zurechtgebogen worden, aber darüber stolpert man nur noch bei Fontane.

Was für ein Ort inmitten von Europa! Völlig funktionslos. Zu nichts nütze.

Wie schön, möchte man sagen.

So könnte diese Geschichte einer Reise nach Osten enden und »die Eindrücke tanzen uns«, Fontane muss hier das letzte Wort behalten, »hurly, burly im Kopf herum«.

Hauptbahnhof, abends halb elf

»Der Intercity-Express aus Interlaken, Ankunftszeit 21.25 Uhr, hat voraussichtlich 70 Minuten Verspätung.« – »Scheiß Deutsche Bahn«, schreit ein Mann, schwenkt eine Rose und setzt sich wieder.

Eine Gruppe von zwei Dutzend Männern schaut sich, gelenkt von einem Führer, auf dem Bahnhof um. Sie tragen dunkle Anzüge aus teurem Stoff und bewegen sich vorsichtig, wie auf unsicherem Terrain. Ihr Führer sagt: »Dies ist der modernste Bahnhof der Welt.« Zwei Polizisten verscheuchen drei ältere gebeugte Männer in praktischen Jacken, die am Rand der

Gruppe herumschleichen. Eine Zwischenetage tiefer drehen Reinigungsfahrzeuge ihre Runden. In den Geschäften erlischt das Licht. Kaffee ist aus.

Die Bahn hat zwei Männer mit roten Baretten zur Bewachung der Swarovski-Tanne abgestellt, in deren Zweigen bis zur Spitze Tausende Kristalle glitzern. Die Sicherheitsleute langweilen sich und beobachten zwei junge Mädchen, die in der Mitte der Halle einen Choral probieren.

Auf Gleis 13 wird der verspätete Zug aus Interlaken angekündigt. Die beiden Mädchen rennen über die Rolltreppe in die oberste Etage. Die Fahrgäste werden von einem Serviceteam mit kostenlosen Getränken erwartet.

»Warum steht da eigentlich *BOMBARDIER. Willkommen in Berlin* am Glasdach«, fragt eines der Mädchen, »das lädt doch Terroristen geradezu ein.« – »Das hat doch nichts mit bombardieren zu tun, das ist eine Firma.« – »Noch nie gehört.« Beide schauen über die Brüstung in die Tiefe. Bremsen quietschen. Türen öffnen sich mit einem Seufzen. »Wenn ich mal lebensmüde bin, springe ich von Gleis 15 auf Gleis 5.« – »Da bist du garantiert tot.« – »Darum geht's ja.« Ein Reisender tritt von hinten an sie heran. »Na, wie wär's mit einem Eis bei dem Wetter?« Die beiden Mädchen fallen ihm um den Hals.

Neue Neustadt

Am Horizont blinkt der Alexanderplatz. Von meinem Standpunkt aus könnte es die Prenzlauer Allee sein, auf der ich stehe. Der Fernsehturm fehlt. Das irritiert, genau wie der Überseedampfer mit einem Fetzchen Meer hinter dem Friseursalon. So hätte schon Tucholsky Berlin am liebsten gesehen, vorne Stadt und hinten Meer.

Bei noch mehr Regen könnte der Traum eines Tages wahr werden. Dort, wo ich stehe, ist die Wirklichkeit auf hohem Niveau imitiert. »Die Leute kommen ganz normal die Treppe hoch, ihre Eintrittskarte in der Hand und denken, na ja, suche ich mal meinen Platz und dann … sind sie irritiert. Finde ich gut«, sagt Bert Neumann, der Bühnenbildner, der seit Jahren Häuser baut. Häuser in der Volksbühne, Häuser im Prater und auf dem Gelände des ehemaligen Ferienlagers der Volksbühne. Manche sehen aus wie Bungalows Marke Rheinsberg. Als müsse sich der Bühnenbildner von den Zumutungen seiner Kindheit erholen, indem er sie beständig wiederholt. Aber eine Erkenntnis der Wende war, dass es in allen Vorstädten der Welt aussieht wie in Marzahn – und auf den Rückseiten der Boulevards wie in Ostberlin 1983.

Der gefakte Supermarkt in der Volksbühne ist in Konkurs gegangen. Die Werbung hängt noch von der Decke, im Zeitungsständer klemmen Zeitungen von vor drei Wochen, der Fußboden ist mit Matratzen ausgelegt, die aussehen, als seien sie wirklich benutzt worden. Nebenan kann man sich die Haare waschen lassen. Oder schneiden, aber das ist in der Volksbühne nicht zu empfehlen.

So wie unter den Pflastersteinen der Strand liegt, befinden sich unter dem Sperrholzboden der Neumann'schen Stadt, auch Neustadt genannt, die Sitzreihen des Zuschauerraums. Den Zuschauern hat der Bühnenbildner ein Containerdorf gebaut, das sich auf der Drehbühne befindet und manchmal zum Karussell mutiert. Man könnte mit drei Handgriffen auch ein Flüchtlingsheim oder eine Bauarbeiterunterkunft daraus machen. Vom dritten Stock aus kann man in die Fenster des gegenüberliegenden Hauses sehen. In der zweiten Etage brennt Licht, am Tisch mit dem weißen Tuch sitzt niemand.

Die Trennung von Zuschauerraum und Bühne hat

Bert Neumann aufgehoben, mit dem Ergebnis, dass nun im Zuschauerraum die Bühnenvorschriften und auf der Bühne die des Zuschauerraums gelten, die anderen aber nicht außer Kraft gesetzt sind. Die Illusion, man befände sich außerhalb des Stadttheaters, gilt nur für die Zuschauer. Denn das Stadttheater schlug zurück, bevor überhaupt die Pläne der Neustadt fertig waren. Die Stadt ist der Bürokratie abgetrotzt. Durch den löchrigen Aluminiumboden des Zuschauerhauses kann man die Stühle der unteren Etage sehen. Die Löcher im Boden sind eine Vorschrift der Feuerwehr. Eigentlich hätte es über den Zuschauern eine Sprinkleranlage geben müssen. Mit echtem Regen wäre die Neustadt der Wirklichkeit noch etwas näher gekommen. Jetzt tut es auch ein Feuerwehrschlauch, neben dem länger als drei Stunden ein Feuerwehrmann stehen wird. So lange dauert es, bis Frank Castorf sich den Dostojewski'schen Idioten zurechtgespielt hat.

Bert Neumann interessieren die Ränder, die Brüche und Zufälle der Stadt. *Imitation of Life* heißt ein Buch mit seinen Arbeiten, aber er sagt, er möchte die Wirklichkeit auf der Bühne widerspiegeln und Widerspiegelung heißt, dass es eine vierte Wand gibt. Bei Bert Neumann muss man durchs Fenster schauen, und weil die interessantesten Details immer hinter der Wand zwischen zwei Fenstern stattfinden, sind die Räume alle mit Kameras bestückt. Hier können die Zuschauer Voyeure sein im Dreieck der Häuser. Dem der Nastassja Filippownas, wo sie einen schwiemeligen Salon betreibt, dem dunklen des ebenso zwielichtigen Rogoschin, das Neumann irgendwo aus einer ostdeutschen Kleinstadt kopiert hat und dem Gebäude, in das Fürst Myschkin sich einquartieren wird. Er muss mit DDR-Tapete und einem Doppelstockbett aus den Beständen aufgelöster Kinderheime vorlieb nehmen, aber er ist ja auch der Idiot.

Wie wird wohl die Stadt aussehen, nachdem Fürst

Myschkin als Katalysator die Katastrophe beschleunigt hat? Wird das Karussell, auf dem die Zuschauer sitzen, sie in die echte Wirklichkeit zurückkatapultieren?

Der Architekt verlässt die Stadt, neue Besucher kommen. Sie sehen aus wie Touristen, sind aber Künstler, die ein Video drehen wollen. »It's great«, schreit eine Japanerin und setzt sich an den Tisch im Salon von Nastassja Filippowna. Über ihren Kopf hat Bert Neumann eine Klappe in die Decke gebaut. Durch die werden die Nachbarn ihren Müll werfen. Aber sie sind noch nicht eingezogen.

→ Im Discounter. Zwei Hundefreunde

»Also ick geh mit dem Hund morgens immer in den Friedrichshain. Vier Kilometer ist so'ne Runde, wenn de janz rumjehst. Det is jut für Rolf.« Der junge Mann, der auf den Älteren einredet, ist – bis auf die Springerstiefel – von oben bis unten in Wüstencamouflage gekleidet. Selbst die Glatze schimmert in gelblichem Grau. In seinem Einkaufswagen, den er beim Reden wie einen Kinderwagen hin- und herschiebt, stehen drei Gläser »Genießer-Rotkohl« und eine Büchse Currywurstsuppe. In der Hand hält er eine Großpackung Hundefutter, die 20% mehr Inhalt verspricht. »Kennste denn den Friedrichshain?«, fragt er den Älteren. »Den Volkspark?« – »Joo.« – »Wer kennten den nich, is doch hier gleich um die Ecke.«

Der ältere, sehr große und breite Mann lässt beharrlich ein großes Schlüsselbund um seinen Zeigefinger kreisen. Auf der rechten Brustseite seiner blauen Bomberjacke ist das Wort SECURITY eingestickt. Er schaut auf den Wüstenkämpfer herunter und brummt: »Aber da nerven die Piepel vom Ordnungsamt.« – »Det stimmt. Ick hatte ooch schon Ärger mit die. Aber wennde den Hund anne Leine nimmst, sind die ruhig. Doofstellen hilft immer. Die jehn weiter und du machst die Leine wieder ab.« – »Seh ick nich ein. So 'ne Kreatur braucht Freiheit. Die ist friedlicher wie 'n Mensch.« – Wenigstens quatschen die nich blöde.« – »Ick könnt' mir da so uffrejen. Von wejen Kampfhund, der heißt nur so für die ihre Systematik. Det sind zarte Wesen. Meiner kann zum Beispiel nich austreten, wenn er anner Leine is. Der kann nur kacken und pinkeln, wenn nix am Hals zerrt. Det vastehn die vom Ordnungsamt aber nich. Ick sach neulich zu nem Typen von denen, könn Sie pinkeln, wenn Ihnen eener uff die Eier kiekt? Da war der ruhig.«

Vom Unbehagen in der Empfangskultur

> »Man unterscheidet zwischen folgenden Grundarten diplomatischer Veranstaltungen: Essen, Empfang, Cocktail.« David Dreimann, *Das diplomatische Protokoll,* Leipzig 1981

Am Savignyplatz fühle ich mich heute noch so, als sei gerade die Mauer aufgegangen und ich käme aus dem Osten zu Besuch. Zwar sieht es mittlerweile am Kollwitzplatz auch nicht anders aus, aber der erinnert mich immer an die Mahnungen meiner Mutter, wenn ich mir als Teenager die Finger rot lackierte – man muss vorher den Dreck unter den Nägeln entfernen. Der Kollwitzplatz ist ein bißchen so wie dreckige, aber rotlackierte Fingernägel, und meine einzige Hoffnung ist, dass niemand auf die Idee kommt, ihn ein für allemal rauszupulen. Der Savignyplatz ist lackierter Nagel ohne Dreck. Aber vielleicht kenne ich ihn auch nur zu wenig, um das einschätzen zu können. Zum Savignyplatz komme ich eigentlich nie ohne Grund. Aber wie das bei freischwebenden Existenzen ist, manchmal wird man eben doch eingeladen zu Feierlichkeiten, auf die man eigentlich nicht gehört. Mittlerweile wollen ja alle wichtigen Persönlichkeiten des öffentlichen Lebens Berliner Republik spielen, und dann gibt es Feste, auf denen man seine Berlinerrepubliktauglichkeit prüfen kann.

Ein gehobener Angestellter sollte im Neuen Berlin begrüßt werden und aus einem mir unbekannten Grund gelangte ich auf die Gästeliste. Eigentlich weiß ich immer schon vorher, dass ich mich unwohl fühlen werde und lieber die Zeit in meiner Stammkneipe zwischen Sozialhilfeempfängern, Glücklichen Arbeitslosen und anderen eigentümlichen Existenzen vertrödeln würde, aber irgendwie haben Einladungen auf gutem Papier mit ihrem U.A.w.g. am Ende eine merkwürdige Anziehungskraft.

Als das alles noch sehr neu war für mich, glaubte ich, U.A.w.g. wäre die Abkürzung für »Um Anzug wird gebeten«. Zum Glück besitze ich ein Buch über gutes Benehmen in gehobener Gesellschaft, das Anfang der Achtzigerjahre in Leipzig erschien und für kurze Zeit zum Kultbuch umherstreichender Intellektueller avancierte. Nicht mehr der Hermann Hesse steckte damals gut sichtbar in den Jacketttaschen, sondern das Buch *Das diplomatische Protokoll. Aufgaben, Mittel, Methoden und Arbeitsweise.* Es war wahrscheinlich für angehende und in der DDR sozialisierte Diplomaten verfasst, die, wenigstens was die guten Sitten anging, nicht mehr auf diplomatischem Parkett ausrutschen sollten. Erklärt werden dort auch die Vermerke auf Einladungskarten. Nicht nur das U.A.w.g., sondern unter anderem auch, dass die Bemerkung »Orden und Ehrenzeichen« das Tragen eines dunklen Anzuges bzw. Fracks oder Smokings verlangt. Den Hinweis auf Orden hatte ich der Einladung nicht entnehmen können.

»Der Gast hat insbesondere Folgendes zu beachten:

Die zu einem Empfang Eingeladenen erscheinen 15 bis 10 Minuten vor der auf der Einladung vermerkten Zeit. Die ranghöchsten Gäste treffen pünktlich ein.« Wie immer war ich spät dran, als ich in die S-Bahn stieg. Mittlerweile sitzen dort häufiger Leute, die man unschwer als Zugezogene erkennt, ältere Männer im Anzug, die einen Rundumsicherheitsblick haben. Jeder, der einsteigt, wird fast angstvoll gemustert, ob es nicht einer dieser Berliner Höhlenbewohner sein könnte, der einem eine Obdachlosenzeitung und kostenlos dazu noch seine traurige Geschichte anbietet oder ob es nicht doch der S-Bahn-Mörder ist, der zwar schon vor sechzig Jahren zum Tode verurteilt wurde, aber immer noch durch die Berliner Geschichte spukt. Man kann sich auch sicher sein, dass an den S-Bahn-Stationen der feineren Gegenden die Treppe durch ein paar Punks mit Hunden versperrt wird, die Wegezoll verlangen. Die Neuzugezogenen geben dann schnell ein paar kleinere Geldstücke, ehe sie sich in ein teures Restaurant oder die Wohnung retten.

»Bei Teilnahme an einer diplomatischen Veranstaltung sollte man die Einladungskarte bei sich haben, um sich eventuell damit als Eingeladener ausweisen zu können.« Mit der Einladung in der Hand wanderte ich suchend die Straße hinunter. Sie erinnerte im Licht der Laternen und der Strahler, die die eine oder andere Fassade von unten beleuchten, an eine Filmkulisse. In den feinen Etablissements war das Publikum zahlreich versammelt. Sie erinnerten an glückliche Menschen aus der Werbung und haben wahrscheinlich ähnliche Probleme wie die, die nicht werbespotkompatibel sind. Manche saßen auch allein und langweilten sich. Wahrscheinlich hatten sie sich den Abend aufregender vorgestellt.

Das Haus, in das ich eingeladen war, sah schon von außen recht hochherrschaftlich aus. Das Treppenhaus erinnerte mit seinem Stuck, den Spiegeln und dem

Kokosläufer über den Stufen an einen Jugendstilsalon. Wenn ich solche Häuser betrete, muss ich immer an einen Freund denken, der Gasableser ist. Gasablesern entgeht noch weniger als Taxifahrern, sie kommen in der ganzen Stadt herum und niemand an ihnen vorbei, denn fast jede Wohnung hat einen Gaszähler. Nicht nur, dass er bei so verblichenen Persönlichkeiten wie Lotte Ulbricht und Egon Krenz ablesen musste, einmal hatte er auch die Aufgabe, in Charlottenburg die Wohnung eines Ex-Regierungsmitgliedes aufzusuchen, der damals noch in Amt und Würden war. Er lief das Treppenhaus hinauf und klingelte. Der Hausherr höchstpersönlich öffnete und blaffte ihn an, Leute wie er hätten gefälligst den Dienstbotenaufgang zu benutzen, bevor er ihm die Tür vor der Nase zuschlug. Der Gasableser musste dann noch einmal treppab und das teppichlose Hinterhoftreppenhaus wieder hinauf, wo ihn schon das Dienstmädchen erwartete.

Solche Wohnungen, wenn sie nicht aufgrund der Wohnungsnot geteilt worden waren, gab es auch im Ostteil der Stadt. Aber meistens war der Dienstbotenaufgang mit Sperrmüll zugestellt oder diente dazu, die Geliebten der halbwüchsigen Töchter unbemerkt von den Eltern ein- oder auszuschleusen.

Aber nicht nur in Westberlin musste man die Etikette aufrechterhalten, wo man doch geografisch für einen kurzen Abschnitt der Weltgeschichte mitten in der Steppe residierte. Ich hatte eine entfernte Tante, die in einem Schweizer Mädchenpensionat aufgewachsen war. Irgendwie hatte die Familie es versäumt oder vielleicht auch nicht gewollt, vor 1961 in den Westen zu wechseln. Sie verharrten in der DDR und pflegten weiter ihr großbürgerliches Leben unter nun widrigen Umständen und eben deshalb besonders intensiv. Politisch blieben sie unbehelligt, weil der Mann Mitglied im örtlichen Vorstand der Liberaldemokratischen Partei Deutschlands war und 1972, als die halbstaatlichen Betriebe über Nacht enteignet wurden, mit dem Werkleiterposten vorliebnahm.

Als Kind war es eine Qual, zweimal im Jahr in diese Gesellschaft eingeladen zu werden. Es gab Tischkärtchen, die den Platz eines jeden an der Tafel bestimmten, die silbernen Kuchengabeln waren blankpoliert, von Meissner Porzellan wurde Eistorte gelöffelt, und wenn der offizielle Teil beendet war, zogen sich die Männer ins Herrenzimmer zurück, das aussah wie die Herrenzimmer in Willi Schwabes Rumpelkammer, einer äußerst beliebten DDR-Fernsehsendung, in der immer montags alte Filme aus den Dreißigerjahren gezeigt wurden.

Ich muss bei der Erinnerung an diese Veranstaltungen der guten Gesellschaft immer unwillkürlich den Rücken durchdrücken, weil meine subproletarische Mutter mich ständig mit ihrem »Sitz gerade« nervte, aus Angst, wir könnten auffallen. Mein Großvater war da lockerer. »Sie müssen spüren, dass du alle ihre Regeln beherrschst, dass du aber nicht gewillt bist, sie einzuhalten. Der wahre Gentleman ist so überlegen, dass er auf die Konventionen pfeifen kann.«

Er hat im Interhotel, wo die Etikette sehr ernst genommen wurde, manchmal die Teller abgeleckt. Meine Großmutter schmiss fast jedesmal ihr Rotweinglas um. Die Oberkellner waren trotzdem von einer Devotheit, die mich an der Vision des Sozialismus zweifeln ließen.

Trotz dieser frühkindlichen Erfahrungen fahre ich zu einem Empfang doch jedesmal wie zu einer Prüfung.

In meiner Pubertät ging ich im Nachthemd zum Abiturball. Diese Art von Provokation macht mir keinen Spaß mehr. Jedesmal stehe ich vor dem Kleiderschrank und kann mich nicht entscheiden.

»Aussagen zur Damenbekleidung sind schwierig, da

die Variationsmöglichkeiten hier viel größer sind als bei der Herrenbekleidung. Zweckmäßig ist ein zeitloser Kleiderbestand, der jeden Modewechsel überdauert. Dazu gehören Kostüme, dunkle, schlicht gearbeitete Kleider, die durch Beiwerk dem Anlass entsprechend abgewandelt werden können.« Bei einem Empfang steht man meistens, weil nicht genug Stühle da sind. Also lieber bequemere Schuhe. Mit der Zeit heizen sich erfahrungsgemäß die Räume durch die vielen Anwesenden auf. Also muss es eine Möglichkeit geben, noch etwas auszuziehen. Ich habe nur einen Anzug, der für meine Verhältnisse sündhaft teuer war und den ich mit schlechtem Gewissen von den Alimenten meines Sohnes bezahlte, weil er gerade nichts zum Anziehen brauchte. Der Anzug war hingegen für die Verhältnisse, in die ich eingeladen war, ausgesprochen billig und nicht knitterfrei. Er war aber die einzige Alternative zu dem, was das Diplomatenbuch für solche Anlässe vorschlägt: Das Cocktailkleid, das »seinen Namen von der gleichnamigen diplomatischen Veranstaltung« hat. »Es ist ein kleines Festkleid, das aus hochwertigem Material gearbeitet ist. Es wird am späten Nachmittag zu Veranstaltungen getragen, für die das Nachmittagskleid nicht mehr angebracht ist, kann aber die zweckentsprechende Kleidung auch zu Abendveranstaltungen sein.« Bei Cocktailkleid assoziiere ich immer gleich Bloody Mary auf gutem Stoff verschüttet. Außerdem habe ich keins, jedenfalls nicht aus hochwertigem Stoff.

Empfänge in großbürgerlichen Wohnungen Charlottenburgs sind auf ihre Art immer gleich. Am Eingang steht meistens das Kindermädchen und führt die Neuangekommenen zur improvisierten Garderobe, wo die Aufwartefrau steht und einem den Mantel abnimmt.

»Während der ganzen Dauer hält sich der Gastgeber am Empfang oder in dessen Nähe auf, um die Gäste zu begrüßen und zu verabschieden.« Der Gastgeber war eine Gastgeberin und das, was man unter uns weniger Gesellschaftsfähigen eine »Lustige Nudel« nennt, ganz im Gegensatz offensichtlich zu ihren Gästen, einschließlich meiner Person. Ich dachte sofort, sie fühlt sich hier bestimmt am unwohlsten, viel lieber wäre ihr wahrscheinlich, sie wäre Gastgeberin in einem illegalen Wohnzimmerclub, wo man auf dem Fußboden Platz nimmt, wenn man nicht gleich zu tanzen oder zu kiffen anfängt. Nun muss sie hier alle mit ihrem Titel anreden und zusehen, dass die Kommunikation in Gang kommt. Da ich allein kam, wurde ich gleich einem jüngeren Herrn vorgestellt, der wunderbare Rezensionen schriebe, wie die Gastgeberin betonte, aber wir konnten nicht viel miteinander anfangen, und so stand ich etwas deplatziert zwischen Büfett und Eingang herum, so dass die Aushilfskellnerinnen mich ständig zur Seite bitten mussten, wenn sie mit ihren Tabletts vorbeikamen, auf denen der Begrüßungstrunk stand. Bei ersten Empfängen, an denen ich teilnahm, Anfang der Neunziger, war es noch so, dass spätestens nach einer Stunde sich ein illustres Häufchen in der Küche versammelte, wo die Asche der zahlreichen Zigaretten in der Spüle entsorgt wurde und man irgendwann am Kühlschrank lehnte oder auf den Küchenschränken saß. Es war dann ziemlich schnell klar, wenn man sich nicht sowieso kannte, dass fast alle aus dem Osten kamen, wo jede Fete in der Küche ablief, so klein sie auch war, als gäbe es ein Bedürfnis, sich immer und überall, wo man hinkam, eine kleine verräucherte Höhle zu bauen. Manche saßen dann sogar in der Dusche, weil es damals üblich war, in Ermangelung von Bädern, Duschkabinen mitten in die Küche zu stellen.

Einmal geriet ich in einer Charlottenburger Wohnung auf einen Empfang, wo sich lauter Architekten tummelten, in jedem Salon eine andere Schule, die die noch unbebauten Berliner Grundstücke unter sich aufgeteilt hatten. Es wurde viel über Abriss, Überbauung, Baufluchtlinien und die Berliner Traufhöhe gesprochen. Als Außenstehende hatte ich das Gefühl, sie belauerten sich gegenseitig, schließlich war es eine Gesellschaft von Konkurrenten. Sie hatten einen gemeinsamen Feind, die Bauverwaltung, von der niemand eingeladen war, so dass sie genüsslich über die Bürokratie herziehen konnten, die ihrem Schaffen beständig ein Korsett aufzwang. Ihre Pläne hörten sich alle ganz wunderbar an. Das meiste wird inzwischen gebaut worden sein und ganz anders aussehen, als sie es sich damals in ihren Träumen vorstellten, denn es war noch die Zeit der Kühnheit und der architektonischen Goldgräberstimmung. Etwas abseits saßen ihre Frauen. Sie waren meistens um die Hälfte jünger und schienen irgendwelchen Modemagazinen entstiegen. Aus Boshaftigkeit nahm ich an, sie seien ausgesucht worden, um die Innenausstattung der Architektenwohnung mit etwas Lebendigem zu vervollständigen. Sie sahen sich aus Langeweile ihre Fingernägel an oder betranken sich heimlich.

Da die Küche etwas abseits lag und für den öffentlichen Verkehr nicht zugänglich war, hockten am Ende alle im Osten Sozialisierten auf dem engen Flur, wo sie es sich zwischen den teuren Mänteln gemütlich machten. Daran musste ich denken, als ich jetzt mutterseelenallein zwischen lauter wichtigen Leuten in der Küche stand. Sie war vierzig Quadratmeter groß und beherrscht von einem Büfett, um das Studentinnen standen, die Kellnerinnen spielten. Ich hätte gerne mit ihnen getauscht, um irgendetwas zu tun zu haben.

Ich musste an den buckligen alten Mann denken, den ich mir jetzt gerne herbeigewünscht hätte. Er ist bei jeder Ausstellungseröffnung, weswegen er nur der Vernissagennomade heißt, niemand kennt seinen wirklichen Namen, denn er redet selten. Aber er ist der Einzige, der sich immer alle Kunstwerke anguckt, nachdem er sich verstohlen ein Glas Wein und ein Brötchen genommen hat. Er muss bestens Bescheid wissen. In seinem Jutebeutel trägt er immer alle aktuellen Stadtzeitungen mit sich herum. Einmal saß er still in der Ecke und blätterte darin. Ich sah, dass er unter der Rubrik Vernissagen sehr viel angestrichen hatte. Nach zirka einer halben Stunde verschwindet er wieder, um den nächsten Termin nicht zu verpassen.

Ich drohte schon festzuwachsen auf dem einen Quadratmeter, den ich mir als Fluchtpunkt gesucht hatte. Um überhaupt etwas zu tun, fing ich an, durch die Räume zu wandern und mir wie bei einer Ausstellungseröffnung die Kunst anzuschauen, die zahlreich an den Wänden hing, den Stuck an der Decke zu betrachten und auch das Bücherregal nicht zu übersehen, auf dem alle Neuerscheinungen des Verlages der Gastgeberin wie in einem Schaufenster standen.

Ich stelle es mir unheimlich schwer vor, in so einem eleganten Ambiente Kinder großzuziehen. Wahrscheinlich braucht man dafür mehrere Kindermädchen, die den Kleinen ständig die Filzstifte aus den Händen reißen, damit sie nicht die weißen Wände bemalen.

Endlich fand ich einen Bekannten, der sich mit einem Mann unterhielt, der Berlin und seine Zeitung seit Monaten hauptstadtfähig zu schreiben versucht, was ich aber erst wusste, als ich ihm vorgestellt wurde. Die Artikel sind immer so weise und bedächtig, dass ich mit dem Namen einen mindestens Sechzigjährigen verband. Vor mir stand aber ein Mann, der offensichtlich jünger war als ich. Sie redeten über den Kollwitzplatz, und der Edeljournalist erklärte seinem Kollegen gerade, dass er ja auch beinahe eine Wohnung am Kollwitzplatz gekauft hätte, dann aber habe er gesehen, dass seine Biedermeiermöbel nicht in die hohen stuckbeladenen Räume passten. Ich war erstaunt, was es in diesen Kreisen für Gründe gab, nicht an den Kollwitzplatz zu ziehen, wo es doch alle Welt tat, während wir Vormieter inzwischen fast freiwillig an den äußersten Rand ziehen, wo der Stuck nach dem Krieg abgeklopft wurde, was aber für unsere Sperrholzmöbel ganz ohne Belang ist. Ich war erleichtert, mich nicht einmischen zu müssen, weil zum Toast gebeten wurde.

»Toaste sind kurze Reden, die auf diplomatischen Veranstaltungen gehalten werden und in einem Trinkspruch enden. Der Gastgeber bringt als Erstes seinen Toast aus, ihm folgt der Antworttoast eines der höchsten Gäste. Toaste werden im Stehen gehalten, das Glas bleibt dabei auf dem Tisch stehen. Erst nach dem Trinkspruch werden die Gläser erhoben. Es wird nur mit dem Tischnachbarn angestoßen.« Einen Tisch gab es nicht, also hielt ich mein Glas etwas verkrampft in der Hand, während die großen und wichtigen Sätze gesprochen wurden. Der Grund des Empfangs wurde vorgestellt und mit warmen Worten in der Hauptstadt begrüßt. Der Mann war nicht der Typ, dem Empfänge Spaß machten, das sah ich sofort. Er beließ es dann auch bei ein paar Worten, was ich schade fand, denn ich wusste nicht so recht, was ich jetzt tun sollte. Es gab aber auch andere, die krampfhaft in einem der zahlreichen Bücher, die zum Haushalt gehörten, blätterten, und man sah sofort, dass sie nicht darin lasen.

Es ist anstrengender, sich auf Stehempfängen zu bewegen, als auf Spielplätzen mit diversen Eltern herumzusitzen. Auch nach zehn Jahren komme ich mir vor wie eine Exotin und wenn ich dann als eine aus dem Osten geoutet bin und zu hören bekomme: »Ach, das hätte ich aber nicht gedacht«, komme ich jedesmal ins Grübeln, ob das nun daran liegt, dass ich auch im Osten keine richtige DDR-Bürgerin war, oder ob ich nicht doch eine dieser Anpasserinnen bin. Und irgendwie fehlt mir nach den vielen Jahren auch die Lust, immer wieder dieselben Geschichten zu erzählen. Sie sind schon wie Asche im Mund. Außerdem wissen meine Gesprächspartner immer viel besser über das Leben in der DDR Bescheid als ich.

Zum Glück gibt es immer noch ein Büfett. »Sowohl beim Empfang als auch beim Buffet-Dinner werden Büfetts hergerichtet. Beim Empfang werden hier die kalten Speisen, Teller und Bestecke sowie Getränke und Gläser bereitgestellt. Auch warme Speisen können eingesetzt werden. So kann sich jeder Gast nach eigener Wahl selbst bedienen.« Weil man mit vollem Mund nicht reden soll, hat man für ein paar Minuten nicht das Gefühl, etwas Wichtiges sagen zu müssen. Man kaut und schweigt. Und am Ende weiß man nicht, wohin mit den Happenspießen.

»Das gastronomische Angebot auf Cocktailpartys ist sehr variabel. Da niemand einen festen Platz hat und auch nur kleine Tische vorhanden sind, damit die Gäste leere Gläser abstellen können, werden sowohl Speisen als auch Getränke vom Tablett angeboten. Weiteres Geschirr wird nicht benötigt, da alle Speisen – sogenannte Cocktailhappen – mit Spießchen versehen sind. Auch die warmen Speisen werden in dieser mundgerechten Form angeboten. (Cocktailwürstchen, gebratene Fleischbällchen und Ähnliches mehr.)«

Ab und an kam eine der Studentinnen vorbei und bot diese mundgerechten Stücke an, die man in Soße dippen kann, wobei es mir fast immer wie meiner Großmutter geht – ich verkleckere irgendetwas und muss mir von einer meiner Stehnachbarinnen ein Tempotaschentuch reichen lassen, um den Fleck breitzuwischen.

In den frühen Nachwendezeiten, als es im Osten noch neu war, Gesellschaft zu spielen, musste auf jedem Büfett mindestens ein Hummer liegen. Der Hummer war die gesellschaftliche Grenze. Wer ihn unbeschadet knacken konnte, gehörte dazu. Meistens blieben die Hummer liegen, schon aus Angst, es könnte sich nur um ein Demonstrationsobjekt aus Kunststoff handeln. Am Ende wurden sie oft von Aushilfskellnern entwendet, die das Stück als Trophäe nach Hause trugen.

Als die Berliner Gesellschaftsszene Anfang der Neunzigerjahre noch von Provinzpolitikern aus Ost und West beherrscht wurde, habe ich mich mal spaßeshalber für den Empfang anlässlich der Eröffnung des Kaufhauses Lafayette akkreditieren lassen. Jörg Schönbohm war gerade Berliner Innensenator geworden und musste zeigen, was er als Armeegeneral so fertigbrachte. Unter dem Vorwand eines Flugblattes von Autonomen, die zum Steinewerfen vor dem Glashaus aufgerufen hatten, war die Friedrichstraße so weiträumig abgesperrt, dass man schon einen halben Kilometer vor dem Ort von Polizisten zur Seite gewunken wurde. In der Nebenstraße standen Polizeiwannen mit voller Besatzung. Die Friedrichstraße war so still, dass man meinte, man sei in einer Kulisse in Babelsberg. Selbst die U-Bahnstation hatten sie gesperrt. Und dieser ganze Aufwand bloß, weil ein Kaufhaus aufmachte. Zum Entree in der Accessoireabteilung wurde Champagner gereicht und zwar in Sektgläsern, die das Kürzel PdR trugen. Die meisten nahmen an, dass es sich dabei um eine PR-Abteilung des Lafayette handelte, in Wirklichkeit waren es aber nur die Konkursbestände des Palastes der Republik. Solche Misslichkeiten passieren heute wahrscheinlich nicht mehr. Nach den Eröffnungsreden geigten Minderjährige zwischen Uhren- und Parfümabteilung, wobei der Violinist links hinten Mühe hatte, nicht mit dem Bogen an die Uhrenvitrine zu kommen. In den oberen Etagen wandelten Models, die den Schaufensterpuppen sehr ähnlich sahen, wenn sie nur nicht dauernd so gekichert hätten. An ihren Kleidern trugen sie die Preisschilder spazieren.

Der Service war wie bei den 1.-Mai-Feiern. Auf den wenigen Stehtischen stapelten sich die dreckigen Teller, mit dem einzigen Unterschied, dass darauf keine Bockwurstschniepel mit angebissenen Toastbrotscheiben, vermanscht mit Senf lagen, sondern Hummerschwänze und Austernschalen. An den Stehtischen verfilzten sich Bauluden, Journalisten und Politiker aller Parteien, und nebenan wurden die Austern von nerzbemäntelten Damen, geruchlos eingewickelt in kleine Lafayette-Tüten, nach Hause getragen.

Auf dem Empfang am Savignyplatz wäre niemand auf den Gedanken gekommen, um eine Tüte zu bitten und die Reste des Büfetts einzupacken. Aber das Publikum bestand auch nicht aus Politikern und ihren Gattinnen. Zwar sprach man gern und viel über Berlinerrepublikangelegenheiten, aber man bemühte sich doch etwas mehr um die philosophische Überhöhung des Begriffs, bevor man auf Bücher und ihre Autoren zu sprechen kam oder sich über den neuesten Klatsch der Konkurrenzzeitung ausbreitete.

Nach zwei Stunden und ein paar Gläsern vorzüglichen Weins ging mir auf, dass es sich nebenbei noch um ein Arbeitsamt der gehobenen Art handelte. Es gab kleine Grüppchen, die sich um eine offensichtlich wichtige Persönlichkeit scharten und entweder aus Journalisten diverser Hauptstadtzeitungen oder aus Verlegern bestanden. War man also auf der Suche nach neuer Arbeit, bestand die Kunst darin, sich zu der bevorzugten Berufsgruppe zu stellen und sich ins Gespräch einzumischen, schließlich hatte in den Redaktionen gerade das große »Bäumchen-wechsle-dich«-Spiel angefangen und man munkelte über Ablösesummen für diverse Journalisten, die gegenüber Fußballspielern allerdings lächerlich wenig Nullen hatten.

Ob die Vermittlung erfolgreicher war als auf dem

Arbeitsamt, entzieht sich meiner Kenntnis. Auf alle Fälle war das Ambiente weit weniger trostlos, denn eine Gründerzeitwohnung mit Zimmerfluchten ist einem zugigen Wartesaal im Arbeitsamt, wo man noch nicht einmal rauchen darf, doch bei Weitem vorzuziehen.

»Der Empfang sollte erst verlassen werden, nachdem die ranghöchsten Gäste sich verabschiedet haben.«

Ich jedenfalls verpasste den Abgang, weil ich dann doch noch einen Fluchtpunkt gefunden hatte. Es waren weder Küche noch Flur, sondern der Balkon. Von dort oben ließ sich das Leben auf der Straße gut beobachten. Ich war nicht alleine. Mit der Zeit kam wieder eine illustre Runde zusammen. Da war der Architekt, der mit seiner Freundin gekommen war, die in einem großen Verlag arbeitete. Er interessierte sich nicht sonderlich für Literatur und rettete sich auf den Balkon, um die Fassaden zu betrachten. Später kam noch eine Balletttänzerin, die wegen eines Bandscheibenschadens ihren Beruf aufgeben musste und schließlich gesellte sich zu uns der Neuzugezogene, der über den ganzen Rummel um seine Person erst einmal Luft holen musste. Als ich nach einer Stunde, vor Kälte zitternd, wieder in den Salon zurückkehrte, hatte sich die Gesellschaft um die dezenten älteren Herren vermindert, ich vermutete irgendein Herrenzimmer in einem der hinteren, unzugänglichen Räume. Die Gastgeberin klatschte in die Hände und rief, jetzt tanzen wir endlich, und alle Randerscheinungen der Feier kamen aus ihren Ecken, als hätten sie nur auf dieses Stichwort gewartet.

»Der Eingeladene bedankt sich spätestens beim Verlassen der diplomatischen Veranstaltung beim Gastgeber für die erhaltene Einladung.«

In der Woche darauf konnte ich die Hauptperson bei seiner Ankunft in der neuen Hauptstadt beobachten. Er ließ sich mit dem Fahrrad den Prenzlauer Berg auf dem Fußweg herunterrollen. Zwar trug er einen Helm, aber wenn in diesem Moment einer der ehemaligen Volkspolizisten aus dem Revier gegenüber die Straße betreten hätte, hätte er unter Garantie seine erste Belehrung in der Hauptstadt bekommen: »Na, Bürger, was haben wir denn falsch gemacht?«

Die Zitate sind dem Buch *Das diplomatische Protokoll. Aufgaben, Mittel, Methoden und Arbeitsweise* von David Dreimann entnommen, das 1981 bei Koehler und Amelang in Leipzig erschien.

Innsbrucker Straße

Der steinerne Mann mit dem Unterleib eines Pferdes schaut stoisch auf den Fahrradweg. Sein Gesicht ist mit Taubendreck bekleckert. Eine aus dem gleichen Stein gehauene Frau reitet auf seinem Rücken. Zwei Tauben springen abwechselnd zwischen dem Kopf des Mannes und dem der Frau hin und her. Auf dem Geländer der Brücke sitzen vier Mädchen. Eine pult mit langen Fingernägeln zwischen den Zähnen, die zweite probiert die Klingeltöne auf dem Handy durch, die dritte trinkt aus einer Büchse, die vierte spuckt auf die Wiese fünf Meter unter ihr. Ihre Schulrucksäcke haben sie hinter der steinernen Frau auf dem Rücken des Pferdes abgestellt.

Eine alte Frau kommt laut ächzend die Treppe aus dem U-Bahnschacht herauf. Aus ihrer alten Kunstledertasche lugen die Hälse von Pfandflaschen, die bei jedem Schritt der Frau klappern. Von der anderen Seite nähert sich ein Junge der Brücke. Er schiebt mit einer Hand einen Kinderwagen vor sich her. »Ey, kiekt ma, David«, sagt das Mädchen mit der Colabüchse. Die drei anderen quietschen. Der Junge hält einen

Moment inne, als er die Mädchen erkennt, sieht sich um und sucht nach einem Fluchtweg, schiebt dann aber doch den Kinderwagen in Richtung U-Bahneingang. »Der Ärmste«, sagt die mit den langen Fingernägeln, »Dumm gelaufen«, die mit dem Handy und die, die eben noch gespuckt hat, meint: »Ist schon Scheiße, wenn die Alte in dem Alter noch Kinder kriegt und sie dann dem Sohn aufhalst.« Die vierte wirft die Colabüchse über die Brüstung, springt vom Geländer und läuft David entgegen. Sie überholt die alte Frau, die Schritt vor Schritt setzend auf dem roten Band des Fahrradweges entlangläuft, peinlich darauf achtend, nicht danebenzutreten. »Du, David, ich habe heute gehört, dass ich mit Christoph zusammensein soll. Weißt du was davon?« – »Nee.« David lässt den Kinderwagen auf der Mitte der Brücke stehen und tritt mit dem Mädchen beiseite, das ihm etwas ins Ohr flüstert. »Woll'n wir wetten, dass die bald zu zweit den Kinderwagen schieben?«, fragt die mit dem Handy in die Runde. »Keine Lust«, sagt die mit den langen Fingernägeln und nimmt ihre Tasche vom Pferderücken.

Ein Fahrradbote kommt mit hoher Geschwindigkeit auf die Brücke zugefahren und schreit schon von Weitem: »Nu Oma, aus 'm Weg.« Die alte Frau hört ihn nicht. Die Bremsen quietschen laut. Der Fahrradbote muss abspringen und streift dabei den Kinderwagen. Der Säugling fängt an zu schreien. Die Freiheitsglocke läutet drei Mal.

Bye, bye, Danziger

Eine Homestory

Der Auktionator hob sein Hämmerchen: »Zum Ersten. Will denn niemand mitbieten? Wenn ich nicht der Auktionator wäre, ich hätte das Haus sofort ersteigert. Beste Lage, guter Zustand. Zehn Minuten Fußweg bis zum Kollwitzplatz. Wirklich niemand? Die Herren da am Stehtisch?« Die Angesprochenen hatten sich ein Haus vorher noch eine Steigerungsschlacht mit einem Mann aus der dritten Reihe geliefert. Es ging um ein Haus in Angermünde und ich sah sofort, dass der Mann in der dritten Reihe das Haus wirklich haben wollte, die Herren am Stehtisch aber den Preis nur hochtrieben. Sie standen lässig da in ihren Anzügen, einen Ellenbogen locker abgestellt. Sie hatten ihre jüngeren Freundinnen mitgebracht, denen sie offensichtlich imponieren wollten. Die Frauen langweilten sich. »Zum Zweiten. Das glaube ich nicht. Lassen Sie das Objekt nicht so preiswert weggehen. Ich sage es noch einmal. 1.906 Quadratmeter Wohnfläche. 31 Wohnungen. Und entgegen unserer Katalogangaben sind von den 31 Wohnungen nur noch zehn vermietet. Schlagen Sie zu.« Aber es hob sich keine Hand. Das Hämmerchen klopfte. »Zum Dritten«, rief der Auktionator. Stille. Mit dem dritten Hammerschlag war alles vorbei. Das Haus ging für das Mindestgebot von 1,78 Millionen an einen unbekannten Interessenten.

*

Was hier an einem kühlen Julimorgen im Keller des Maritim-Hotels an der Friedrichstraße versteigert wurde, war einmal mein Haus. Aus der Sicht der Eigentümer ist es natürlich nicht mein Haus. Ich hatte hundert Quadratmeter davon gemietet. Seit der Wende gibt es einen erheblichen Unterschied zwischen Besitz, Eigentum und Nutzung. Trotzdem war es mein Haus, denn ich habe die altmodische Vorstellung, dass ein Raum, der mein Lebensmittelpunkt ist, mir auch gehört.

Auf dem Foto, das über Videobeamer an die Wand geworfen wurde, konnte ich meine Gardinen sehen und die Schreibtischlampe. Hinter den Mauern stand bis vor Kurzem mein Schreibtisch. An ihm hatte ich fünf Bücher geschrieben. Ich wusste, zu welcher Tageszeit welches Licht durch die Fenster kam, und ich konnte, wenn mir ein Wort nicht einfiel, in meinem Zimmer auf und ab gehen, denn es hatte komfortable 43 Quadratmeter.

Es hat immer noch 43 Quadratmeter. Aber es ist nicht mehr mein Zimmer.

Die anderen Fenster auf dem Foto waren dunkel, keine Gardinen, keine Blumen.

*

Vor ein paar Jahren bekam ich die Wohnung in der Danziger Straße. Mich störte der Verkehr vor dem Haus nicht. Ich fand, dass es zur Stadt dazugehöre, dass alle zwei Minuten eine Straßenbahn vorbeifährt. Der einzige Nachteil: Tagsüber konnte ich wegen der Lautstärke die Fenster nicht öffnen. Der Balkon war traumhaft groß, aber zum Verweilen nicht geeignet. Auch gefiel mir der Name der Straße nicht. Der Senat hatte ihn in einer Nacht- und Nebelaktion geändert. Angeblich aus historischen Gründen, eine Rückbenennung. Der Abschnitt der drei Kilometer langen Straße, auf dem ich nun wohnte, hatte niemals Danziger geheißen. Ich schrieb noch eine Weile Dimitroffstraße als Absender, aber dann wurde ein Brief aus Moskau an den Absender zurückgeschickt mit der Angabe »Straße unbekannt«.

Zwischen Greifswalder und Bötzowstraße ist die Danziger das Gegenstück zum Kollwitzplatz, in dessen Umgebung es mittlerweile »très chic« ist und dessen Bilder spätestens mit dem Besuch des amerikanischen Präsidenten Clinton um die Welt gingen. In der Danziger Straße dagegen schlossen in den letzten drei Jahren fast sämtliche Geschäfte. Sogar die Berliner Bank machte ihre Filiale dicht. Eine Zeit lang versuchten noch ein paar Billigläden ihr Glück, aber die meisten hielten es nicht lange aus. Was übrig blieb, waren ein Puff, ein Autohaus für gebrauchte Großlimousinen und zwei Dönerbuden. Alle sind irgendwie über einen Paten miteinander verbandelt. Er schreitet jeden Morgen die Straße ab, und sein Habitus sagt: Leg dich ja nicht mit mir an. Etwas abseits seines Reiches kämpft noch ein vietnamesischer Lebensmittelhändler ums Überleben, und ein Zeitungsladen, der dem Mann gehört, der als Offizier der Grenztruppen am 9. November an der Bornholmer Straße die Grenze öffnete, hält die Stellung. Die Danziger Straße erfuhr das, was Stadtplaner das »Umkippen« von Gegenden nennen. Um die Ecke, in der Hufelandstraße, hat die Anzahl der Delikatessengeschäfte dagegen erheblich zugenommen. Trotzdem habe ich hier gerne gewohnt.

Die Wohnung war als eine der wenigen im Haus saniert und trotzdem preiswert. Endlich würde ich Ruhe haben vor Vermietern mit ihren utopischen Umbauwünschen.

Leider hatte ich mich geirrt. Die Bank, der mein Haus gehörte, schrammte nur kurz an einem Krach vorbei und fing an, ihre Immobilien abzustoßen. Mein Haus übernahm die Odysseus GmbH. Der Name gefiel mir überhaupt nicht. Zehn Jahre musste der antike Held unbehaust herumziehen. Die neue Eigentümerin wollte Eigentumswohnungen aus den Mietwohnungen machen und sie einzeln verkaufen. Wir bekamen unsere Wohnungen für damals noch 3000 Mark den Quadratmeter angeboten. Die Firma, die für die Verwertung zuständig war, machte uns freundlicherweise darauf aufmerksam, dass wir noch mindestens 1500 Mark zum Leben bräuchten, außer den 2000 Mark monatlicher Kreditbelastung. Wir lehnten dankend ab. Die neuen Eigentümer schickten Architekten durch das Haus, die von ebenjenen utopischen Umbauten sprachen. Wände sollten versetzt und französische Fenster bis zum Boden eingebaut werden. Dazu sollte das ganze Haus entkernt werden. Die Ersten zogen aus. Aber da das Haus im Sanierungsgebiet liegt, dachten wir verbliebenen Mieter, es würde schon nicht so schlimm kommen. Der Bezirk lehnte die utopischen Umbauten ab und die Mieterberatung wurde zur Vermittlung zwischen Mieter und Eigentümer eingesetzt. Es gab zähe Verhandlungen um jeden Quadratmeter Umbau. Am Ende hatte ich erreicht, dass in meiner Wohnung nur das Nötigste verändert werden würde. Ich sollte meine Bücher in der Wohnung lassen können und wegen des Baulärms für fünf Monate in eine kleine Umsetzwohnung ausweichen. Inzwischen hieß die Odysseus GmbH Pluton GmbH. Pluton, aus dem Reich der Toten. Der Unterwelt. Manchmal auch als Gott des Reichtums bezeichnet.

*

Mein Sohn und ich waren die Letzten im Vorderhaus. Ich konnte abends nicht mehr weggehen, weil er sich fürchtete, alleine zu bleiben. Jeder nächtliche Schritt im Treppenhaus hieß – hier kommt jemand, der im Haus nichts zu suchen hat.

Ein paar Wochen vorher hatte sich die letzte Nachbarin bei uns verabschiedet. Frau A. ist von der schlichteren Sorte. Als uns angekündigt wurde, wir müssten während der Sanierung ausziehen, hatte sie nur gesagt: »Wir ziehn jetzt alle mal für ’n halbes Jahr in eenen

Container. Is' doch ooch mal schön, wa, mal wat andret.« Sie bekam dann eine Umsetzwohnung. Als sie sich von mir verabschiedete, sagte sie: »Ick hab det im Urin, dass det länger dauern wird wie fünf Monate.« Ich hatte sie reden lassen. Frau A. redete immer sehr viel. Ich sagte, wir hätten alle Modernisierungsvereinbarungen, in denen der Zeitraum der Umsetzung klar geregelt sei. »Die könn doch ville erzählen. Die Frau, die vorher in meiner Umsetzwohnung jewohnt hat, musste zwei Jahre dort bleiben.«

Ich zog ein paar Straßen weiter. Wir würden es schon aushalten in der kleinen Umsetzwohnung ohne Arbeitszimmer. Meine Bücher und die Sachen, die ich für fünf Monate glaubte entbehren zu können, blieben in der Danziger Straße zurück.

*

Drei Tage später, als ich meine Post holen wollte, traf ich eine Mieterin im Hausflur der Danziger Straße. Sie war den Tränen nahe. Sie hatte ihre Modernisierungsvereinbarung nicht mehr unterschreiben können, weil die Firma die Eigentumswohnungen nicht hatte verkaufen können und nun das Haus komplett an einen neuen Eigentümer veräußern wollte. Seit genau fünfzig Jahren wohnte Frau K. in einer kleinen Wohnung im Quergebäude. Sie war damals sehr stolz darauf. Es war die Zeit, als es im zerstörten Berlin für junge Eheleute nur Zimmer zur Untermiete gab. Sie war die letzte, die noch übrig geblieben war von den vielen Mietern, die im letzten halben Jahrhundert ein- und ausgezogen waren. Man hatte ihr einen Balkon, ein Bad und eine Gasheizung versprochen. Für die Zeit des Umbaus sollte sie ausziehen, um danach wieder zurückzukommen. Jetzt aber war abzusehen, dass der neue Eigentümer nicht sofort sanieren würde und dass das ganze Theater mit Umsetzwohnung, Sanierung und Wiedereinzug sich um Monate, wenn nicht Jahre verzögerte. In der Zwischenzeit würden die anderen Wohnungen leer stehen. Sie unterschrieb schließlich den Mietvertrag für eine andere Wohnung. Fünfzig Jahre nach dem Tag, an dem sie in die Danziger Straße eingezogen war. Und auch ich wusste bald, dass ich nicht mehr in die Danziger Straße zurückkehren würde. Man bot mir eine andere Wohnung an, die ich schließlich nahm. Ich hatte nicht die Kraft, alleine im Vorderhaus für meine Rechte zu kämpfen.

*

Mit Hilfe der Mieterberatung war geschafft worden, was jeder Eigentümer, der sanieren will, mag: Das Haus war so gut wie leer, nur im Hinterhaus verblieben fünf Mietparteien und warteten ab.

Der neue Eigentümer stellte sich als Strohmann heraus. Einem der noch im Hinterhaus verbliebenen Mieter wurde der Katalog eines Auktionshauses zugespielt. Objekt 43: Unser Haus. In dem Gutachten über den Verkehrswert des Hauses heißt es auf Seite 17: »... bei dem zu bewertenden Objekt wird sich jedoch mehr als der ermittelte Ertragswert als Verkaufserlös realisieren lassen. Insbesondere die Vorlage von sanierungsrechtlicher Genehmigung und Baugenehmigung für Modernisierung und Dachgeschossausbau sowie das Vorhandensein leer stehender, bereits sanierter Wohnungen bietet eine optimale Voraussetzung für eine zügige Modernisierung, in deren Folge eine deutliche Steigerung der Erträge möglich ist.«

*

Derjenige, der das Haus schließlich erwarb, wollte nur ein bisschen spekulieren. Zum Mindestgebot ersteigern und dann teuer weiterverkaufen. Er fand aber niemanden, der bereit war, mehr zu zahlen. Der Ausgang ist offen. Der Hausmeister hat seine Tätigkeit eingestellt.

Manchmal fahre ich nachts an meinem alten Haus vorbei. Es gibt keine Gardinen mehr an meinen Fenstern. Das Haus liegt dunkel und still zwischen den erleuchteten Nachbarhäusern. Eine Immobilie, ihrer Bewohner beraubt, die nun wie Odysseus weitergesegelt sind.

Jochens Geburtstag

Anfang November bekam ich eine E-Mail von Jochen Schmidt. Er wollte mich zu seinem Geburtstag einladen. Jochen pflegt das Ich in seinen Texten gern als grundsympathischen, aber schwer kranken Neurotiker darzustellen, und weil ich diese Erlebnisberichte eines tragisch-komischen Lebens gern lese, brachte mich die Einladung in leichte Konflikte. Es ging nämlich nicht ganz klar daraus hervor, ob es Jochen Schmidt überhaupt recht war, dass irgendeiner seiner Einladung folgte, denn er hatte in der Mail in schwärzesten Farben ausgemalt, was ihn erwarten würde, käme jemand zur Party. Die Gäste würden die Hackfleischfüllung aus den Tomaten und das Salz von den Salzstangen pulen und bald nach Beginn der Feier hinge er außen am Balkon, während die Gäste ungeniert auf den Fußboden spuckten.

Die Frage war, sollte ich den Menschen Jochen Schmidt schützen, indem ich zu Hause blieb, oder war ich daran interessiert, weiter gute Texte von ihm zu lesen, indem ich der Einladung folgte und den Menschen Schmidt dabei aufs Schwerste quälte, worauf der Autor Schmidt dann wieder gezwungen sein würde, um nicht aus dem Fenster zu springen, einen Text über sein grausames Leben zu schreiben, über den alle lachen würden. Ich entschied mich für den Autor und fuhr hin.

Es war Sonntagabend, der »Tatort« gerade vorbei, als ich mit dem Fahrrad den Helmholtzplatz passierte. Die

Straßen waren leer. Nicht mal der Geist von Lothar Feix war unterwegs, der ja zum Glück das wohlgeordnete, in jeder Hinsicht biologisch korrekte Kleinstadtleben des einstigen Großstadtviertels ab und an durcheinanderbringt. Einzig auf der Schönhauser Allee scheint die Vorstellung von Urbanität noch nicht einem verquasten Dorf-in-der-Stadt-Traum gewichen zu sein.

Jochen Schmidt wohnt auf der anderen Seite der Schönhauser, in einem Viertel, das in den Siebzigerjahren für ein Mustersanierungsprojekt ausgewählt wurde, weswegen es nach der Wende nicht so viel Renovierungsbedarf gab und sich die Luxusrenovierungen und damit auch der Austausch der Bevölkerung in Grenzen hielten. Dort hat Bionade noch nicht das Bier als Nationalgetränk abgelöst.

Ich war erstaunt, den Namen Schmidt an der Klingel des angegebenen Hauses zu finden. Meine These ist ja, dass Jochen Schmidt eigentlich ganz anders heißt, ähnlich wie die Neuköllner Knallcharge Kurt Krömer, der in Wirklichkeit einen Namen hat, den man im hiesigen Fernsehen nur schlecht aussprechen kann. Ich nahm an, Jochen Schmidt heißt eigentlich Danilo Pipiloczowski und wir haben ganz umsonst Mitleid mit ihm, dessen Name 440 Mal bei www.telefonbuch.de auftaucht.

»Wenn ich mir dieses vornehme Haus so ansehe, würde ich vorschlagen, wir sollten es zuerst im Hinterhaus versuchen«, sagten zwei, die zur selben Zeit Einlass wie ich begehrten. Es gab aber kein Hinterhaus. In solchen Fällen kann man sich sicher sein, bis in die vierte Etage laufen zu müssen, um dann vor der offenen Tür einer Zwei-Raum-Mittelwohnung zu stehen. Und so war es dann auch.

Unter den Gästen war eine winzige Prinzessin, die angab, die Tochter von Jochen zu sein, jede Menge Leute, die auf die Frage, was sie denn beruflich täten, »ich schreibe« antworteten, einer, von dem Jochen behauptete, er sei der Sohn von Heiner Müller und ein paar Geschwister von Jochen, die sich zwar untereinander glichen wie ein M- und XL-Ei, aber ihm überhaupt nicht ähnlich sahen.

Während sich die meisten eng aneinandergedrängt in der Küche amüsierten, gesittet im Wohnzimmer den Nudelsalat verspeisten, statt ihn an die Zimmerdecke zu expedieren, oder auf dem Balkon vor Kälte zitternd rauchten, saß Jochen still in der Ecke seines Wohnzimmers und wartete auf die große unbekannte Frau, die er eingeladen hatte und die nicht kam. Ich glaube, er hatte sich mit Absicht bei der Mailadresse vertippt, um nach der Feier darüber schreiben zu können, warum das Leben so furchtbar ungerecht ist und immer die falschen Leute ihn anhimmeln.

Kneipen gehen verloren wie Handschuhe

Immer wieder gehen Kneipen verloren. Sie sind ein bisschen wie Schals oder Handschuhe, deren Verlust einem nicht auffällt, weil man betrunken ist oder der Frühling längst da. Zuletzt ist mir die *Restauration Walden* abhandengekommen. Um von diesem jüngsten Verlust zu erzählen, muss ich etwas weiter ausholen.

Ich kam Anfang der Achtzigerjahre aus einer Arbeiterstadt in ein Arbeiterviertel. Die Arbeiterstadt hatte mehr Eckkneipen als Ecken, vor denen immer Kinder herumlungerten, um die beste Gelegenheit abzupassen, die Väter vom Stammtisch zu stibitzen. Dann kam die Zeit, wo die Mütter sagten, soll er doch dableiben, wir brauchen ihn nicht mehr, und die Schlösser an der Wohnungstür austauschten.

Man fing früh an zu trinken. Frauenemanzipation hieß, die Männer unter den Tisch zu saufen. Einige sind unter dem Tisch auf der Strecke geblieben. Heute bin ich, was das Trinken angeht, bis auf gelegentliche Ausrutscher, weise. Aber heutzutage gibt es ja auch viel mehr Ecken als Eckkneipen.

Die Kneipen in der Arbeiterstadt hatten schöne Namen wie *Schluckspecht* oder *Ankerklause, Feuchte Ecke* oder *Pilsner Quelle*. Mein Favorit war *Zum elektrischen Funken*. Ich entzifferte das in Fraktur geschriebene Schild immer und immer wieder, wenn ich mit meinen Eltern sonntags nach dem Kaffeetrinken bei Oma darauf wartete, dass die 4 aus dem Depot kam und beim Um-die-Ecke-Kreischen Funken schlug. Irgendwann war der Funke aus, kein betrunkener Schaffner torkelte mehr über die Gleise, mit der Kneipe waren auch die Schaffner ausgestorben. Eine Zeit lang hingen noch die gelbgerauchten Gardinen aus den zerbrochenen Fenstern und ein Geruch aus kaltem Rauch, Schnaps und Schweiß miefte auf die Straße.

In der Arbeiterstadt war es wichtig, gerade sitzend sein Bier zu trinken. Dann wurde auch nicht nach dem Ausweis gefragt. Aber als junger Mensch war man sowieso nur ungebetener Gast, denn das Kneipenpublikum war in den übelsten Proletarierecken der Stadt jenseits der vierzig und bis auf die trinkfeste Wirtin männlich. Es gab Kneipen, die hatten noch nicht einmal eine Damentoilette. Es waren meine ersten Milieustudien, über denen ein Rauchschleier hing. Denn gelüftet wurde in Kneipen nie, wenn Gäste da waren. Sie hätten sich ja erkälten und mit einer Krankschreibung dem Staat hohen volkswirtschaftlichen Schaden zufügen können.

Ich wechselte die Stadt und auch das Milieu, das Getränk blieb Bier, weil der Wein in einer Kneipe grundsätzlich immer ungenießbar war.

In Prenzlauer Berg hingen Riesenlegenden über jeder Kneipentür. *Schusterjunge, Hackepeter, Sieke,* jeder der Orte war anders politisch konnotiert. *Schusterjunge* war sozialdemokratisch, weswegen da die heimlichen

Sozis hingingen, *Sieke* kommunistisch, zu meiner Zeit aber schon extrem asozial. *Hackepeter* hatte den Ruf einer Nazikneipe, auch noch in den Achtzigern, nur hatte das Etablissement noch eine Stunde länger auf als die anderen. Ab und an spielte dort ein Trio aus uralten Musikern, von denen manchmal einfach einer einschlief und dabei das Bierglas in sein Instrument stieß. Nach eins trank man sein Bier aus der Flasche im Park oder auf dem Helmholtzplatz.

Inzwischen haben fast alle diese Kneipen dicht gemacht. Der Mittelständler säuft gepflegt im Restaurant oder Café, und das arbeiterliche Milieu kann sich die Wohnungsmieten nicht mehr leisten und trinkt sein Bier im neuen Zuhause jenseits der Ringbahn. Zuletzt starb das *Esmarch-Eck*, um im Film *Sommer in Berlin* Auferstehung zu feiern. Nur *Breesch* an der Ecke Danziger/Greifswalder hält sich tapfer nebst Interieur und Insassen. Solche Kneipen findet man sonst nur noch in Reinickendorf oder Neukölln. In Wilmersdorf wurde vor ein paar Jahren eine Kneipe überfallen, aber die Gäste waren so betrunken, dass sie den Überfall einfach ignorierten und die Räuber ohne Beute wieder abziehen mussten. Mir fällt keine Kneipe im Prenzlauer Berg ein, in der Ähnliches passieren könnte. Naja, vielleicht bei *Latschenpaule* in der Danziger. Aber da käme wahrscheinlich kein Räuber rein, weil zu wenige Leute drin herumstehen.

Aber nun zum *Walden*. Aus irgendeinem, mir nicht mehr nachvollziehbarem Grund hörte ich 1998 auf, in den *Torpedokäfer* zu gehen, der bis dahin meine Stammkneipe gewesen war. Die *Restauration Walden* war gerade gegründet worden, weil drei junge Berliner die Schicki-Micki-Cafés in der Gegend satt hatten und die Ausbildung als Regisseurin, Hornist und Theaterwissenschaftler nicht genügend Geld zum Leben abwarf. Am Eröffnungstag war der Prenzlauer Berg Kampfzone, denn es war 1. Mai und die Tränengasschwaden zogen von der Schönhauser bis in die Choriner. Das passte gut zum Namen, der sich einer Vorliebe der Betreiber für Henry David Thoreau und sein Buch *Walden oder das Leben in den Wäldern* verdankt. Eigentlich mögen sie *Über die Pflicht zum Ungehorsam gegenüber dem Staat* noch lieber, aber der Name war für eine Kneipe zu lang.

Das *Walden* liegt an der wohl hässlichsten Straße des Prenzlauer Bergs, der Choriner. Sie ist Schleichweg, wenn die Magistralen verstopft sind, und hat keine Bäume, weswegen die Hunde auch gegen die Tische pinkeln im Sommer. Als Gartenkneipe ist das Etablissement also ungeeignet, auch wenn das Dach aus Knöterich es einem manchmal weismachen will. Dafür ist das Publikum angenehmer als im *Prater* und das Bier nicht so teuer. Am wunderbarsten sind aber die Kartoffelpuffer mit Avocadocreme.

Das Außergewöhnlichste am *Walden* ist, dass die Kneipe durch zwei Häuser geht. Das ist eigentlich unmöglich im Zeitalter des Kapitalismus, wo jedes Haus einem anderen Besitzer gehört und Mieter zweier Herren zu sein mehr Stress als Vergnügen bringt. Der Durchbruch durch die Wand geht auf die Jahre der Anarchie zurück, als man sich die Räume, die man brauchte, einfach nahm und Barrieren mit Hammer und Spitzhacke weggepickt wurden. In der Zeit hat ein Enthusiast die meterdicke Mauer eingerissen, hinter der sich heute die Salons und die Damentoilette befinden. Hier tagte einst der legendäre *Sklavenmarkt*, bis er sich quasidialektisch in Einzelpersonen auflöste, die von Verlagen oder dem Arbeitsamt erworben wurden. Andere Veranstaltungsreihen folgten.

Meine Trinkerkarriere im *Walden* ist wechselhaft verlaufen. In den ersten Jahren trank ich jeden Dienstag von zehn Uhr abends bis spät nachts Chardonnay. Dann gewöhnte ich mir das Rauchen ab und konnte keinen Weißwein mehr trinken, ohne an Zigaretten zu denken. Es wurde dann einige Zeit schwierig im *Walden,* denn es ist eine Kneipe, die jede Art von Ventilation nicht zur Kenntnis nimmt. Ich stieg auf Cabernet um und machte den Fehler, genauso viel Cabernet wie Chardonnay an einem Abend zu trinken. Es ist deshalb die einzige Kneipe, in der ich betrunken vom Stuhl gefallen bin. Zu meiner Entlastung kann ich sagen, der Stuhl war ein kippliger Barhocker, dessen Sitzfläche ich verfehlt habe. Ich wurde dann in ein Taxi gesetzt.

Danach habe ich ein halbes Jahr keinen Alkohol getrunken, bin aber trotzdem jeden Dienstag dort gewesen. Ohne Alkohol wird ein Kneipenbesuch sinnfrei. Denn die Fantasie ist, was nichtalkoholische Getränke angeht, begrenzt. Zehn Bier zu trinken, ist abwechslungsreiche Tätigkeit, zehn Wasser sind eine Zumutung. Außerdem nerven nach drei Stunden die Alkoholisierten. Irgendwann gab es allerdings keinen Grund mehr, keinen Alkohol zu trinken, und ich fing wieder an.

Dass ich das *Walden* schließlich verloren habe, liegt ganz und gar nicht am Personal. Manchmal träume ich sogar von den Kartoffelpuffern. Der Grund ist ganz einfach: Meine Liebe ist dort sitzen geblieben und ich bin gegangen.

Rauchverbot

Vor fünf Jahren habe ich aus einer Laune heraus mit dem Rauchen aufgehört. Sicher ist das löblich und für Gesundheit und Geldbeutel auch zuträglich, aber ich bin nicht besonders stolz darauf. Manchmal, wenn ich am Computer sitze und nach einem treffenden Synonym suche, fehlt die Zigarette mir sehr. Ich mag den Geruch des Tabaks, vor allem des orientalischen. Ich habe weiterhin Aschenbecher im Haus, und immer noch muss ich lachen, wenn sich wieder einer im Bioladen darüber beschwert, dass man dort Zigaretten kaufen kann, und der Verkäufer geduldig das Missverständnis aufklärt: »Wir sind ein Bioladen und keine Apotheke, und das sind Biozigaretten, meine Dame.« Ich verfalle auch nicht in künstliches Hüsteln, wenn jemand sich neben mir in der Kneipe eine Zigarette anzündet. Im Gegenteil, Kneipen und Bars sind ja unter anderem zum Zwecke des Rauchens und Trinkens erfunden worden. Wer keinen Spaß daran hat, kann ja in die Sauna gehen oder ins Kindercafé.

Vorboten und Wirkungen des Rauchverbotes hatte man ja schon im letzten Jahr ausmachen können. Erst hatten sie auf den Toiletten der ICEs diese lächerlichen Explosionssymbole angebracht und gelb umrandete Raucherghettos auf den Bahnsteigen eingerichtet. Noch besser aber waren die vorauseilenden Denunzianten, die gar nicht abwarten konnten zuzuschlagen. Als sich eine Freundin im Dezember in einem Café in der Kollwitzstraße eine Zigarette anzündete, schrie eine Mutter am Nebentisch sie an: »Mach die Zigarette aus, du Fotze.« So viel zur neuen Bürgerlichkeit.

Kaum war Silvester vorbei, sind Journalisten diverser Blättchen durch Mitte und Prenzlauer Berg gelaufen, um die Einhaltung der Raucherverordnung schreibend zu begleiten. Und natürlich fanden sie hellauf begeisterte Elternpaare, die ihre Säuglinge am rauchfreien Tresen fütterten. Heißt das jetzt im Umkehrschluss, dass Trinker im Kindergarten Mittagessen gehen können?

Sicher ist Rauchen gesundheitsschädlich, genauso wie Kuchen oder Currywurst. Wenn die Leute nicht am Nikotin sterben, dann eben an Diabetes. Und wahrscheinlich ärgert mich vor allem, dass die Erziehungsdiktatur fröhliche Urständ feiert.

Der Staat kriecht in jede Ritze, in unsere Telefone und Computer, in Taxis und Züge, und jetzt schnüffelt er auch in den Kneipen herum. Mein Reflex auf Diktatur ist seit jeher, genau das Gegenteil zu machen. Aber soll ich deshalb wieder anfangen zu rauchen? Ich denke nicht daran. Trotzdem stehe ich aus Solidarität wieder in Raucherecken herum, boykottiere Kneipen, die in vorauseilendem Gehorsam jegliches Rauchen auch in abgeschlossenen Nebenräumen verbieten und verziehe mich nachts in Etablissements, wo die Aschenbecher nach wie vor auf den Tischen stehen. Aber schon ertappe ich mich dabei, den Mann, der draußen steht und verstohlen durch die Scheibe lugt, für einen Denunzianten zu halten, der nachts um drei das Petzformular einer Nichtraucherschutzorganisation mit Tatort, Tatzeit und Vergehen ausfüllt. Auf deren Website befindet sich der schöne Satz: »Die Gesetzesbrecher fügen dem Gedanken des Gesundheitsschutzes und ihrer anständigen Konkurrenz aus egoistischen Motiven heraus Schaden zu.« Ob Jugendkriminalität oder Jugendschutz: Anstand und gesundes Volksempfinden haben wieder Konjunktur.

Aus Solidarität mit den Rauchern hat am Sonntag der Gullydeckel in der Esmarchstraße zu qualmen angefangen. Leider nur einen Tag. Am Montag kam der Notdienst der Wasserwerke und hat dem Treiben ein Ende gemacht. Wie schade. Berlin sah für einen kurzen Moment aus wie eine Weltstadt.

Ich sehe was, was du nicht siehst

Wenn die Häuser im Prenzlauer Berg sprechen könnten, hätte das Haus Kastanienallee 84 1990 angesichts der Fahnen mit dem herausgetrennten Symbol sicherlich das Nachbarhaus gefragt: »Das hatten wir doch schon einmal, kannst du dich noch erinnern, wann das war?« »Natürlich«, hätte das Nebenhaus geantwortet, »es war vor genau 45 Jahren, als die Russen kamen und die Leute das Hakenkreuzemblem von ihren roten Fahnen trennten und aus den Fenstern hängten.« – »Bei mir hingen nur weiße Bettlaken.« – »Diesmal scheinen sie nicht zu kapitulieren.«

Um die Jahrtausendwende betrat ich durch Zufall ein Haus in der Christinenstraße. Von außen war unschwer zu erkennen, dass es eines der wenigen noch unrenovierten in Prenzlauer Berg war. Als ich in den Hausflur kam, überfielen mich augenblicklich alle Gerüche, die ich in diesem inzwischen gänzlich entproletarisierten Bezirk schon ausgestorben glaubte: Bohnerwachs, Kohlen, Schweiß und Urin. Viel stärker als der Anblick der renovierten Häuser hielt mir dieses Geruchsgemisch vor, wie viel und wie schnell sich die Gegend in den letzten zehn Jahren verändert hat.

Mit der Besetzung des Bezirkes durch die Rote Armee Ende April 1945 hatte, bedingt durch die Verlangsamung des gesellschaftlichen Lebens, jene Konservierung eines Nachkriegszustandes begonnen, die durch die Mauer als Zeitgrenze bis 1989 erhalten blieb. Die Häuser waren verfallen, von den Fassaden platzte der Stuck, Balkone stürzten ab. Die Mauern wurden nur noch durch das Leben, das in ihnen stattfand, zusammengehalten. Wenn der letzte Bewohner auszog, fielen sie einfach in sich zusammen oder wurden – wie es in der damaligen Sprachregelung hieß – rekonstruiert bis zur Unkenntlichkeit. Die Verwahrlosung aber bewahrte, vor allem in den Nebenstraßen, historische Zeugnisse wie Einschüsse, alte Aufschriften über den Erdgeschosszonen, gepflasterte Wege oder Nachkriegsschaufenster. Seit Jahren, manchmal Jahrzehnten, waren die Rollläden der Geschäfte heruntergelassen. Verblasste Inschriften oder vergessene Schilder erzählten, was vor Zeiten hier gewesen, aber man hatte als junger Mensch keine Ahnung, wann die Gegenwart zur Vergangenheit geworden war.

Vor der Wende war ich achtlos an all diesen Hinterlassenschaften vorbeigegangen. Ich wusste, sie würden auch morgen noch an derselben Stelle sein. Was sich unter der Erde verbarg, wollte man eigentlich lieber nicht so genau wissen. Kamen die Leitungen dann doch einmal zum Vorschein, dann fragte man sich schon, warum nicht mehr Rohre platzten, warum das Licht meistens ging und keine Häuser aufgrund von Gasexplosionen in die Luft flogen.

Wie viele andere lebte ich mit den alten Öfen, den fünf Schichten Tapete an den Wänden und der alten Gasleitung, die sich bis zu den Rosetten in der Mitte der Zimmerdecke zog, wo einst die Gaslampe hing. Nachdem mehrmals Pläne zum flächendeckenden Abriss des gesamten Wohngebietes ad acta gelegt worden waren, blieb bis auf den Wiederaufbau im Krieg beschädigter und die Sanierung einzelner Gebäude der Komfort der Häuser bis auf notwendigste Reparaturen über Jahrzehnte der gleiche.

Die nach 1989 eingetretene Beschleunigung veränderte das Gesicht dieser Gegend in wahrnehmbarer Weise. Plötzlich wurden die Spuren der verschiedenen Vergangenheiten interessant, weil abzusehen war, dass sie bald verschwinden würden. Man wollte sie für einen kurzen Moment noch einmal festhalten, indem man sie auf vielfältigste Art dokumentierte.

Ulrich Wüst ging von Frühjahr bis Herbst 1990 mit seiner Kamera durch die Straßen des Prenzlauer Berg. Anders als von ihm bis dato gewohnt, fotografierte er in Farbe.

Gerade deshalb vielleicht ist auf den Fotos zu erkennen, wie grau es eigentlich war, und ich erinnerte mich, damals immer mit schmerzenden Augen aus Westberlin gekommen zu sein – sie konnten sich lange nicht an die intensiven Regenbogenfarben gewöhnen.

Die Details dieses damaligen Lebens, die Ulrich Wüst im Frühjahr und Sommer 1990 festhielt, waren keine Besonderheiten, sie waren Alltag, beiläufig im Vorübergehen und ohne zu kommentieren aufgenommen. Auf den Fotos zum Stillstand verurteilt, waren die Dinge 1990 in Wirklichkeit in ständiger Bewegung. Das allgemeine Gefühl war, dass die Uhren rasten. Schon wenige Augenblicke später, am Tag der Währungsunion, wurden die Schaufenster, auf den Fotos noch leer oder mit den Hinterlassenschaften der DDR-Industrie bestückt, über Nacht bis zum letzten Winkel mit neuen Waren vollgestopft, und an den Scheiben drückten sich die Besitzer des neuen Geldes die Nasen platt.

Es war eine kurze Zeit der Anarchie. Noch schien nichts endgültig, die Mauer war offen, die wahlberechtigte Bevölkerung des Prenzlauer Berg hatte sich im Gegensatz zum Rest der DDR gegen die »Allianz für Deutschland« entschieden, und die verfallenen Häuser des Bezirks wurden von jungen Leuten besetzt, angelockt aus den Ost-, aber, zaghaft noch, auch aus den Westprovinzen. An den Häuserwänden spielten sich unsichtbare Kämpfe zwischen den Befürwortern und den Gegnern der deutschen Einheit ab. Hausbesetzer verbarrikadierten ihre Häuser, weil rechte Skinheads nach den Heimspielen des BFC Dynamo wie marodierende Banden die Schönhauser Allee herunterzogen. Während wir noch Anarchie spielten und autonome Republiken auf dem Kollwitzplatz gründeten, wechselten hinter unserem Rücken die Eigentumsverhältnisse. Sie haben die soziale Zusammensetzung der Bevölkerung und das Gesicht der Häuser und Straßen in entscheidender Weise verändert.

Selten noch findet man heute in der Wirklichkeit die Motive wieder, die Ulrich Wüst damals aufnahm. Beim Betrachten der Fotos, Jahre später, habe ich oft überlegt, *wo* dieses und jenes Motiv eigentlich gewesen ist. *Wie* es damals gewesen ist, daran hat jeder, der dabei gewesen ist, eine andere Erinnerung. Vieles hat sich verklärt. Die Fotos erzählen, dass es so schön nicht gewesen sein kann.

Trotzdem: Wir waren jung, wir waren zum ersten Mal Subjekt der Geschichte, wir hatten Hoffnung, und wenn wir auf den Dächern spazieren gingen, war etwas zu spüren, was wir nie zugegeben hätten: ein Heimatgefühl. Für einen kurzen Moment gehörte diese triste Gegend uns.

Epilog für das verschwundene Personal der Gegend

Früher habe ich die alten Frauen nie verstanden. Sie standen immer an, nach Fleisch oder nach Handtüchern, und trugen ihre abgewetzten Taschen wie Kinder an die Brust gepresst. Sie sagten: Früher war alles besser, aber wo früher anfing und wo es aufhörte, sagten sie nicht. Sie trugen die Summe ihrer Einkäufe in Kladden ein, und am Ende des Monats war trotzdem nichts übrig. Sie schimpften auf der Straße, wenn eine Frau ihr Kind in einem Tuch oder den Rock zu weit über den Knien trug und steckten Zettel in den Briefkasten, wenn man die Treppe nicht geputzt oder im Winter das Fenster zu lange offen gelassen hatte. Oft führten sie das Hausbuch und wussten bestens Bescheid über das Auf und Ab im Haus. Manche hatten Fotos mit Trauerrändern auf der Kommode: Das war Rudolf/Hermann/Hubert, mein Verlobter, ein guter Mann. Bevor sie ihn kennenlernten, war er gefallen. Sie sagten: In diesem Haus habe ich lange gewohnt. Aber die Stelle, auf die sie zeigten, war ein leerer Fleck mit Büschen und Schutt. Sie gingen an den Läden mit den heruntergelassenen Jalousien vorbei und sahen noch die Verkäuferin, die hinter der Scheibe die Brötchen in die Beutel zählte, oder die Übersetzerin, die über ihre Wörterbücher gebeugt den ganzen Tag hinter der Scheibe saß und nie grüßte. Morgens füllten sie einen kleinen Eimer mit Wasser und stellten ihn auf den Kohleherd in der Küche. Es könnte ja sein, dass das Wasser den Tag über wegbliebe. Jede Katastrophe war schließlich bei einer heißen Tasse Kaffee und sauberen Händen erträglicher gewesen. Das Wasser blieb selten weg, und so gossen sie am anderen Morgen ihre Blumen damit und füllten den Eimer aufs Neue.

Die Zeiten in ihren Geschichten gingen bunt durcheinander. Wenn man den alten Frauen etwas länger zuhörte zwischen Wohnungstür und Treppe, wurden ihre Erzählungen vielschichtig und facettenreich. Von einem auf den anderen Moment schlug ihr Berliner Witz um in Tragik, dass einem das Lachen im Hals stecken blieb.

Manche waren so alt wie das Haus, in dem sie wohnten. Als ein Haus nach dem anderen renoviert wurde, verschwanden sie fast unbemerkt.

➔ Ostbahnhof, Schalterhalle

»Nein, Helene, nein, geh von dem Vogel weg«, schreit eine Frau quer durch die Schalterhalle. Es ist voll. Dreißig Menschen stehen vor ihr und warten darauf, von einer der beiden Schalterangestellten abgefertigt zu werden. Helene steht an einem Vogel aus Legosteinen, der doppelt so hoch ist wie sie, und versucht, wenig beeindruckt vom Gekreisch der Mutter, Steine aus dem Flügel herauszupolken. Die Mutter atmet tief ein, ist mit einem Satz bei der Tochter, ohne ausgeatmet zu haben, greift Helene an der Kapuze und trägt sie im Würgegriff von dem Vogel weg. »Die Steine sind festgeklebt, das wirst du wohl gemerkt haben. Und jetzt bleibst du hier.« Sie steckt das Kind in den Fußsack des Kinderwagens. Helene brüllt wie am Spieß und je mehr sie brüllt, desto mehr verdreht sich ihr Körper im Fußsack, bis die Mutter sie mit einem wütenden Griff aus dem Wagen befreit und unsanft auf die Erde befördert. »Ich lass mich von dir nicht terrorisieren. Ich habe einfach nicht die Kraft dazu.« Helene hat sich wieder losgemacht und grapscht mit den kleinen Fingern auf das Glas der Vitrine, hinter dem Bahnhofsuhren und Mitropa-Kaffeetassen zum Verkauf angeboten werden. »Komm da weg«, schreit die Mutter, »wenn du hier alles kaputt machst, können wir nicht zu Oma fahren.« Helene ist unbeeindruckt. Sie fährt mit den Fingern auf dem Glas hin und her und hinterlässt bräunliche Schlieren. Dabei schaut sie ihre Mutter herausfordernd an. Mit dem Schrei »Du kotzt mich an« reißt die das Kind von dem Glaskasten weg, knallt ihm eine, greift es wie einen Sack, nimmt mit der anderen Hand den Buggy und verlässt die Schalterhalle. »Fahren wir eben nicht zu Oma.« Die Glastür zur Haupthalle schließt sich. Draußen schreit die Mutter, aber sie ist nicht zu verstehen. Helene liegt quer im Weg vor dem Eingang der Schalterhalle. Ihre bunten Gummistiefel wackeln hin und her. Sie lächelt. Die Umstehenden, die, bis auf drei polnisch sprechende Männer, die Mutter die ganze Zeit über interessiert bis gelangweilt beobachtet haben, drehen sich weg. Nach einer Weile öffnet sich die Tür und die beiden kommen wieder herein. Helene ist im Buggy festgeschnallt und völlig ruhig. Die Mutter holt ein Papiertaschentuch aus ihrer Handtasche und putzt sich die Nase. Dann stellt sie sich erneut am Ende der Schlange an.

Im Bötzowviertel

Vor zwei Wochen traf ich meine frühere Nachbarin auf der Straße. Frau K. ist vor 85 Jahren im Bötzowviertel im Prenzlauer Berg geboren und hat sich seitdem keinen Zentimeter weit wegbewegt. Vor sieben Jahren wollte eine Sanierungsstelle sie in ein anderes Viertel umsetzen, aber Frau K. beharrte darauf, dass nichts sie in das Proletarierviertel jenseits der Greifswalder bringen würde. Ich habe damals nachsichtig gelächelt, weil ich der Meinung war, ob nun Kollwitzplatz oder Arnswalder Platz, es sähe sowieso alles gleich aus, aber irgendwie hat Frau K. Recht gehabt mit ihrer Behauptung, dass das hier nun mal das bürgerlichste Viertel vom Prenzlauer Berg sei, und darauf lege sie Wert.

Seit einiger Zeit wird das Bötzowviertel von Leuten überrannt, die Eigentumswohnungen aus der Portokasse der Eltern bezahlen oder die Mietpreise verderben, indem sie jede Summe zahlen, nur um hier wohnen zu können. Das Bötzowviertel ist so innerhalb von wenigen Jahren das ausgeprägteste Ghetto der Berliner Innenstadt geworden, selbst in Lichtenberg ist die Zusammensetzung der Bevölkerung aufregender.

Jede Omi, die noch hier wohnt, müsste eigentlich unter Denkmalschutz gestellt werden, Frau K. sowieso. Sie ist wahrscheinlich am längsten von allen hier.

Eigentlich heißt diese Art von Verdrängung Gentrifizierung, die Aufwertung des Wohnumfelds durch Komplettsanierung, die immer mit der Veränderung der Bevölkerungszusammensetzung einhergeht. Etwas parteiischer meint das schlicht und einfach, die Armen werden verdrängt. Seit dem Sommer läuft man leider Gefahr, bei Benutzung des Begriffs vom BKA als Terrorist verhaftet zu werden. Ein Stadtsoziologe aus unserer Gegend musste das mit mehreren Wochen Moabit (Gefängnis) bezahlen, und der Vorwurf, der Kopf einer terroristischen Vereinigung zu sein, schwebt nach wie vor wie ein Damoklesschwert über ihm. Die Beamten hatten das Wort gegoogelt und waren auf ihn gekommen.

Der Stamm des Wortes Gentrifizierung leitet sich von englisch *gentry*, niederer Adel, ab, und genauso benehmen sich die Leute auch. Letzte Woche wurde im Viertel ein Geschäft eröffnet, das Bionahrung für Hunde anbietet. Angeblich gibt es Bedarf dafür. Der niedere Adel zeichnete sich schon immer durch eine größere Dekadenz aus als der höhere.

Viel anstrengender als ihre Ökohunde sind aber immer noch sie selbst. Die Neuen haben nämlich ein inzwischen auch staatlich sanktioniertes Projekt, gefördert vom Bundesfamilienministerium, auf dass der niedere Adel wieder Kinder kriegt und nicht nur Migranteneltern in Kreuzberg. Wenn's denn in dem fortgeschrittenen Alter noch geklappt hat, bilden sie mit ihren Kinderwagen, die teurer waren als ein gebrauchter Kleinwagen, Klumpen auf dem Gehsteig, die man zu Haufendörfern formen könnte. Es sind Frauen und Männer um die vierzig, die mit Babystimmen sprechen und so tun, als hätten sie den Heiland persönlich auf die Welt gebracht.

Nebenbei gesagt, in den Achtzigerjahren hat es hier viel mehr Kinder gegeben, aber damals war die Kinderaufzucht noch das normalste von der Welt, und die Blagen gingen nicht zu Baby-Yoga-, Baby-Englisch- oder Baby-Mandarin-Kursen.

Während Frau K. und ich Bötzow, Ecke Hufeland stehen, muss ich sie davor bewahren, unter diverse Kinderwagenräder zu kommen. »Es hat ja auch was Gutes, wenn man nicht mehr richtig sehen kann, sieht man seine Runzeln im Spiegel nicht.« So redet Frau K., und ich wünsche ihr noch ein sehr langes Leben. So lange, bis die Gentrys alle wieder weg sind. Neulich hing neben einer Anzeige für 50 Quadratmeter Dachgeschosswohnung für 800 Euro Miete im Monat ein schmuckloser Zettel: »Ehering gefunden«. Das lässt hoffen. Sollen sie doch alle ihre Eheringe von den Dachterrassen werfen, Hauptsache, sie lassen die Blumentöpfe heil.

Die einzige Möglichkeit, diesem zusammengeklumpten Gebärwahnsinn aus dem Wege zu gehen, ist, seinen Tagesablauf komplett umzustellen. Morgens um 9 und nachmittags von 15 bis 18 Uhr sind die Straßen des Viertels zu meiden. Also sitze ich nachts mit den letzten Mohikanern des Viertels in dem einzigen Etablissement, das noch nicht von Baby- und Café-Latte-Wahn verseucht ist, auf den schönen Namen *Babel* hört, und wir trinken und rauchen bis zum Morgengrauen, wenn in den Dachgeschossen die kleinen Könige zu krähen anfangen.

➔ In der Schorfheide

Fährt man auf der B 109 von Berlin kommend Richtung Norden, nimmt die Dichte der Besiedlung von Kilometer zu Kilometer ab. Schönerlinde, Schönwalde, Basdorf, Wandlitz, Klosterfelde, Zerpenschleuse, Groß Schönebeck, danach kommt eine Weile nur noch dichter Wald – die Schorfheide. In den Straßendörfern entlang der Fernverkehrsstraße sind die Häuser wie Perlen an Schnüren aneinandergereiht, die Reihen nur durchbrochen von den Kirchplätzen, deren Gotteshäuser, je nach Alter, aus Feldsteinen oder Ziegeln sind. Die meisten Gemeinden haben die nach der Wende reichlich geflossenen Fördermittel dazu genutzt, Verbundsteinwege mit scheußlichen Bogenlampen zu säumen, die wahrscheinlich irgendeiner EU-Norm genügen. Zwischen Fachwerk- und Ziegelsteinbauten aus friderizianischer oder der Gründerzeit gibt es immer wieder architektonische Zeugnisse des Nationalsozialismus, wie die Post in Wandlitz, und solche der DDR, wie die Polizeischule in Basdorf. In Klosterfelde weist ein Leuchtkasten auf eine Reparaturannahmestelle für DDR-Waffen hin. Laufen hier zweifelhafte Personen mit Kalaschnikow über die Dorfstraße und tragen sie über der Schulter zur Reparatur? Oder werden nur Suhler Jagdwaffen angenommen?

Zu DDR-Zeiten hatte ich ein tiefes Misstrauen gegen den Brandenburger Wald. Hinter jeder Kiefernschonung war: Militärisches Sperrgebiet. Betreten verboten, Zuwiderhandlungen werden bestraft. Die Schorfheide war nach zehn Jahren als Sonderjagdgebiet seit 1964 Militärforst und bekannt für die darin ausgerichteten Staatsjagden, zu denen Regierungsgäste und Diplomaten in den Wald um das Schloss Hubertusstock geladen wurden. Es gab unzählige Witze darüber, und hinter vorgehaltener Hand erzählte man sich von den Treibern, die das Wild an die richtige Stelle trieben.

Die Schorfheide war Jagdgebiet schon seit den Askaniern. Den passionierten und hochwohlgeborenen Jägern ist zu verdanken, dass sich heute hier ein dichtbewaldetes Biosphärenreservat erstreckt und nicht gerodetes Gebiet wie in der nahe gelegenen Uckermark. Kaiser Wilhelm II. ließ sich hierher zum Jagen tragen oder mit der Bahn zu seinem 1890 errichteten und im Volksmund »Kaiserbahnhof« genannten Bahnhof Werbellinsee fahren. Das zugehörige Jagdschloss Hubertusstock war unter dem preußischen König Friedrich Wilhelm IV. in der Zeit von 1847 bis 1849 im bayerischen Stil errichtet worden. Nach der Abdankung des Kaisers teilten sich in den Zwanzigerjahren Reichspräsident von Hindenburg und sein politischer Gegner, der preußische Ministerpräsident Otto Braun, ein Sozialdemokrat, das Jagdgebiet. Seinem Nachfolger, Hermann Göring, war Hubertusstock nicht repräsentativ genug. Er hatte Größeres vor.

*

In Groß Schönebeck liegt an der B 109 linkerhand ein Gebäude, das exemplarisch für die Bauweise unter dem Nationalsozialismus steht. Ein hohes Dach mit Schleppgauben, das den Bau zu erdrücken scheint. Rechtwinklig sich anschließende torartige Häuser bilden mit dem Hauptgebäude einen offenen Innenhof, der an einen Appellplatz erinnert. Heute als Schule genutzt, wurde das Haus 1936 als Sitz der Stiftung Schorfheide gebaut. Der Gedanke, die Schorfheide zum Naturschutzgebiet zu erklären, war entgegen der noch heute landläufigen Meinung keine Idee der Nationalsozialisten, auch wenn die Hege und Pflege des Waldes Bestandteil der nationalsozialistischen Blut-und-Boden-Ideologie war und der für die Schorfheide zuständige Oberlandforstmeister Dr. Erhard Hausendorff 1934 stolz verkündete: »Das deutsche Volk ist waldverbunden wie kein anderes. In die große Tier- und Pflanzengemeinschaft des deutschen Waldes gehört der deutsche Mensch mit seinem Denken und Trachten hinein.« Schon unter dem preußischen Ministerpräsidenten Otto Braun hatte es das erste preußische Naturschutzgesetz gegeben, durch Polizeiverordnung vom 12. April 1930 wurde das 37 000 Hektar große ehemalige Hofjagdgehege zum Naturschutzgebiet erklärt.

Im Entwurf des Gesetzes zur Gründung der Stiftung Schorfheide, das am 1. April 1936 in Kraft treten sollte, hieß es unter Paragraph 1: »Es wird unter dem Namen ›Naturschutzgebiet Göringheide‹ eine rechtsfähige Stiftung mit dem Sitz in Berlin errichtet.« Die Stiftung sollte »der Erholung des deutschen Volkes und seiner Führer dienen, sowie im Sinne des Reichsnaturschutzgesetzes die Naturverbundenheit und Liebe zur

Natur, vorwiegend bei der großstädtischen Bevölkerung, erwecken«. Das Gebiet umfasste 56000 Hektar, die heute zum Biosphärenreservat Schorfheide-Chorin gehören.

Den Namen »Göringheide« ließ man aus heute nicht mehr nachvollziehbaren Gründen fallen, allerdings wurde Hermann Göring am 5. Februar 1936 Ehrenbürger der Gemeinde Groß Schönebeck. Erst im Juli 1998 beschloss die Gemeindevertretersitzung einstimmig, Göring die Ehrenbürgerwürde wieder abzuerkennen. Nach dem Krieg hatte man andere Probleme, später geriet die Tatsache in Vergessenheit, es gab auch kein Ehrenbürgerbuch, in das er sich eingetragen hatte und aus dem man ihn hätte streichen können.

Der Bürgermeister Kai-Alexander Moslé sah diesen Akt als Beginn der Auseinandersetzung der Schorfheidegemeinde mit ihrer Vergangenheit inmitten eines Staatsjagdgebietes, in dem sich die Diplomatie getreu Görings Auffassung traf: »Bei der Pirsch lassen sich Probleme oft leichter lösen als am grünen Tisch.« In naher Zukunft war an ein Dokumentationszentrum gedacht, bis dahin sollte ein Runder Tisch die Geschichte aufarbeiten. Allerdings fusionierte die Gemeinde am 26. Oktober 2003 mit Finowfurt zu dem künstlichen Gebilde Schorfheide. Der neue Bürgermeister hat seinen Amtssitz im siebzehn Kilometer entfernten Finowfurt.

Will man etwas über die Schorfheide und ihre historische Entwicklung erfahren, muss man sich vor Ort mit dem ehrenamtlich betreuten Museum Schorfheide in einem alten Jagdschloss zufrieden geben, das die deutsche Geschichte aus der Sicht von Jägern dokumentiert – ein höchst bizarrer Blickwinkel. Hier erwirbt sich der Politiker größte Lorbeeren, der die kapitalsten Hirsche geschossen hat: Kaiser Wilhelm II., der preußische Ministerpräsident Otto Braun, die Reichspräsidenten Friedrich Ebert und Paul von Hindenburg und die im Museum sogenannten:

»H. Göring, E. Honecker und G. Mittag«. Von letzteren haben auch zwei kapitale Hirschgeweihe den Weg an die Wand gefunden. Der Ehrgeiz des ersteren war maßloser: »1a-Hirsche behielt sich H. Göring selbst vor, 1b-Hirsche mit mindestens 20 kg Geweihgewicht für seine Jagdgäste.« An den Wänden und in den Vitrinen dominieren Alben mit tanzenden Hirschen, Fotos mit Titeln wie »3 Muffel in der Landschaft« und Auszeichnungen preisgekrönter Zuchthunde (»Ehrenpreis des Reichsjägermeisters für den Sieger bei der Verbandsjugendprüfung der Jagdhunde in Mühlenbeck 1940 für den Deutsch-Drahthaarrüden Cuno von Sonnenberg«). Weitere Ausstellungsstücke: Forstuniformen; handgemalte Propagandaschilder aus DDR-Zeiten (»In der DDR gehört die Jagd dem Volke. Heute jagen hier die Mitglieder der Jagdgesellschaft Joachimsthal, 14 Arbeiter, 10 Bauern, 12 Angestellte und Angehörige der Intelligenz«); die Regimentsfahne der 150. Kampfgruppenhundertschaft des Staatlichen Forstwirtschaftsbetriebes Groß Schönebeck mit ihrem Banner »Für vorbildlichen Einsatz 13.8.1961« – vom Holzeinschlag ging es geradewegs zum Bau der Mauer.

Auch eine 1992 ausgegrabene Marmorsäule von Görings Waldhof Carinhall hat Eingang ins Museum gefunden. Unkommentiert steht sie neben einem Plan des Anwesens vor seiner ersten Erweiterung in unmittelbarer Umgebung der Speisekarten Kaiser Wilhelms und seines Jagdgefolges.

Will man etwas über den Waldhof Hermann Görings erfahren, lohnt der Weg in die Schorfheide nicht. Dazu reicht es, das überaus akribisch recherchierte Buch *Görings Reich. Selbstinszenierungen in Carinhall* von Volker Knopf und Stefan Martens zu lesen. Übrig geblieben sind von den Hauptgebäuden nichts als ein paar Steine und Betonbrocken, die in den letzten sechs Jahrzehnten mit der Natur Symbiosen eingegangen sind. Der historische Erkenntnisgewinn ist angesichts des wiederaufgeforsteten Waldes dürftig.

Man kann sich aber mit dem Hinweis auf Erholungsbedürftigkeit auf den Weg machen. 57 Kilometer sind es von Berlin bis zum Großen Döllnsee. Zu Görings Zeiten war der Weg zur Landenge zwischen Wuckersee und Großem Döllnsee in den offiziellen Karten nicht eingezeichnet, bis 1990 das gesamte Gelände für Spaziergänger gesperrt.

Zehn Kilometer hinter der Ortschaft Groß Schönebeck gelegen, hundert Meter hinter der Einfahrt zur Revierförsterei Rarangsee, liegt die Waldschule Döllnsee des Amtes für Forstwirtschaft Eberswalde. Hier können sich Kinder und Jugendliche auf einem Naturlehrpfad über das »Vernetzungssystem hügelbauender Waldameisen am Beispiel der Kleinen Kahlrückigen Roten Waldameise«, die drei Grundtypen der Wurzelsysteme (Senkenwurzel, Pfahlwurzel, Herzwurzel) oder die Fraßbilder von Buchdrucker und Kupferstecher informieren. Kennt man sich mit den heimischen Säugetierarten gut aus und lässt man auf dem Weg durch den Wald keinen Abfall außerhalb der dafür vorgesehenen Behälter liegen, kann man das Abzeichen der »Naturwacht-Jugend« erwerben. Aber mit den heimischen Säugetierarten ist das so eine Sache: Bei Kleiner Hufeisennase, Zwergspitz- und Rötelmaus, Feldhase und Wildschwein ist da kein Zweifel. Was aber ist mit Wisent, Mangalitza-Wollschwein, Mufflon und Przewalski-Pferden?

Die Pläne Görings, der sich seit Juli 1934 – als Entschädigung für den Verlust des Preußischen Innenministeriums durch die Zentralisierung der Polizei – Reichsforst- und -jägermeister nennen durfte, waren ehrgeizig: Durch Umsiedlung von Bauerndörfern und die Rückzucht ausgestorbener Tierarten sollte die Schorfheide zum Germanenforst entwickelt werden. Dabei kam Göring entgegen, dass im Juli 1934 südlich des Jagdschlosses Hubertusstock eine der ältesten germanischen Siedlungen dieser Gegend ausgegraben worden war, Entstehung um 1000 v. u. Z. »Seit jener frühesten Zeit lässt sich die Geschichte der Bevölkerung dieses Gebietes in ihrem engen Zusammenhang zur Geschichte des Waldes verfolgen, so dass die Schorfheide ein besonders schönes Beispiel der Verknüpfung von Blut und Boden, einer waldeingesessenen deutschen Bevölkerung mit ihrer schönen Landschaft darstellt«, schrieb der preußische Forstbeamte und spätere Geschäftsführer der Stiftung Schorfheide, Oberlandforstmeister Erhard Hausendorff, nach der Ausgrabung durch den Staatlichen Vertrauensmann für kulturgeschichtliche Bodenaltertümer in der Provinz Brandenburg, Professor Unverzagt. Hausendorff fiel allerdings bald in Ungnade bei Göring, weil er dessen Plan, ganze Dörfer der Schorfheide in den deutschen Osten umzusiedeln, ablehnte. Die Schorfheide sollte nach dem Willen des Reichsforstmeisters »von forstfremden Elementen« gesäubert werden. Die Idee wurde bald wieder fallen gelassen, Hausendorff aber 1940 ins Forstamt Hangelsberg strafversetzt. Am 10. Juni 1936 hieß es in einem Brief an den Herrn Ministerialrat Liebenow: »Der Herr Ministerpräsident hat erklärt, dass er an eine Aussiedlung der Dörfer in der Schorfheide nicht denke. Diese Dörfer sollen aber nur noch dem Zwecke der Unterbringung von Waldarbeitern und sonstiger für die Forstverwaltung der Schorfheide nötigen Betriebe, z.B. kleiner Wirtschaften, die sich mit Holzabfuhr beschäftigen, dienen. Dieser Zustand der Dörfer soll allmählich angestrebt werden. Insbesondere soll verhindert werden, dass sich Fabrikanlagen oder Erholungshäuser Privater dort ansiedeln.« Der Ministerpräsident selbst hielt sich mit den zahlreichen Erweiterungen seines Waldhofes Carinhall nicht an seine eigenen Anweisungen.

Am 10. Juni 1934 eröffnete Göring das erste Wisentgehege, Teil des »Natur- und Urwildparkes Schorfheide«, in dem in einer zoologischen Versuchsstation einstmals in der Schorfheide beheimatete Tierarten, wie Elch, Wisent, Wildpferd, Biber und Fischotter, wieder angesiedelt werden sollten. Im Gegensatz zum Elch gelang die Wiederansiedlung des Wisents. Oberlandforstmeister Hausendorff schrieb in seinem Bericht vom 11. Juli 1934: »So war es wirklich der letzte Augenblick, der wahrgenommen werden musste, um die wenigen europäischen Wisente, die wir noch haben, aus der engen Hege Zoologischer Gärten herauszuführen in größere Wildbahnen und zu versuchen, auf dem Wege der Verdrängungszucht über den amerikanischen Bison – ein Weg, zu dem gerade uns Deutsche unsere eigene Kenntnis der Vererbungsgesetze befähigt – dem europäischen Wisent eine größere Grundlage zur Erhaltung der Art zu schaffen. (...) In dieser Zucht müssen alle Tiere ausscheiden, die züchterisch nicht gebraucht werden; das sind einmal die überzähligen männlichen Stücke, die meist zahlreich anfallen, und alle diejenigen weiblichen Stücke, welche zu viel Bisonblut haben. Hier verbindet sich die Jagd mit der Tierzucht! Es wird in der Schorfheide für politische Gäste des Staates Gelegenheit gegeben werden, von Zeit zu Zeit ein Stück Wisentwild, das züchterisch nicht mehr gebraucht wird, aber eine sehr erstrebte Jagdbeute darstellt, unter jagdlich hervorragenden Bedingungen in einem urwüchsigen Walde zu erlegen.« Das Wisentgehege in der Schorfheide blieb bis 1945 erhalten. Nach Kriegsende wurden sämtliche Gehegetiere erschossen. Heute wird die Tradition der Schaugehege im Wildpark Schorfheide fortgeführt.

*

Es ist nicht so, dass in der Schorfheide die frühere Existenz des Waldhofes Carinhall verschwiegen würde. Gleich an der Einfahrt zur Waldschule dient ein Findling als Wegweiser: Carinhall, 3,8 Kilometer. 2,6 Kilometer weiter hat sich sogar jemand bemüht, den Weg in Frakturschrift zu weisen.

An diesem Sonntag hat sich eine Jagdgesellschaft am Rastplatz der Waldschule eingefunden. Die Hunde wittern Wild und zerren an den Leinen. Die Jäger nippen an ihren Glühweintassen und reden über ihre Autos, die ordentlich aufgereiht auf den Parkplätzen vor einer alten Dieseltankstelle aus DDR-Zeiten stehen. Ein Großteil der Bebauung entspricht dem, was der Oberlandforstmeister Hausendorff in einem Schreiben an die Landesforstverwaltung vom 11. Juli 1934 forderte: »... überhaupt alle für die Schorfheide in Frage kommenden Bauten werden, der besonderen Anweisung des Herrn Reichsforstmeisters folgend, in der alten, heimischen Bauart der Kurmark – Holzfachwerk mit Lehmgefachen und Rohrdach – ausgeführt. Dazu der die Uckermark kennzeichnende Laubenvorbau. (...) So wird dem Ganzen ein einheitliches, heimatgetreues, volksverbundenes, eigentümlich deutsches Gepräge gegeben – insbesondere dadurch, dass der Herr Reichsforstmeister selbst in einem rohrgedeckten Holzhause an einem der Seen mitten in der Schorfheide wohnt, und Karin (sic!) Göring zur letzten Ruhe in deutscher Erde hierher überführt ist.«

Auf dem Gelände der heutigen Waldschule befanden sich die Remisen für Görings Kutschen und die Stallungen für seine Pferde. Eine aus vierzig bis achtzig Mann bestehende Wachkompanie des in Berlin-Reinickendorf stationierten Regimentes »General Göring« übernahm von hier aus die Sicherung des streng bewachten Objektes. »Pferdestall und Unterkunft war eine Baracke. Sie beinhaltete einen Raum für den Wachtmeister, einen für die Unteroffiziere, einen Mannschaftsraum, einen Pferdestall und eine Futterkammer mit Vorratsraum«, erinnert sich Friedrich Gerlach, der im Oktober 1943 als junger Rekrut nach Carinhall kam und bis 25. April 1945, drei Tage vor der

Sprengung, dort lebte. Am heutigen Waldschul-Grundstück befand sich vor sechzig Jahren das erste Tor. Carinhall war von einem Sperrkreis umschlossen, der Eintritt nur Personen mit Sonderausweis gestattete.

Der Asphaltweg, der am Südufer des Großen Döllnsees bis zum Waldhof-Grundstück führt, ist mit Löchern gespickt. Ein Schild mit der Aufschrift »Sauschwanzposse« verwirrt, hinter der nächsten Kurve springt ein Taucher aus einem Kleinbus mit Potsdamer Nummer und watschelt mit seinen Flossen den Abhang zum Wuckersee hinunter. Es ist Dezember, der See wird vielleicht fünf Grad haben. Seit das Sperrgebiet rund um das Anwesen nach der Wende aufgehoben wurde, ist das Gelände ein Dorado für Schatzsucher. Selbst das Bernsteinzimmer vermutete man hier. 1990 bargen Polizeitaucher vom Grund des Wuckersees fünf Skulpturen, darunter drei des NS-Auftragskünstlers Arno Breker. Seitdem haben Nachahmer nur noch wertlose Ziegelsteine gefunden. Im Internet raten Experten von einem Tauchgang in den beiden Seen ab, auf der Homepage www.taucher.net bekommt der Große Döllnsee nur 3 von 6 Flossen (»... wer glaubt, hier noch Relikte aus der Zeit Hermann Görings zu finden, sollte gut tarieren, ansonsten landet man in einer ekligen Schlammwüste, die einem dann endgültig die sowieso schon schlechte Sicht nimmt«).

Nach einer weiteren Kurve öffnet sich der Wald und macht einer Lichtung Platz – der Hirschplatz, benannt nach einer Plastik, die heute im Berliner Tierpark steht. Rechts führt eine Kastanienallee zu zwei einen Kilometer entfernten Torhäusern mit zugehörigen Wachgebäuden, die als einzige Zeugen der baulichen Vergangenheit bei der Sprengung 1945 vergessen wurden. In den Torhäusern sind Gartengeräte gelagert. Wer sich an dem deutschen Schäferhund vorbeitraut, der eines der Häuser bewacht, kann frische Eier kaufen.

Auf den Fotos, die wenige Monate vor der Sprengung gemacht wurden, sind die Kastanienbäume frisch gepflanzt. Heute sind sie von Miniermotten befallen, die die Bäume dazu überlistet haben, ein zweites Mal in diesem Jahr Knospen zu bilden. Sie sind erfroren. Die am Boden liegenden Blätter sind mit einer dünnen Raureifschicht überzogen. Linkerhand führt ein Trampelpfad zum See, geradewegs durch die Häuser hindurch, von denen freilich nichts übrig geblieben ist als ein paar Steine und Armierungen. »Verlassen Sie den Wald so, wie Sie ihn vorgefunden haben«, steht auf einem Schild der Forstverwaltung. Seit 1993 weist ein von Forstarbeitern aufgestellter Findling mit der falsch geschriebenen Bezeichnung des Ortes (»Karinhall«) auf die ursprüngliche Nutzung des Geländes hin. Die spärlichen Reste sind von Lärchennadeln bedeckt, die wie rötlicher Schnee über der Landschaft liegen. An einer Stelle ragen Betonteile des von der Firma Philipp Holzmann errichteten Bunkers aus dem Erdreich, ein starker Trittschall weist darauf hin, dass es Hohlräume unter dem Boden gibt. 1993 hat ein Schatzsucher dort in monatelanger Kleinarbeit nach von der Sprengung verschonten Kunstwerken gesucht und nur ein paar Scherben gefunden. »Dieses Objekt wurde zum Schutz für die vom Aussterben bedrohten Fledermäuse verschlossen«, weist ein Schild auf den neuen Zweck des Bunkers hin. »Einflugschlitze bitte freihalten.« Göring ist als Fledermaus wieder auferstanden.

Es ist still hier, nur ab und an knackt es im Unterholz. Minutenlang scheint es, als hätten die Vögel zu singen aufgehört. Die Stille ist unheimlich, man fragt sich, ob es die Anspannung auch gäbe, wäre die Geschichte des Ortes unbekannt. Man erwartet insgeheim, dass gleich eine Horde Skinheads aus dem Wald springt. Bestimmte Zeichen lassen auf einen geheimen Pilgerort schließen, eine Todesrune aus Ästen etwa, die aussieht wie ein Peace-Zeichen ohne Kreis, steht an eine Kastanie gelehnt. Anfang der Neunzigerjahre soll es hier Treffen von Neonazis gegeben haben. Inzwischen ist es wieder still geworden um den Ort, wohl auch mangels attraktiver Spuren, der Mythos ist ins Internet abgewandert. Auch das Erscheinen des Buches von Volker Knopf und Stefan Martens 1999 führte nicht zu dem von den Forstbehörden befürchteten Besucheransturm.

Zum See fällt das Gelände steil ab. Ein leichter Nebel liegt über der vollkommen verlassenen Landschaft. Hier hat seit Göring niemand mehr bauen dürfen. Die Natur hat sich die Landschaft zurückerobert. Ein paar abgefahrene Reifen liegen im Schlick. Noch nicht einmal Enten gibt es.

*

Wenn sich an diesem malerischen Ort zwischen zwei Seen nicht wie unter einer Falltür die Geschichte eines Verbrechers auftun würde, der für den Tod von Millionen Menschen verantwortlich ist, hätte die Inszenierung von Görings Hofhaltung in der Schorfheide das Zeug zu einer Operette mit dem Titel »Von dem Fischer un synem Göring«. Das Anwesen wuchs mit der Körperfülle seines Besitzers, die zugleich Ausdruck seiner wachsenden Machtfülle war, und ging schon eine Dekade später mit ihm, dessen taubenblauer Anzug in Nürnberg auf der Anklagebank nur noch um den Körper schlotterte, unter.

Göring war ein Mann mit Vorliebe für Fantasieuniformen, fette Mahlzeiten, Modelleisenbahnen und nordische Frauen. Sein Wappen zierte eine Ritterfaust mit Schlagring. Als preußischer Ministerpräsident (neben mindestens 23 anderen Funktionen im Laufe der nächsten Jahre) lässt er sich 1933 von dem Stararchitekten des Reiches, Werner March, der auch das Berliner Olympiastadion plant, ein seinen Funktionen angemessenes, aber nicht zu großes Anwesen mit Rohrdach in der Schorfheide errichten, nach seiner verstorbenen Frau »Carinhall« genannt. Es ist ein fast schlichtes Haus aus Holzbohlen und mit Rohrdach, das wegen seiner Bauweise und dem Wind, der über den Hügeln der glazialen Serie weht, nur schwer zu heizen ist. Hier empfängt Göring fortan als zweithöchster Repräsentant des nationalsozialistischen Regimes den Jagdfreuden nicht abgeneigte Staatsgäste und Diplomaten und pflegt einen Totenkult zu seiner verstorbenen Frau, die auf dem Anwesen unmittelbar am Ufer des Wuckersees eine unterirdische Gruft bekommt, deren Umfang heute noch durch Reste der Umfassungsmauer unter dem Laub zu erahnen ist.

Die Liebesgeschichte der Schwedin Carin Freiin von Fock, geschiedene von Kantzow, und dem deutschen Emigranten Hermann Göring, der aus Liebe zur Fliegerei aus dem entmilitarisierten Deutschland der Zwanzigerjahre nach Schweden ging, gehörte zu den Mythen der Nazizeit. Carin von Kantzow heiratet Göring 1922 und unterstützt ihren Mann in seinen politischen Überzeugungen. 1931 stirbt sie, 43-jährig, an Tuberkulose. Weniger als zwei Wochen vor der maßgeblich von Göring mitverantworteten »Nacht der langen Messer«, in der die gesamte Spitze der SA ermordet wird, lässt Göring am 20. Juni 1934 in einer feierlichen Zeremonie den Leichnam seiner Frau nach Deutschland überführen und schafft sich mit dem Waldhof sein ganz persönliches Walhall. In der altnordischen Mythologie bezeichnet Walhall die von Odin, dem König der Götter, regierte Halle der gefallenen Helden, die, von Walküren nach Walhall getragen, für die Entscheidungsschlacht am Tag der Götterdämmerung versammelt werden. Bevor die toten Helden nach ihren täglichen Schlachten abends mit Odin tafeln, verheilen ihre Wunden. Berühmte Fürsten und Könige kommen nach Walhall, auch wenn sie nicht den Schlachtentod gestorben sind. Im Gegensatz zu Odin, der nur Wein trinkt und die Speisen den neben ihm sitzenden Wölfen Geri und Freki gibt, ist Göring dem Essen ganz und gar nicht abgeneigt. Die Küchen wachsen mit den Erweiterungen des Anwesens, auch wenn sich Göring meistens von einem Delikatessenladen beliefern lässt. Wölfe hält er nicht in Carinhall, wohl aber junge Löwen, die frei herumlaufen und, wenn sie ausgewachsen sind, an Zoologische Gärten abgegeben werden.

Irgendwann ist das Haus dem Despoten zu klein, und die Fantasieuniformhose kneift auch gehörig, außerdem gibt es 1934 eine neue Frau, Emmy Sonnemann, die an ihrem Beruf der Schauspielerin vor allem das Repräsentative und Prunkvolle liebt, also wird angebaut, erst vorsichtig, dann maßlos. »Der Herr Ministerpräsident beabsichtigt die Baukosten, die schätzungsweise 25 000 Reichsmark ausmachen, selbst zu tragen. Das zum Bau erforderliche Holz dürfte jedoch wie bei den übrigen, zum Teil auch privaten Bauten des Herrn Ministerpräsidenten in Carinhall von der Forstverwaltung zur Verfügung gestellt werden«, heißt es 1935 in einem in den Akten der späteren Stiftung Schorfheide befindlichen Brief an die Staatliche Bauleitung für Sonderaufgaben, den Anbau eines Arbeitszimmers betreffend. Nach der Hochzeit mit Emmy Sonnemann im selben Jahr wird Carinhall von einem Refugium Görings zum Hauptwohnsitz des Ehepaares, teilweise auch zum Arbeitsort und vor allem zum Empfangsort für wichtige ausländische Gesprächspartner. Da Hitler Repräsentationsaufgaben eher abgeneigt ist, übernimmt Göring diesen Part, großzügig unterstützt mit einem Sonderfonds. Er zelebriert seine Auftritte vor den Diplomaten und Staatsgästen mit großzügigen Ausfahrten, Jagdzeremonien in wechselnden Uniformen, üppigen Essen und der Vorführung seiner Gattin, seiner Modelleisenbahn und später auch seiner

1938 geborenen Tochter Edda. Der Eindruck, den er bei den französischen oder englischen Diplomaten hinterlässt, ist zwiespältig. Dem französischen Botschafter kam Göring vor wie »Siegfried in einer Wagneroper«, und der englische Botschafter Phipps dachte angesichts der vorgeführten Spielzeuge an sehr viel größere mit Flügeln. »Es sei zu befürchten, dass er dieses in dem gleichen kindlichen Geist und mit der gleichen kindlichen Freude eines Tages zur tödlichen Mission schicken werde.« Über Phipps wurde kolportiert, er habe Göring auch einmal auf dessen Entschuldigung, dass er sich leider wegen einer Jagdpartie verspätet habe, lediglich geantwortet: »Animals, I hope.« Bis 1942, als Göring kaum noch entscheidenden Einfluss auf die deutsche Politik und Kriegsführung nimmt, geben sich Diplomaten und Staatsoberhäupter die Klinke in die Hand. Unter den ersten ist 1935 Mussolini, in Begleitung von Graf Ciano. Wenig später kommen Herzog und Herzogin von Windsor. Auch Adolf Hitler ist in diesem Sommer zu Gast.

Im September 1936 beginnt die erste große Erweiterung des »Waldhofes Carinhall« durch zwei junge Architekten, Friedrich Hetzelt und Hermann Tuch, die im Juni 1937 abgeschlossen ist. Das Blockhaus wird in einen zweigeschossigen Mittelbau mit zwei langen Seitenflügeln – Wirtschaftstrakt und Gästetrakt –, die einen großen Innenhof mit Seerosenteich umschließen, integriert. Im Keller gibt es eine Trinkstube, eine Kegelbahn, einen Schießstand und einen Gymnastikraum mit Schwitzbad. Im Dachgeschoss des Wirtschaftsflügels findet die Modelleisenbahn Platz. Im Mittelbau befinden sich die Große Galerie und die Große Jagdhalle, deren Panoramafenster sich auf Knopfdruck versenken lässt, ähnlich wie seit 1936 in Hitlers Berghof. Über dem Bett Görings hängt ein weiblicher Akt mit dem Namen »Europa«, gleichsam ein Zeichen für die Eroberungsgelüste des Stellvertreters des Reiches. Für seine Bibliothek lässt Göring 1937 eine Karte Europas anfertigen, auf der Österreich ein Teil Deutschlands ist, wogegen der österreichische Außenminister Guido Schmidt nach seinem Besuch in Carinhall im Herbst 1937 entschieden protestiert, allerdings vergeblich.

Je größer der Waldhof wird, desto mehr Geld kostet seine Unterhaltung. Am 25. Mai 1939 heißt es in den Akten der Stiftung Schorfheide: »Der in der Schorfheide erbaute Waldhof Carinhall ist für den größten Teil des Jahres Amtssitz des preußischen Ministerpräsidenten. Die Verwaltung des Waldhofes Carinhall führt das Preußische Staatsministerium. Neben der Tätigkeit als Ministerpräsident finden in C. auch die Dienstaufgabe als Reichsminister der Luftfahrt, als Reichsforstmeister und als Beauftragter für den Vierjahresplan ihre Bearbeitung. Jede dieser 4 Behörden hat ein Viertel der Gesamtkosten zu tragen. Es entfallen demnach ¼ der Gesamtkosten auf Preußen und ¾ auf das Reich.« Kurz vorher, nach der organisierten Pogromnacht vom 9. November 1938, hat Göring von den Juden eine »Entschädigung« von einer Milliarde Reichsmark verlangt. Aber Göring bekommt den Hals nicht voll. Ein Jahr nach der Geburt seiner Tochter Edda lässt er das Anwesen in größter Eile von der Firma Philipp Holzmann noch einmal auf das Doppelte erweitern. Es entstehen ein weiterer Festsaal, ein Speisesaal mit dem nun »größten Fenster Europas«, Parkanlagen und Ordonnanz sowie ein Bibliotheksflügel mit Bedienstetenwohnungen, eine neue Modelleisenbahnanlage, ein Schwimmbad und eine Großküche. Alleine der wegen des Ausbruchs des von Göring mitverantworteten Zweiten Weltkrieges errichtete Privatbunker kostet 355 000 Reichsmark. Der Waldhof erstreckt sich nun mit seinen beiden Innenhöfen zwischen Wirtschafts-, Gäste- und neuem Bibliotheksflügel über 15 800 Quadratmeter. Die Verwaltung verschlingt im Rechnungsjahr 1942 rund 100 000 Reichsmark im Haushalt des Preußischen Staatsministeriums, gemäß Vertrag lediglich ein Viertel der Gesamtkosten.

In dieser Zeit beginnt der Kunstraubzug Görings in ganz Europa. Am Ende hat er »1375 Gemälde, darunter viele Altmeister, 250 Skulpturen, 108 Tapisserien, 200 antike Möbel, 60 Teppiche, 75 Glasfenster und 175 kunstgewerbliche Objekte« durch Diebstahl in den besetzten Gebieten, Kauf oder Tausch erworben, die größte private Kunstsammlung Deutschlands, untergebracht größtenteils in Carinhall. Die meisten Gerüchte ranken sich um eine 200 Meter von den Haupthäusern entfernte Attraktion: das für Görings Tochter im Garten erbaute, 50 Meter lange und 7 Meter breite Modell des Schlosses Sanssouci, für das sich das Kleinkind nicht interessiert, im Gegensatz zu seinem Vater.

Um zu verhindern, dass Carinhall bombardiert wird, lässt der Reichsluftfahrtminister neben dem Bau von fünf Flaktürmen um das Gelände alle Gebäude Carinhalls mit Tarnnetzen verhängen. Das Rohrdach wird 1942 aus Brandschutzgründen durch ein Ziegeldach ersetzt und die Mauern mit einem Tarnanstrich versehen. Sieben Kilometer nördlich des Waldhofes lässt Göring eine Attrappe namens »Carinhall II« aus Holz und Segeltuch errichten, gleichsam als Potemkinsches Dorf. Nach Auslösung von Fliegeralarm haben auf dem Scheingelände stationierte ältere Pioniersoldaten die Aufgabe, zur Ablenkung Lichteffekte zu erzeugen, um die Bomben auf die Attrappe zu lenken.

*

Bei Kriegsende hat Göring jeden Realitätssinn verloren, in den Berliner Luftschutzkellern spricht man in Anlehnung an den Satz Görings, dass er Meier heißen wolle, wenn auch nur ein feindliches Flugzeug den deutschen Luftraum verletzen sollte, nur noch von »Hermann Meier«. Am 13. Januar 1945 gibt es in Berlin den 276. Fliegeralarm seit Beginn der Zählung im September 1939. Die Stadt liegt in Schutt und Asche, die Flugzeuge kommen seit einigen Monaten auch am Tage, denn eine funktionierende Flugabwehr gibt es nicht mehr.

Einen Tag zuvor hat Göring anlässlich seines 52. Geburtstages den anwesenden Gästen in Carinhall die Pläne für die nochmalige Erweiterung des Waldhofes vorgestellt. Zu seinem 60. Geburtstag am 12. Januar 1953 soll das »Hermann-Göring-Museum« seiner Bestimmung übergeben werden. Die ein Kilometer lange Kastanienallee von den Torhäusern zum Hirschplatz ist schon fertig, auch ein Teil des Bahndamms für die Anbindung an Berlin ist aufgeschüttet. Achtzehn Tage später schickt er seine Familie mit einem Teil seines persönlichen Stabes in sein Haus am Obersalzberg, wo auch die wichtigsten Kunstschätze hingebracht werden. 72 Bilder aus diesem Bestand befinden sich noch heute in den Bayerischen Staatsgemäldesammlungen, die erst nach dem Jahr 2000 begonnen haben, die Provenienz zu erforschen. Nachdem Göring am 20. April 1945 in der Berliner Reichskanzlei Adolf Hitler zum Geburtstag gratuliert hat, kehrt er ein letztes Mal in den Waldhof zurück. Laut Volker Knopf hat Göring gegen 20 Uhr desselben Tages Carinhall für immer in Richtung Bayern verlassen. Der Zeitzeuge Friedrich Gerlach spricht vom darauffolgenden Tag. »Drüben in der Kompanie standen gegen Mittag, ich holte gerade Mittagessen, 9 geschlossene gelbe Mannschaftswagen. Mit diesen Wagen, sicher als Begleitschutz, ist dann H. G. noch am gleichen Tag abgefahren.« Einen Tag später werden von den Wachsoldaten die Weinvorräte geplündert, bevor es in eine ungewisse Zukunft geht. Wenige Tage später beginnt ein aus zwölf Freiwilligen bestehendes Kommando den letzten Befehl Görings zu befolgen und die tragenden Bauelemente des Waldhofes mit 400 Zentnern Sprengstoff zu bestücken. Am späten Vormittag des 28. April 1945, die ersten Spähtrupps der Roten Armee sind an den Waldrändern des nahe gelegenen Joachimsthal gesichtet worden, zerstört eine gewaltige Explosion Carinhall bis auf die Grundmauern.

*

Im Märchen sitzt der Fischer mit seiner Frau am Ende wieder im Pisspott, und Göring sitzt 1945 vor dem Internationalen Militärtribunal in Nürnberg, wo er zum Tode verurteilt wurde und bekanntlich vor der Vollstreckung Selbstmord beging. Nur die Gebeine Carin Görings blieben vor Ort zurück. 1951 wurden sie heimlich eingeäschert und in Schweden beigesetzt.

Die Reste Carinhalls wurden geplündert, das Fell des Reichsforst- und -jägermeisters aufgeteilt. Wenn all das Geklaute und Geplünderte nachts leuchten würde, hätte man in den umliegenden Gemeinden keine Straßenlampen aufstellen müssen.

Was aus dem Anwesen geworden wäre, wenn die Rote Armee die Sprengung vereitelt hätte, darüber kann man nur spekulieren. Ein vergleichbares Landhaus ist das von Propagandaminister Joseph Goebbels am nur wenige Kilometer entfernten Bogensee, das das Kriegsende fast unbeschädigt überstand und nach einer Zwischennutzung als sowjetisches Militärlazarett von 1946 bis 1990 als »Zentraljugendschule der Freien Deutschen Jugend, Waldhof am Bogensee« für die Ausbildung von Jugendfunktionären genutzt wurde. Heute steht es leer.

Vielleicht wäre Carinhall das Refugium Erich Mielkes geworden oder eine Ausbildungsstätte der Staatssicherheit, besonders eifrige junge Kundschafter hätten nachts als Auszeichnung mit der Modelleisenbahn spielen dürfen.

Dem Ort hilft heute nur konsequente Entmythologisierung. Analog zum Naturlehrpfad der Waldschule wäre ein Geschichtslehrpfad, basierend auf dem hervorragend recherchierten Material von Volker Knopf, eine Überlegung wert.

*

Stehen geblieben ist neben den Versorgungsgebäuden, die heute als Waldschule genutzt werden, auch das vier Kilometer entfernte sogenannte »Schadehaus« am Nordufer des Großen Döllnsees. Der mehrfach erweiterte Komplex nennt sich seit 1994 Tagungshotel Döllnsee-Schorfheide. Das Hotel lebt mit und von der Geschichte des Jagdwesens in zwei deutschen Diktaturen. Zu DDR-Zeiten wurde das Gebäude nach einer Zwischennutzung als Jugendherberge als Gästehaus der DDR-Regierung genutzt. Nach dem Tod von Walter Ulbricht in diesem Haus im Sommer 1973 ging es in die Verfügungsgewalt des Zentralkomitees der SED über, die es als internationales Ferienhaus vorwiegend sowjetischen Partei- und Staatsgästen zur Verfügung stellte. Ab 1979/80 diente es, um einige Gebäude erweitert, als Tagungshaus des Staatsrates. Helmut Schmidt war hier und Leonid Breschnew.

Der Hotelprospekt spricht vom Haupthaus von einem »Herrenhaus, im Tudorstil 1934 erbaut«. Die Bezeichnung Tudorstil führt in die Irre, das Haus ist gebaut gemäß dem nationalsozialistischen Architekturkanon, mit einem so hohen steilen Walmdach, dass zwei Gaubenreihen darin Platz haben. Auch das Entstehungsdatum ist falsch. Das »Schadehaus«, benannt nach dem Oberforstmeister, der eine Wohnung in dem Gästehaus hatte, entstand erst 1940 als Ersatz für das Jagdhaus am Kleinen Döllnsee, das durch Fahrlässigkeit des nach Kriegsende für seine Grausamkeit zum Tode verurteilten Gauleiters von Ostpreußen, Erich Koch, nach einem Jagdgelage im Herbst 1940 abbrannte.

*

In Erich Honeckers einstigem Wohnzimmer, das heute als Restaurant genutzt wird, fällt öfter der Name Carinhall an den Mittagstischen der Hotelgäste. Hermann Göring zieht mehr Neugierige an als Erich Honecker, von dem noch das Geweih eines von ihm persönlich erlegten Hirsches im Flur hängt. Ein Andenken an »die letzte feudale Epoche der Schorfheide«, wie das Hotel auf einem Messingschild anmerkt. An diesem Nachmittag stehen sieben silbergraue Touareg mit VW-Firmenwerbung an den Seiten auf dem Parkplatz. Weiterbildung in »landschaftlich reizvoller Gegend«, wie die Hotelwerbung verheißt: »Ein Traum in der Natur«.

Frauenruheraum

Eine Neujahrsrede für Berliner Frauen

Liebe Frauen! Liebe Weiber, liebe Mädels, liebe Freundinnen, Genossinnen, Gevatterinnen, Kameradinnen, Frauenzimmer, Tussis, Zicken, Eulen, Jungfern, Pissnelken, Puppen, Muttchen, Gemahlinnen, Kanzlerinnen, Missen, Fußballerinnen, Muschis, Ingenieurinnen, Klunten, Luder, Matzbläken, Qualmtüten, Tucken, Trullas, Schicksen, Schotterlotten, Xanthippen und Tratschtanten.

Sehr geehrte Damen, liebe Berlinerinnen!

Ich bin gebeten worden, heute und hier eine Neujahrsansprache zu halten.

Ich habe, weil ich Schriftstellerin bin, meine Rede schriftlich verfasst und ihr einen Titel gegeben. Titel sind etwas, was der Autorin nie gehört, Titel gehorchen der Betriebsökonomie, und in Verlagen heißt das: der Vertriebsabteilung bzw. den Vertretern. Das ist ein bisschen so, als würde der Standesbeamte dem Kind einen anderen Namen geben als den, den man beurkunden möchte. Fünf meiner Bücher irren mit einem falschen Namen durch die Welt.

Meine Rede trägt den Titel »Frauenruheraum«, und heute wird ihn mir niemand wegnehmen. Frauenruheraum, so werden sich einige von Ihnen erinnern, war ein kleines spartanisch ausgestattetes Kabuff in jedem DDR-Betrieb, ob nun Industriekombinat, Büro oder Schule, in dem es meist nicht mehr als eine Liege gab.

Man konnte Übelkeit oder Menstruationsschmerzen vortäuschen oder haben – der Begriff der prämenstruellen Störung war damals noch ein Fremdwort – und bekam den Schlüssel. Ich war eine eifrige Nutzerin dieses Raumes. Manche Lehrer waren froh, wenn ich ihren Unterricht nicht mit provozierenden Fragen störte.

Der Frauenruheraum war von einer Kargheit, die einen auf sich selbst zurückwarf. Es war ein winziger Stillstand der Zeit, bis die Klingel den Schulschluss einläutete oder die Schichtsirene ging. Heute haben wir ein eigenes Zimmer und vielleicht sogar ausreichend Geld zum Leben, aber manchmal wünschte ich uns so einen Rückzugsraum, fern der Zumutungen des Alltags, der schlechten Nachrichten, des Konsums oder auch nur der das Gehirn zukleisternden Supermarktmusik. Kein Schutzraum, sondern ein Denk- oder Einhalteraum.

Legen wir uns also auf die karge Liege und lassen den Gedanken freien Lauf. Ich habe mir zur Verstärkung ein paar Frauenfiguren aus meinen Berliner Texten mitgebracht, den fertigen und den unfertigen. Sie sagen Sätze wie: »Bezaubernd wollte ich nie sein, weil mir die Opferrolle nicht liegt«, oder: »Als er mir ein halbes Jahr Leben versaut hat, habe ich beschlossen, ein halbes Jahr länger zu leben«, und sie sind das, was Berlinerinnen immer – je nach Blickwinkel – als Tugend oder Untugend zugewiesen wird: spröde und pragmatisch: »Ich bin per Kaiserschnitt auf dem Küchentisch zur Welt gekommen. Meine Mutter ist lange tot, den Tisch habe ich heute noch.«

Wir, die wir hier im Saal versammelt sind, haben verschiedene Auffassungen vom Leben in dieser Stadt, aber eins eint uns: Wir schauen mit einem weiblichen Blick auf Berlin, und irgendeinen Grund gibt es für jede von uns, den Aufenthalt in der Stadt immer wieder zu verlängern, auch wenn es, was Berlin angeht, seit Jahren mehr schlechte als gute Nachrichten gibt.

Einwohner und Unternehmen zahlen jährlich zusammen 8 Milliarden Euro Steuern. Im selben Zeitraum gibt der Senat aber 21 Milliarden aus. Berlin sitzt auf einem Schuldenberg von 60 Milliarden Euro. Die täglichen Zinsen betragen 11 Millionen Mark. Das Berliner Bruttoinlandsprodukt ist seit 1995 um achteinhalb Prozent geschrumpft, die Arbeitslosenquote hat sich seit 1991 verdoppelt und nähert sich der von Mecklenburg-Vorpommern an. Jeder fünfte Erwerbsfähige, das sind 305 000 Menschen, lebt vom Staat. Der größte Teil der Industriearbeitsplätze, zu einem nicht unerheblichen Teil Arbeitsplätze von Frauen, wurde in den letzten fünfzehn Jahren abgebaut. Die Wirtschaft zieht sich aus Berlin zurück, das Kapital ist schon länger nicht mehr da.

Wer in Berlin wohnt, ist näher dran an der Not, sie kann einen an der nächsten Straßenecke überfallen und keinen Fußbreit weichen. Trotzdem leben die meisten gern hier, auch wenn die Stadt viele von uns nicht mehr ernährt. Als ich zu Weihnachten auf dem Bahnhof Zoo die Massen von jungen Menschen sah, die zu ihren Eltern in die Provinz fuhren, ahnte ich, dass es in der nächsten Generation wahrscheinlich umgekehrt sein wird. Die Kinder werden an den Feiertagen zu den

Eltern nach Berlin kommen, wo sie nicht mehr wohnen, weil es hier keine Möglichkeit der Existenzsicherung für sie geben wird.

Auch ich verdiene meinen Lebensunterhalt seit ein paar Monaten nicht in Berlin, sondern in einer niedersächsischen Stadt, wo ich abends in der Kneipe Sätze höre wie: »Na ihr da drüben …«, als hätte es die Wiedervereinigung nie gegeben. Westberlin ist aus dieser Sicht ebensowenig ein Bestandteil der Bundesrepublik wie die ehemalige DDR, der Osten, ein dunkler unheimlicher Moloch.

Ich dagegen atme immer wieder auf, wenn der ICE, aus Richtung Hannover kommend, in Berlin einfährt – ich bin wieder zu Hause. Als ich vor Kurzem den wunderbaren Berlin-Film *Sommer vorm Balkon* sah, hat das Publikum im Kino bei dem Satz der schwer alkoholisierten Heldin Katrin: »Ich bring mich um oder ich geh zurück nach Freiburg«, schallend gelacht. Nicht, dass Berlin nicht auch manchmal piefig, unerträglich und provinziell sein kann. Aber wenn schon Provinz, dann wenigstens die Hauptstadt.

Es sind wohl die vielen »Publikümer«, wie die Berlinerin sagt, zusammengesetzt aus Menschen verschiedener Kulturen und mit unterschiedlichen Lebensformen, die die Stadt attraktiv machen. An keinem anderen Ort Deutschlands hat sich die Bevölkerung in den letzten fünfzehn Jahren so stark vermischt. Auch wenn das nicht ohne Konflikte vor sich geht.

Die wenigsten von uns sind original Berliner Pflanzen. Kaum eine hat eine Urgroßmutter, die im 19. Jahrhundert aus Schlesien oder Ostpreußen eingewandert ist und deren Familie nie wieder wegging.

Auch ich wurde durch Zufall woanders geboren. Als ich 1983 nach Ostberlin kam und im Prenzlauer Berg eine Wohnung ohne Toilette und ohne funktionierenden Ofen besetzte, fühlte ich mich frei, obwohl mir jedes Geschichtsbuch (und auch meine eigene Erfahrung) heute erzählt, dass ich in einer Diktatur gewohnt habe, hundert Meter von der Berliner Mauer entfernt. Sicher war die Freiheit relativ, aber die Stadt bot eine Möglichkeit, in der Anonymität zu verschwinden und gleichzeitig individuell zu sein. Im Kampf mit Kohlenträgern und HO-Verkäuferinnen, KWV-Tanten und besoffenen Schichtarbeitern habe ich mir einen formidablen Berliner Dialekt angewöhnt. In Prenzlauer Berg, wo ich immer noch wohne, wird heute Hochdeutsch verlangt. Und ich gehöre inzwischen zu einer unter Schutz gestellten Art, die keine der auf dem freien Markt angebotenen Wohnungen bezahlen könnte, wenn die eigene nicht sozialverträglich saniert worden wäre.

Manchmal fühle ich mich schon den alten Berlinerinnen verwandt, die beim Flanieren durch die Straßen eine andere Stadt mit anderen Geschäften und anderen Bewohnern sehen – die meisten sind tot. Städtische Geister, die erst verschwinden, wenn auch die letzte stirbt, die sich an sie als Lebendige erinnert. Sie sind über dasselbe Pflaster gelaufen wie wir heute.

Die Erinnerungen der alten Berlinerinnen gehen manchmal bis in die Kaiserzeit zurück. Sie verharren beim hölzernen Hindenburg im Tiergarten, an den Kriegsanleihen in Form von gekauften und eingehauenen Nägeln gezeichnet werden konnten, bei den Kämpfen der Novemberrevolution in Friedrichshain, Mitte und Prenzlauer Berg, der großen Grippeepidemie, die vielen Mädchen die Mütter nahm, bei den Tanzböden der Zwanziger, der Nazizeit, den Bombardierungen, der Teilung der Stadt. Die alten Frauen sagen Sätze wie: »Mutti hat Wasser eingeweckt, im Fall, dass wir eine lange Belagerung haben«, oder »Mit dem Ruß im Gesicht sah ich aus wie ein Mädchen, das Ruß im Gesicht hat«, oder »An den Kreuzungen regelten die Russinnen in Abendkleidern den Verkehr. Meins war auch dabei. Vor Jahrhunderten hatte ich es im Hotel Esplanade beim Ball getragen.«

Manche haben sich bei der Sanierung gewehrt, als auch der letzte Kachelofen abgerissen werden sollte, meist vergebens. Sie wussten um die Verletzbarkeit der städtischen Infrastruktur, auch wenn die von Bomben zerstörte Stadt inzwischen nur noch in ihrer Erinnerung und in den Büchern und Filmen existiert. Vor zehn Jahren war der Krieg noch an jeder Straßenecke präsent, inzwischen ist er wegsaniert worden, wie im Übrigen auch seine Zeitzeuginnen.

Es sind Frauen wie Frau Menzinger und Frau Köhnke, zwei meiner literarischen Figuren, die man nach etlichen Jahrzehnten in ihrer Wohnung in ein Seniorenwohnheim komplimentiert hat, wo sie, gerade eingezogen, vom Fenster aus das Treiben auf der Kollwitzstraße betrachten.

»*Frau Menzinger sieht auf die Straße, wo ein fahrerloses Auto im Halteverbot steht und den Möbelwagen behindert, der vor dem Haus halten will:* ›Wie mein Hausbesitzer. Offener Wagen. So 'n Angeberkabriolett. Ha- be ick ihm mal die Kacke von meinem Hund schön auf die Ledersitze drapiert, paar Tage, nachdem er jesagt hat: Frau Menzinger, ich habe da eine schöne Wohnung für Sie, zwei Häuser weiter und nicht so weit oben. Stellte sich denn raus, det war ein Dreckloch, Hinterhof parterre. Die Sitze waren gelb, müssen Se wissen. So 'n ganz zartet Leder. Sah sehr schön aus, ick hatte dem Hund nämlich Möhrchen unters Essen jerieben.‹

Frau Köhnke: ›Wenn die alt sind, sind die in der Mehrzahl und fressen sich gegenseitig die Butter vom Brot.‹

Frau Menzinger: ›Und drangsalieren die Jungen.‹

Frau Köhnke: ›Machen Demonstrationen gegen die, in Rollstühlen oder schlagen mit Gehstöcken auf Polizisten.‹

Sie lehnen sich weit aus dem Fenster.

Frau Menzinger: ›Sehnse den? Det ist der, dem det Kabriolett jehört, wetten? Dieset Männeken, wat kostet de Welt. Ne Landmine müsste jetzt losgehn. Dafür dass man uns Alte ins betreute Wohnen steckt, damit die unter sich sein können. In unsern Häusern!‹

Frau Köhnke: ›Ach, Sie waren Besitzerin? Mussten Sie veräußern?‹

Frau Menzinger: ›Quatsch, Besitzerin. Icke! Ne Wohnung, in der meine Familie seit achtzig Jahren wohnt, is ja wohl meine?‹

Frau Köhnke: ›Die haben eine andere Auffassung von Eigentum wieder ins Recht gesetzt.‹

Frau Menzinger: ›Die kommen hierher und führen ihre symbolische Ordnung ein.‹

Frau Köhnke (schaut sie fragend an): ›Was für eine Ordnung?‹

Frau Menzinger: ›Hab ick jelesen. Fand ick jut. Sag ick jetzte immer. Vor allem, wenn die mir ihrn schlechten Kaffee für drei Euro als Latte Macke weeßnichwas verkoofen.‹

Frau Köhnke: ›Die sind seit über zehn Jahren hier, da muss man sich nicht mehr drüber aufregen, Frau Menzinger.‹

Frau Menzinger: ›Ick reg mir uff, solange Atem in mir is. Die da sieht aus wie Grete, nur dass man damals die Blusen noch länger trug. Als wenn der Bauchnabel 'n Ausstellungsstück wäre. Einfach übrig geblieben von der Geburt und zu nichts nutze, da muss man nicht noch mit angeben.‹

Frau Köhnke: ›Die geben doch nicht mit ihren Nabeln an, sondern mit den flachen Bäuchen.‹

Frau Menzinger: ›Is mir doch egal. Ick freu mich, wenn wieder Winter kommt und sie Jacken drüberziehn müssen. Demnächst wird es noch chic, im Friedrichshain zu kopulieren.‹

Frau Köhnke: ›Was, haben Sie das nicht gemacht als

junge Frau? Frau Menzinger! Im Krieg waren die Sitten auch schon außer Kraft.‹

Frau Menzinger: ›Nein, natürlich nicht, wozu hatten wir das weiße Schleiflackschlafzimmer?‹«

Auf verschlungenen Wegen reicht die Vergangenheit in die Zukunft. In einem anderen Kapitel machen Sugar, Cakes und Candy, drei Mädchen, in der Nacht mit den Masken von Margaret Thatcher, Jennifer Lopez und Christine Aguilera den Wedding unsicher und nehmen sich das, was ihnen tagsüber als brave muslimische Töchter verwehrt wird. Unterwegs treffen sie auf die Illegale Annja, die in der Stadt nach einer Frau sucht, die ihr ähnlich sieht, um ihr die Brieftasche mit den Papieren zu stehlen, denn sie muss dringend zum Arzt. Sie findet ihre vermeintliche Doppelgängerin in Katrin Manzke aus Lichtenberg, die ohne Arbeitserlaubnis in einer Pizzeria jobbt. In derselben Nacht nimmt Viola Karstädt an einer Schlafperformance der Volksbühne teil, wo die Teilnehmer eine Nacht in Neukölln verbringen sollen. Sie gerät an eine arme Familie, die nicht in der Lage ist, Fragen an ihr eigenes Leben zu formulieren, die ihr aber extra ein Zimmer freimacht, und Viola Karstädt so beschämt, dass sie im Erdboden versinken möchte. Am anderen Tag umrundet sie die Stadt mit der Ringbahn und stellt sich vor, sie wäre eine reiche Frau, die auf dem Ku'Damm oder in der Friedrichstraße mit der Kreditkarte winkend in einem Geschäft verschwindet und mit Hochglanztaschen bepackt wieder herauskommt. Was kostet die Welt? Geld jedenfalls nicht.

Ein Spektrum der Berlinerin also, von der Obdachlosen bis zur Kanzlerin.

Apropos.

Was würden Sie machen, wenn Sie über Nacht Kanzlerin würden? Mit festem Fuß auftreten, die Ärmel hochkrempeln, raumgreifend agieren, Zigarren rauchen,

Untergebene anschnauzen, Handküsse verteilen? Oder doch eher Friseur, Maniküre, Ratgeber für das diplomatische Protokoll und Schneiderin?

Der Soziologe Wolfgang Engler hat in der letzten Ausgabe der Zeitschrift *Theater der Zeit* auf eine interessante Lücke in der Wahrnehmung hingewiesen, die erst durch die Kanzlerschaft Angela Merkels ins Blickfeld geraten ist, dass nämlich in der Demokratie weibliche Machtgebärden noch nicht eingeübt sind. Zwar gab es in feudalen Strukturen Königinnen, Kaiserinnen oder Zarinnen, aber die waren qua hoher Geburt auf ihre Rolle vorbereitet, die im weitesten Sinne geschlechtsneutral war.

Angela Merkel hat nach absolviertem Wahlkampf Journalisten anvertraut, dass Frauen im Unterschied zu Männern kaum über Ausdrucksmittel verfügen, die es ihnen erlaubten, sich auf der politischen Bühne Respekt gebietend darzustellen; das sei ein großer Nachteil im Wettbewerb um Macht und Einflussnahme. Aus Mangel an Vorbildern gäbe es keine weibliche Kultur der Machtausübung. Zwar sind Männer von Natur aus nicht geschickter, sich herrschaftlich in Positur zu werfen; geübter sind sie ganz gewiss. Res publica war eine rein männliche Domäne.

Wie also steht es, körpermachttechnisch gesehen, mit der Frauenpower? Sind Frauen im politischen Geschäft bar eigner Ausdrucksmittel? Und wenn nicht, welche sind das?

In unserem Frauenruheraum liegend, dürfen wir nicht vergessen, dass jeder Fußbreit Terrain, den wir uns erobert haben, wenn es drauf ankommt, verteidigt werden muss. Wir können inzwischen im günstigsten Falle Weltmeisterinnen im Fußball, Chefmoderatorin oder Kanzlerin werden, aber der Umgang mit einer Frau wie der Archäologin Sabine Osthoff in den Medien während und nach ihrer Zeit als Geisel im Irak hat gezeigt, dass jede Frau, die sich, mit welchen Mitteln auch immer, der Opferrolle verweigert, vor der Öffentlichkeit keine Gnade erfährt – im Gegenteil.

Katharina Rutschky hat es in der *taz* auf den Punkt gebracht: »Zumindest Frauen müssen wohl immer noch lange tot sein und Patina angesetzt haben, ehe ihr unkonventionelles Leben gewürdigt, ihr Mut und ihre Risikobereitschaft womöglich sogar einmal als vorbildlich gefeiert werden dürfen. Im Buch sind sie uns recht, in Wirklichkeit messen wir Frauen wie Osthoff gnadenlos an unserer Konformität.« Dem kann ich mich nur anschließen.

In meinem noch unfertigen Roman gibt es eine Szene, wo drei Frauen Ende Dreißig im Volkspark Friedrichshain einen Weihnachtsbaum eingraben und dabei übers Leben reden. Sie lästern ein bisschen über die Gleichaltrigen, die mit ihren superteuren Kinderwagen die Bordsteine bevölkern und das Kinderkriegen glauben erfunden zu haben, was sie selbst schon vor fünfzehn Jahren hinter sich gebracht haben – Ostberlinerinnen eben.

Am Ende zwitschern sie sich einen an.

»Die Dritte holt eine Flasche Champagner aus der Tasche.

›Oh, Krösus, hast wohl 'n Los beim Arbeitsamt gewonnen‹, fragt die Kräftige. ›9,90 bei Lidl‹, sagt die Dritte entschuldigend und kramt nach drei Plastesektgläsern, deren Stiele die Frauen erst andrehen müssen. Der Dritten fällt der Stiel immer wieder ab und so muss sie den Kelch in die Erde drehen, weil sie nicht weiß, wohin mit ihm.

›Klara, auch 'n Schluck?‹, fragt die Kräftige. ›Ich trinke nicht, ich kiffe nicht, ich rauche nicht.‹ – ›Dieses Kind ist so was von gesundheitsbewusst‹, seufzt die Mutter. ›Ist ja logisch, die muss sich von dir abwenden. Du solltest mal anfangen, Sachen zu tun, die du hasst, die wird dein Kind dann garantiert nicht machen wollen‹, sagt die Dritte. ›Prost‹, sagt die Kräftige und beendet den Disput.«

Bevor ich den Frauenruheraum verlasse, zuschließe und in der Menge verschwinde oder um mit einer anderen Frau zu sprechen: »Dann verlor sich ihre Spur auf dem Stadtplan …«, hebe ich das (symbolische) Glas, danke Ihnen für die Aufmerksamkeit und wünsche Ihnen ein schönes Jahr, was immer auch »schön« für Sie bedeuten mag.

Quellen und Anmerkungen

Stadtlandschaft. Bruchstücke. Straßenbahnfahrten, zuerst erschienen in: Jürgen Jakob Becker und Ulrich Janetzki (Hg.), *Helden wie Ihr. Junge Schriftsteller über ihre literarischen Vorbilder*, Berlin: Quadriga, 2000

Provinz und Metropole, zuerst erschienen in: Kulturland Brandenburg (Hg.), *Stoffwechsel. Brandenburg und Berlin in Bewegung*. Begleitband zum Kulturland Brandenburg 2008, Leipzig: Koehler & Amelang, 2008

Fischerinsel, zuerst erschienen in: *FAZ*, Berliner Seiten, 30. Januar 2002

Leere Stadt, zuerst erschienen in: *Freitag* 35/2001, 24. August 2001

Berlin Alexanderplatz, zuerst erschienen in: *taz* Berlin, 20. Juli 2002

Stadtradierungen, zuerst erschienen in: Arbeitskreis Berliner Regionalmuseen, Museumspädagogischer Dienst (Hg.), *Im Blick: Berlin. Aus den fotografischen Sammlungen der Berliner Regionalmuseen*, Katalog, Berlin 2004

Ein vergessenes Kapitel, gekürzt erschienen in: *FAZ*, Berliner Seiten, BS 2, 3. Juni 2000

Alte Neue Mitte, zuerst erschienen in: *u_spot. Kunstmagazin*, 2/2004

Die Untote. Spuren der DDR in Berlin, unveröffentlicht

Eberswalder Straße, unveröffentlicht

Spazierfahrt eines Augenmenschen, zuerst erschienen in: *Freitag*, 44/2001, 26. Oktober 2001

Pat Feix' Reise in den Prenzlauer Berg, zuerst erschienen in: *Freitag*, 16/2002, 12. April 2002

Boxhagener Platz, zuerst erschienen in: *Freitag*, 15/2004, 2. April 2004

Bei Muttern, zuerst erschienen in: *Berliner Zeitung*, Unterm Strich, 7. April 2000. 2003 musste der Imbiss wegen Mieterhöhung aufgeben.

Pasteurstraße, 10.05 Uhr, zuerst erschienen in: *FAZ*, Berliner Seiten, 1. März 2001

Osthafen, Westhafen …, zuerst erschienen in: Uli Zelle (Hg.), *Berlin am Meer. Eine Stadt in ihrem Element*, Berlin: Bostelmann & Siebenhaar, 2000

Lückenschluss, zuerst erschienen in: *Freitag* 29/2002, 12. Juli 2002

Ponton zwischen CITY und AIRPORT, zuerst erschienen in: *taz* Berlin, 5. April 2005

Amüsieren wie Bolle, zuerst erschienen in: *Freitag* 09/2008, 29. Februar 2008

Einfahren, zuerst erschienen in: *Freitag* 7/2001, 9. Februar 2001

Berliner Blut, zuerst erschienen in: *Theater der Zeit* 2/2004

Raus hier!, zuerst erschienen in: *Freitag* 6/2003, 31. Januar 2003

Die Rollende Road-Schau bei Rotaprint, gekürzt erschienen in: *Tagesspiegel*, 15. Juni 2004

Parzelle Paradies. Ein Kleingartentheater, unveröffentlicht. Die Autorin dankt Roland Brus und Holger Syrbe herzlich und in alter Verbundenheit für die Überlassung des Titels *Parzelle Paradies*

Klara Li zieht um, zuerst erschienen in: *Freitag*, 39/2003, 19. September 2003

Haltestelle Marienburger Straße, zuerst erschienen in: *FAZ*, Berliner Seiten, 11. März 2002

Am Eckfenster, zuerst erschienen in: *Freitag*, 9/2004, 20. Februar 2004

Petriplatz, zuerst erschienen in: *taz* Berlin, 22. September 2007

Auf dem Balkon von Berlin, zuerst erschienen in: *Freitag*, 50/2002, 6. Dezember 2002

Im Umland. Ein Bahnhofscafé, zuerst erschienen in: *taz* Berlin, 25. Februar 2004

Über die Ostbahn, Vortrag auf dem Symposium Fontane als Biograph, Humboldt-Universität, September 2007, unveröffentlicht

Hauptbahnhof, abends halb elf, unveröffentlicht

Neue Neustadt, zuerst erschienen in: *Freitag*, 42/2002, 11. Oktober 2002

Im Discounter, zuerst erschienen in: *taz* Berlin, 6. Oktober 2007

Vom Unbehagen in der Empfangskultur, zuerst erschienen in: Hermann Haarmann und Klaus Siebenhaar (Hg.), *Berliner Gesellschaft: Ein Sittenbild*, Berlin: Bostelmann & Siebenhaar Verlag, 1999

Innsbrucker Straße, zuerst erschienen in: *FAZ*, Berliner Seiten, 29. November 2001

Bye, bye, Danziger, zuerst erschienen in: *scheinschlag* 11/2000

Jochens Geburtstag, zuerst erschienen in: *Freitag*, 49/2007, 7. Dezember 2007

Kneipen gehen verloren wie Handschuhe, in: Björn Kuhligk / Tom Schulz (Hg.), *Das Berliner Kneipenbuch. Berliner Autoren und ihre Kneipen*, Berlin: Berliner Taschenbuch Verlag 2006

Rauchverbot, zuerst erschienen in: *Freitag*, 03/2008, 18. Januar 2008

Ich sehe was, was du nicht siehst, in: Ulrich Wüst, *Zwischenland / Zwischenzeit. Berlin – Prenzlauer Berg 1999*, Fotoessay, auf www.uinic.de/zwischenland/groeschner.htm

Ostbahnhof, Schalterhalle, zuerst erschienen in: *FAZ*, Berliner Seiten, 21. Juni 2001, Nr. 141, BS 2

Im Bötzowviertel, zuerst erschienen in: *Freitag*, 43/2007, 26. Oktober 2007

In der Schorfheide, zuerst erschienen in: Stephan Porombka, Hilmar Schmundt (Hg.), *Böse Orte*, Berlin: Claassen, 2005

Frauenruheraum, Rede auf dem Neujahrsempfang 2007 der »Überparteilichen Fraueninitiative« Berlin, unveröffentlicht

Inhaltsverzeichnis